Ishan & Rocheredia
「氷雪の王子と神の心臓」

Chara

氷雪の王子と神の心臓

尾上与一

キャラ文庫

この作品はフィクションです。
実在の人物・団体・事件などにはいっさい関係ありません。

目次

氷雪の王子と神の心臓 …… 5

口絵・本文イラスト／ｙｏｃｏ

宴《うたげ》の準備で浮き立った城の雰囲気が好きだ。

ロシェレディアは、三階のバルコニーに頬杖《ほおづえ》をついて、裏庭を走り回る女官たちを見降ろしている。

鮮やかな緑の芝《しば》に、くるくるくるくる裾が広がって、色とりどりの花が咲いては閉じ、咲いては閉じ、その間を蜂のように下働きの者が行き交っている。柱に昇って赤い布を結びつけている男がいる。荷車で運ばれてくる果物は、零れ落ちそうなほど積まれている。客人に出す肉を狩りに行くと言って集まっている若い剣士たち、城が燃やせるのではないかと思うくらいの蠟《ろう》が運ばれてくる。

「ロシェレディア様。あまり端《はし》へ出てはなりません。来賓は三日先ですが、もうそろそろ先見の者が到着するやもしれません」

「大丈夫だよ。見られたら姫だと言っておいて」

男の声に振り返りもせず、ロシェレディアは銀髪が滝のように流れる背中を見せたままそう答える。

塔は高く、風がよく吹く。顔周りだけ頬のところで切りそろえられた髪が風に揺れた。

「もちろんそういたします。問題は、あなたが幽閉されていることになっていること」

「そんなことはこの城の誰もが知っている。吾《あ》が生まれてから十年もこの塔に幽閉されていること、そしてそれが形ばかりで、部屋を抜け出してうろうろしていることも」

「この城の者はそうですが、城の外の者は知りません」

「どうせバレているのだろう?」

ロシェレディアは、十歳らしいふくれっ面をして背後の男を振り返った。

身体《からだ》は大きいがブロンズのくせっ毛が跳ねている——そのくせ前髪は眉の上でまっすぐ切り揃えている、マルゴーという側仕《そばづか》えの男だ。やたら背が高く、ロシェレディアより八つ年上で、昔は剣士になると言って勇ましかったのに、大きくなって文官になるに従って、女官長のように小言ばかりを囀《さえず》るようになった。マルゴーはたじろぎもせず、ロシェレディアの氷青の瞳をまっすぐ見つめ返す。

「ええ。バレておりますでしょう。十歳のロシェレディア第一王女は生まれつきの大魔法使いで、美しい氷色《ひいろ》の瞳に、輝く銀髪で『月光様』と呼ばれていらっしゃる。その能力ゆえに魔力の暴発を防ぐ塔に閉じ込められているけれど、王子のようなじゃじゃ馬王女はしょっちゅう塔を抜け出して、壁に落書きをしたり、泉を凍らせたり、干した果物をつまみ食いしたり」

「壁に書いたのは魔法式だ。泉を凍らせたのは、じいやが泉に魚の影があったと言うから。それに、吾が大魔法使いなのはもはや疑いようがないが、儀式はまだだ」

「そんなことはどうでもよろしい。あなたが大魔法使いのお力を持ってお生まれなのは、すでに大陸中に鳴り響いておりますし、建前上、第一王女は大魔法使いだから、近隣の国々の安全を守るため、気やすく塔から出せない。そういうことになっているのです。あなたのためです、月光様」

「耳にたこができる」

「あなたがお忘れのたびに、タコができようがイカができようが、何度でも申し上げます」

「……ねえ。海ってどのくらい深いの？」

「お聞きでしょうか？　ロシェレディア様？」

「聞いてる。でも忙しくて誰も空など見てやしないよ」

　みんなは地上で楽しそうだ。花壇に咲いた花を喜び、四角いタイルが敷き詰められた廊下を急流の魚のように行き交う。山羊《やぎ》の子が跳ねたと言っては集まってきて笑ったり、女官がクッションを干す競争をしている。毎日死にそうに退屈で、バルコニーから眺めるしかない自分のことなど誰も見上げやしない。いや――自分がいるから見上げてはいけないことになっているらしい。

　マルゴーは、長い両腕を虫のように折り曲げて腰に当てた。

「よその国から来た客は見るものです。エウェストルム王国の緑が美しいから。そして空が美しいから」

「そうかな」

「あなたはこの国を出たことがないからご存じではない。エウェストルムがいかに美しい国か。あなたがどれほどお美しいか、どれほど優秀な魔法使いであるか、——あなたが男だとバレたら、どれほど恐ろしいことになるか」

「残念でした、ってはならないの」

「なりませんね。即時戦争です」

だ、そうなのだ。

肩を落として部屋に戻ってきたロシェレディアは、崩れるようにテーブルの前の椅子に腰掛けた。失意のあまり椅子にさっと霜が降り、テーブルが凍って白くなる。霜の欠片《かけら》を吹き散らしつつ長い長いため息をつく。

自分は魔法国エウェストルム王室の、第一王子として生まれた。本来ならば王太子だ。だが生まれついての大魔法使いを王に据えると国が滅びるとされており、自分は父母と引き離されて、王女としてここに幽閉されて育てられることになった。

それならいっそ、王女としてどこかに輿入《こしい》れするふりで自由になってしまえばいいと思うところだが、それができないのが《エウェストルムの王女》という身分だ。

世界は『魔法国』と『武強国《ぶきょう》』でできている。エウェストルムは魔法国だ。

魔法というのは、この世界をつくる自然の魂《ラウフ》の流れから、力を引き出し、肉体を通して何らかの力を呼び出すことだ。大地の魂《ラウフ》を呼んで地下水を永遠に湧き上がらせたり、一輪しか咲かないはずの木に魔力を分け与えて枝いっぱいの花を咲かせたり、水の魂《ラウフ》に働かせて泥水をきれいにし、風の魂《ラウフ》の力を借りて穀物の病気を撫《な》でて払い、病を癒やす。悪霊を退け、国内を清浄に保つ。

魂を集め、力にしたものを魔力《エーテル》、魔力を自在に精製して操れる人を魔法使い《マギ》と呼ぶ。エウェストルムはマギの国だ。国民は魂の恩恵を受け、王族はそれを集めて操る。

周辺国から見れば奇跡の国なのだそうだ。エウェストルムほど豊かで平和な国はなく、疫病に襲われず、飢饉《ききん》も知らない。自然の国力に恵まれた国だが、その代償として武力がない。魔力の供給量だけは世界中のどこよりも突出しているが、それを武力として持ち変える能力がないのだ。

ともすればよってたかって食い尽くされそうな、豊かで弱い国なのだが、他国に魔力を供給することによって、その国々から保護されている。

具体的には結婚だ。

魔力を持った王女《マギ》が、魔力を武力に換えて戦う武強国の王家に嫁いで、魔力を供給する。その見返りとして、王女を娶《めと》った武強国はエウェストルムを武力で護《まも》る。

王妃の力は二代限り。魔力を与えられた王とその子供で、孫に力は現れない。

自国で魔法使いを増やすことができない武強国は、王妃が死んだら二世代以内に、再びどこかの魔法国から王妃を娶らなければ魔法武力が維持できない。

だから武強国は順番を待ってでも、魔法国から——その中でも最大、最上級の魔法使いの王女を輩出するエウェストルムから王妃を娶ろうとする。差し出さなければ、武力で侵略すると脅迫しながら——。

《王女》は、エウェストルムの唯一と言っていい外交の切り札だ。王女の存在が国の存亡を左右し、また王女がいるからにはそれを翳《かざ》して庇《ひ》護《ご》を求めなければならない。魔法使い百人分と言われる大魔法使いなら、金銀を山に積んでもおつりが来るほどの交渉価値がある。四代向こうまでの王家が栄えると言われており、血で血を洗う奪い合いだ。それがたとえ、中身が王子だったとしても。

「お召し替えを、ロシェレディア様」

「このままでいい。王女の衣装なんだろう？　それは」

マルゴーが籠から取り出す衣装を、気怠《けだる》くロシェレディアは見やった。普段から王女に見える輪郭の服を着て過ごしているが、マルゴーが取り出すのは、腕にも胸にも布が多い、いかにもふわふわした王女の服だ。さすがにそれはいただけない。

「今回は、アイデース帝国からの来賓です。間違いなど、万が一にももみ消せない相手ですから、どうか慎重に」

「宴に出るわけでもないのに」

「念のためです。王女のお衣装を」

「一人で塔の中で着飾るなんて、馬鹿みたい」

「着飾るにもほど遠い、普通のお衣装です。まったく……将来あなたにあの複雑な花嫁衣装を着せるとなると、私も今から気が重い。妃殿下も大変心配されておいでですから、どうかお聞き分けください」

「……かあさまが？」

自分を産んで以来、泣き暮らしている母だ。ロシェレディアは生まれた瞬間、大魔法使いの宣告を受けた。大魔法使いとは類《たぐ》い希《まれ》なる魔力をもって、魂の根源、世界の記録《アーカーシア》に触れたことを認められた魔法使いのことだ。賢者よりよく識《し》り、赤子よりよく覚えていると言われる存在である。魔法使いの中でも四十九人に一人と言われる、魂の流れと身体が繋《つな》がったまま生まれてくる魔法使いで、ロシェレディアは生まれた瞬間にその条件を満たした。

産声と同時に産屋が凍り、国中の泉は吹き上がったまま凍りついた。出産の祝いのために集まっていた魔法使いの叔母たちが、祝いに使うはずだった魔法を封じるおくるみで自分を包み、急いで塔に駆け込んだのだそうだ。泣けば城が凍り、ぐずれば真夏に雪が降る。くしゃみをすれば草花が氷の欠片となって砕け散り、熱を出せば国中に霜が降りて果物が落ち、怒れば杯や椀、桶《おけ》も井戸も小川も泉も湖も凍りついた。厳重に魔法の術式が書かれた壁に護られても凍結は止まらず、泣き声とともに壁を何度も砕き割ったと聞いている。

何しろ赤ん坊なのだから、何もわからず、魂を呼んで魔法円は回りっぱなしだ。何重にも魂を遮断する紋様が描かれた塔に閉じ込められて三歳まで過ごした。物心がつき、自分で魔力の制御ができるまで一度も母とは会えなかった。魔力と感情の釣り合いが取れるようになって、だいぶん自由に出歩けるようになったが相変わらず塔に暮らし、母は、会えば「かわいそうに」と泣くばかりで、自分もややいたたまれない。

次の子を身ごもってやっと笑顔になったのに、その子も身体が弱くて普通に暮らせず、どこかの部屋に閉じ込められているという。

「ええ。妃殿下には『ご安心ください、ロシェレディア様なら大丈夫です』と答えております。そうお答えしてよかったのですよね？　それとも、まだ外に出たいと仰せですか？」

「……いいや。おとなしくしておくよ」

母のことを持ち出されてはしかたがない。マルゴーや女官を泣かせてもたいしたことはないが、母が泣くとロシェレディアも心が痛むのだ。

ロシェレディアは自分で衣装を解《ほど》いて床に落とし、マルゴーが広げる裾がふわりと広い、王女の衣装に足を差し込んだ。子どもの身体だから、裾の様式以外は男でも女でも大差がない。上半身も、飾りの布が多いか少ないかくらいの差だ。

背中開きの上衣に袖を通し、彼に背中を向けて髪を左の胸にかき寄せる。

マルゴーは、自分の背を見て息をついた。

「本当にいつ拝見しても、美しい魔法円ですね」

「自分じゃ見えないけど。そうなの？」

「ええ。大魔法使いを表す均整の取れた氷の紋様、濃い三重の同心円、くっきりと浮き出た古代の言葉と、それを彩る魔法の図形。魔法機関の長が、あなたの紋があまりにも美しいから生まれてすぐに書き写したのは有名な話です。あなたが呼吸をするだけで、ここに氷の気配が浮かぶのです。大魔法使いよ」

「ふうん。首が真後ろに回ればいいいんだけど」

背中の紋は魔法使いの証《あかし》だ。この世に満ちあふれる魂を一身に集め、それを魔力に変換する王族の力の根源だった。何もしなくても、生まれつきある背中いっぱいの魔法円に、雪明かりのような光がちらちらと走るそうなのだ。もちろんそれは氷ではなく、魂が身体の中を巡っているだけだ。力が大きいから、魔法円から漏れていると言っていた。

すべてのものの魂は《魂の流れ》の中にある。生き物も、水も、植物も土も、すべてが魂を含んでいて、魂は人の目には見えない世界で繋がり、循環している。

草花が育つのは魂が注がれるからだ。枯れた葉からは魂が離れ、離れた魂は大きな流れに帰ってゆく。人で言うなら、身体を得たらその中に魂を注ぎ込んでこの世に生まれ、死ねば肉体を離れて魂の流れに還る。魔法使いが使う魂もそこからやってくる。魂を身体の中に循環させて魔力に変える。

それができるのが魔法使いで、それに必要なのが背中の紋だった。紋は濃く、大きく、美しいほど力がある。背中いっぱいに、魔法機関の者たちが言葉を失うと言うほど複雑で、古い文言で成り立つロシェレディアの氷の紋は、魔法使いとして最上級なのだった。――が、正直ロシェレディア本人には関係ない。

マルゴーに背中のボタンを留めてもらいながら、腕を伸ばして、椀に盛られたポッピの赤い実を摘まむ。凍らせて、白くなったところをぽいと口に放り込んだ。

「アイデースは、そんなに恐ろしい国？」

名前はよく聞く。地理も知っている。アイデースがアイデースがと、みんながピリピリして気を遣っているようだが、そんなに大変な国なのだろうか。

「ええ。大陸で一番大きな北の大帝国です。侵略し、統合した国は数知れず、国土も大陸では抜きん出て大きいのです。今回は、その親和使節団がおいでになります」

「王様たちではないの？」

「我が国が戴冠式でお招きでもしない限り、皇帝陛下がお出ましになることはないでしょう。戴冠式にさえ、大臣を差し向けてくるかもしれません。王女の輿入れの順番を繰り上げてくれと要求されたのをお断りしてからというもの、昔のように尻尾を振ってくれませんから」

「大帝国ともあろう者が、そのように小さな国の足元を見るようなことをするのか。もういい。どの国が攻めてきたところで、アイデースなどに頼らなくとも吾が魔力で退けよう」

大魔法使いの力を持って、国のまわり全部に氷を張るのだ。そうすれば誰も近寄れない。アイデースに助けてもらう必要もない。

「それには及びませんよ。アイデースも順番を待たなければならない身、さしたる無礼は働いてこないでしょう。我が国が優秀な魔法使いを輩出する限り、いざとなったらアイデースをはじめ、他の武強国が守ってくれます。……あなたがたの犠牲と引き換えに」

ボタンを留め終え、マルゴーを振り返ると、自罰的で皮肉な笑みを浮かべている。

「エウェストルムは小さな国。他国に守られなければ生きていけない。代償として、あなた方王女を差し出し続ける」

「そう。お前とともにな、マルゴー」

もしも輿入れするときは、側仕えのマルゴーも共に行く。彼はロシェレディアが死ぬ話ばかりをするが、自分が輿入れをして、男であることが露見すれば、マルゴーも共に――もし万が一自分が生き残ることがあっても、マルゴーは必ず殺されるのだ。

マルゴーはいつも通りの表情で、穏やかに答えた。

「いいんですよ。あなたがお小さい頃からそのつもりです」

バルコニーの下から楽隊が練習する音がする。明るく浮かれた声が流れ込んでくる。

一面に青を映す、光が差し込むバルコニーをぼんやりと眺めながらロシェレディアは呟《つぶや》いた。

「吾は本当にイル・ジャーナに行くのだろうか」

ずっとそう言い聞かされて育ってきた。

大陸中の王国や帝国が、エウェストルムの姫の、輿入れの順番を待っている。途中で攫《さら》われるのを怖れるあまり、赤子でもいいと言って王女を奪い取ったという記録まである。

大陸の武強国は、盟約を交わしあって、王女を娶る順番を互いに監視している。約束では、次《じ》の王女《ぶん》はイル・ジャーナという国に嫁ぐことになっているそうだ。ロシェレディアが男だと露見したら順番を巡る戦乱が起こる。それを避けるため、なんとかいい考えを捻《ひね》り出そうと、身体が弱いとか、塔に閉じ込めているとか、まだ魔力を上手《うま》く制御できなくて危ないなどと、あれこれ言い訳をしながら輿入れを伸ばし続けてきた。

「輿入れまでにはまだ時間があります、ロシェレディア様。きっと王が良い案を巡らせてくれるはず」

輿入れの約束は十七歳だ。だが何度断っても、イル・ジャーナは今日にも明日にもと、しつこく輿入れを迫ってくるらしい。なんとかその日を引き延ばしているうちに、言い訳か、打開策がひらめくか、新しい本当の王女が生まれるかもしれない、とマルゴーは言うが、今のところ夢の泡のような話だ。

エウェストルムは魔法使いの国だ。春と夏が長い、年中花に溢《あふ》れた麗しい国だった。緑濃い、厚い森の向こうには魔導の谷があり、そこに《魔法機関》という魔法を研究する専門の施設もある。水は涸《か》れることなく水路を流れ、澄み切った泉の水は魔力の力を借りてこんこんと湧き出し続ける。

　一年中涸れない緑、甘く大きな木の実。これはエウェストルムという国中に染みこんだ魔力がそうさせるのだという。王城もしかりだ。普通の人間にとっては普通の城だが、魔法使いには、魔法使いのために建てられた城だとすぐにわかる。

　ロシェレディアは、柱の隙間のひびからするりと廊下に滑り出た。魂の流れ《ラウフ》がここに繋がっているから、塔の三階にあるロシェレディアの部屋と、城の広間の裏側を自由に行き来できる。大魔法使いは魔力で身体の表面を覆って、世界にくまなく流れる魂の流れをすり抜けることができるのだ。

　王宮の大広間に繋がる廊下には、赤い絨毯《じゅうたん》が敷かれている。両脇には美しい彫刻の石。壁には歴代の王と王妃、まだ絵の具が新しくてピカピカしている母の肖像画がある。

　柱の陰に隠れていたら、大臣たちが通りかかった。ロシェレディアは気配を殺して、そのうしろをそっと歩く。

　宴は今夜だ。本当に皇帝は来ないのか、どんな大臣が来るのか。どんな料理が出て、果物が出て、どんな踊りが饗《きょう》されて、どんな歌が歌われるのかを知りたかった。だが宴の話にしては大臣たちの声は不機嫌そうだ。

「我が国も舐《な》められたものだ。使節団だなどと」

「アイデースの皇太子が年頃だから、先に姫様をよこせと言ってきたが、断ったらこの待遇だ。エウェストルムが襲われても他人顔をするのではないか」

白髪を生やした大臣たちは、しかめっ面でマルゴーと同じことを言った。アイデースの、エウェストルムに対する冷たい仕打ちは、城中《しろじゅう》で不服に思っていることらしい。

「そんなことが許されるはずがない。武強国がエウェストルムを守るのは大陸全体の盟約なのだ。……とはいえ、アイデースの不興を買うとはイル・ジャーナもつらいところだな」

順番とはいえ、アイデースを押しのけてイル・ジャーナが自分を得る。エウェストルムにもこの態度だ。イル・ジャーナにはさぞかしつらく当たっているに違いない。

まあ、そんなことは知ったことではないのだが。

「——ん？　おや？」

大臣が妙な声を出して振り返った。

「どうした、ハッケ大臣」

「……いや、……今、後ろに誰かいたような……」

壺《つぼ》の台座の陰も、三階のロシェレディアの部屋に繋がっている。

使節団と言うから、十人くらいでやってくるのだろうとロシェレディアは想像していた。荷運びの者を入れてもせいぜい二十人くらい。馬は——そうだな、十五頭も来ればなかなかというところか。

早朝から、バルコニーの隙間から覗《のぞ》いていたが、喇叭《らっぱ》を吹きながら先触れがきて、先発隊が来る。この時点で馬は四十頭を超えていた。青と金の房で飾り立てた百人以上の本隊がぞろぞろとやってきて、山盛りの土産を積んだ、幟《のぼり》を立てた荷車が何台も続いた。それを護衛する小隊が隊列を取り囲むようにいる。

エウェストルムの軍隊よりも強そうだ。これでも少ないと言っている。

あれが使節団なら、皇帝が来たら、エウェストルム城が溢れてしまうのではないか。

馬鹿馬鹿しい想像に自分で呆《あき》れながら、ロシェレディアは、暗い塔の窓から華やかな灯《あか》りを放つ王宮を眺めていた。

昼間には歓迎の式典があった。庭を埋め尽くすほど両国の旗が翻り、賑々《にぎにぎ》しい様子だった。中庭ではお供たちのために野外の宴が催されていて、そちらもずいぶん明るかった。日暮れと共に人々が城に吸い込まれると、夕日もいっしょに中に入れたようにすべての窓が輝き出す。

夜の王宮は巨大な光の山のようだ。いつまでも宴が続き、掠《かす》れるくらい遠くから楽器の音も聞こえてくる。窓の灯りが、息をしているようにふわふわ瞬《またた》く。笑い声や食器の音まで聞こえてきそうだ。

アイデースは織物が見事なのだという。広間ではアイデースからの贈り物が披露されているはずだ。さぞ煌《きら》びやかなことだろう。自分の部屋は目立たないよう、ランプの灯りをみすぼらしいほど暗く絞られているというのに――。

空には煌々《こうこう》と、二つの白い月が輝いている。大きなほうが『天体の月』、小さいほうが『第二の月』だ。第二の月と呼ばれているが、あれは空に昇った魂の塊で、月のように満ち欠けしながら空を巡る。天体の月は月に一度、第二の月は半月に一度満月を迎える。ひと月に一度、それらが重なる空を大満月の日と呼ぶ。今日はめでたくもその大満月だ。

二つの満月は、世界を白く明るく輝かせていて、月影が王宮の屋根に降り注ぐと、屋根がちらちら光って星を映しているようだ。

とうさまは、大丈夫だろうか。

父、エウェストルム王、スマクラディは身体が弱く、気が弱い上に人見知りだ。王としての心構えは立派で、何でも懸命に当たろうとするのだが、すぐに泣いたり頑張りすぎて具合を悪くする王だった。無理をするとたんに血を吐いたり、腹を下したり、熱を出したりする。陰では泣き落とし外交とか、虚弱王室などと笑われているらしいが、否定する要素がない。

あんな華やかな席に耐えられるだろうか。また寝込むのではないか。王の心身は、直接エウェストルムの気候を左右する。泣けば雨が降り続き、衝撃を受ければ嵐が来る。自分が大魔法使いとして生まれたと聞いたときは、悲しみのあまり季節外れの雹《ひょう》が降り、雷が丘の木を裂いたそうだ。国民のためにも穏やかに過ごすことを心がけているが、その心がけ自体が重荷になって弱ってしまうこともある。

ロシェレディアの心配を撥《は》ねのけるように、城は色めかしい熱気に包まれている。あそこに行けば、誰かと笑いながら話したり、賑やかに食事ができたりするのだろうか。芸人も来ているはずだ。異国のおもしろい話を聞かせてくれやしないだろうか。

行こうと思えば行けるが、もし見つかったら大変だ。母との約束もあるし、その場で身体を検められたりしたら一巻の終わりだ。それでもなかなか諦められない。王子の格好をして交じってみてはどうだろう。こんなに大勢人がいるのだ。どこかの貴族の息子として、庭の人々に紛れていても気づかれないのではないか。

先ほどから想像ばかりを巡らせては、遠い光を眺めてロシェレディアはため息をついている。物語を眺めているようだ。自分が存在しない世界だ。吾はこのまま誰にも知られず一生を過ごすのだろうか。そう思うと悲しさよりも虚《むな》しさでやるせなくなる。

知らない間に指先からちらちらと、氷の粉が生まれているのを、ふう、と息をかけて吹き散らしたときだ。下のほうで「わっ」と小さな声がした。男の声だ。何かと思って覗いてみる。ここは秘密の塔だ。足元に灯《とも》りは点っていない。地上の植え込みがガサガサと動いている。

――賊か。

この塔を狙って来たなら物知らずもいいところだ。塔の根元には入り口がない。渡り廊下から登ってきたとしても、途中に立ちはだかるマルゴーは、塔での戦闘のために特殊な訓練を積んでいる。彼を倒してきたところで、待ち構えるのは大魔法使いだ。人間の身体など一瞬で氷にしてやる。

昨年、綱を登ってきた賊は、足から凍らせて跪《ひざまず》かせた。衛兵が連れていったが、どこの者かは教えてもらえなかった。

ガサガサと茂みを分ける音は近くまで寄ってくる。本当に何も知らないのかと思って覗きこむと、茂みの中から見上げた瞳と目が合った。

月明かりにも燃えるような金色の目だ。彫りの深い顔立ちの、赤い髪をした少年だった。

——まずい、見られた。

舌打ちをしたくなるのを堪《こら》えて、マルゴーを呼ばなければならないと思う。あれは他国の男だ。彼を捕まえ「あれは我が国の姫だ、他言無用」と言い含めてもらわなければならない。またしばらくお小言だ。

彼を恨みながらバルコニーを離れようとしたとき、少年が急に声をかけてきた。

「——姫。姫か。イル・ジャーナに行くという」

いきなりそんなことを問われて、ロシェレディアは息を呑《の》んだ。この少年は何者だろうか。賊にしては身なりがいい。それにここに自分が閉じ込められていること、イル・ジャーナに行くことを知っている。

「匿《かくま》ってくれ」

彼は塔の下から声をかけてくると、ポケットからかぎ針を出した。岩の継ぎ目や二階のバルコニーに器用にそれを引っかけながら、塔をよじ登ってくる。

驚いてそれを見ていたロシェレディアは、はっと我に返った。誰かは知らないが、来られては困る。

「——!」

手のひらに魔力を溜《た》め、雪を凝《こご》らせる。それを少年の頭に投げつけた。

「わぷ！　待って！　待ってくれ。雪……？　今頃？」

上げた手で雪玉を避けた少年は、自分と空を見比べる。もう一つ投げつけると、少年は腕でそれを払って、池に落ちた人のような、情けない顔で言った。

「なあ。頼むよ。静かにしてくれるなら、側には行かない。助けてくれ」

そう言ってぐんぐんよじ登って、バルコニーの端に下りると、身体を低くした。

「おい、こっちだ！　茂みをよく探せ！　逃がすな」

「足跡をよく見ろ！」

ひそめた声で数人の男が言い合っている。さっき、この少年がいた辺りをガサガサと掻《か》き分け、「いない」と口々に言い合いながら、塔の下を走り去ってゆく。

匿ってくれと言った。追われているのか。

ロシェレディアは窓辺まで後ずさって、距離を取った。

「物騒だな。何事だ」

「見ての通り、殺されそうなんだ」

困った顔で肩をすくめる少年は、歳《とし》は自分より少し上、十五、六、といったところか。明るく整った顔立ちで、自分より身体が大きかった。

金髪を含んだ赤毛は、月光を受けて炎のようにきらめいていた。しっかりとした眉。何でも食べられそうな大きな口、くるくると動く、表情は快活そうだ。

近くで見るといよいよ身なりがいい。大臣――にしては若すぎるので、貴族の子というところか。

「衛兵を呼ぼう。見逃せない。使節団の客人だな？　迷惑をかけた」

最近、アイデースに悪感情を持っている大人は多いと聞いた。今朝の大臣たちも、マルゴーもだ。刺客を立てるまでもないと思っていたが、エウェストルムで、アイデースの客人が殺されたらそれこそ一大事だ。自分が真夏の湖を凍らせたことなど比べものにならない。未遂にしたってこのままにはしておけない。

彼はこちらに軽く手を翳《かざ》した。

「いいや、このままで。エウェストルムに危害は加えないから」

「なぜそんなことがわかる」

「まあ、そうだな。でも信じてくれ。確かだ」

と言って彼は、膝に手を当ておもむろに立ち上がった。背が高い。

「ちょうどよかった。エウェストルムの姫」

「何がだ」

「エウェストルムの第一王女は、大魔法使いな上に大層な美妃《びき》なのだと聞いていてな。一度姿を見て、話してみたかったんだ。宴にもいなかっただろう？」

そう言われて反射的に身を翻した。やはり貴族の子だ。しかも宴に出られるような。

「まって。待ってくれ。返事をして。一生の、思い出に」

部屋に飛び込み、椅子の後ろに回ったロシェレディアに、少年は縋《すが》るようにそう言った。

「さっきから、変なことばかりを言う」

部屋に入ろうとしたら投げつけてやろうと、手のひらに硬い雪玉をつくりながら唸《うな》ると、彼は、あっ、と思い出したような顔をしてから、気まずそうにロシェレディアを見た。

「ああ、俺はアイデース帝国第五皇子、イスハンという」

「……皇子？」

確か、使節団の団長は第五皇子と聞いていた。身なりからすれば間違いないだろう。襟元の青いブローチも、大帝国とはいえ、一介の貴族が着けられるような大きさの宝石ではない。

「皇子のくせに殺されそうなのか？」

訝《いぶか》しく尋ねると、イスハンは更に困った顔をした。

「皇子と言っても何だ。第五皇子ともなると、何の権力もない。財力もそこそこ、生まれた順番を示すだけだ」

だとしても、なぜ殺されそうなのかロシェレディアにはわからない。イスハンは窓枠に身を寄せながら言った。

「なあ、側に行ってもいいか」

「駄目だ」

「こんな大きな声で話していては人が来る」

お前のせいだと言いたいところだが、興味に負けてしまった。いざとなれば凍らせればいいし、相手は帝国の第五皇子だ。こうなってしまったからには、最少の人数で、納得してもらって、静かに帰ってもらうのが双方にとっていちばんいい。

黙って立っていると、静かに彼が入ってきた。

「やはり第一王女か。噂《うわさ》に違《たが》わぬ美しさだ」

「何をしに来た」

「一応、使節団の団長だ。実際のところは物見遊山だ。来てよかった。美しい国だな、エウェストルムは」

彼は部屋に入ると、身を隠すように入り口の壁の側に立った。バルコニーの向こうに二つの月が浮かんでいる。眩《まぶ》しいほどの銀色に半身を照らされて、彼の髪は燃え上がりそうに輝いている。

「そのうち俺は、黄金《きん》を持たされてどこかの領地にやられるだろう。そうなったら一生そこで暮らすしかない。それとも、馬に乗って世界中をさすらうか。そうなる前にいろんな国を見ておいたほうがいいだろう？　どこが危険か、どこが住みよいか知っておかなければならない」

「皇子ともあろう者が商人のようなことをするのか。国を捨てるのか？」

「死にたくないからな」

楽しそうに話していたイスハンは、不意に声音を落としてぽつりと言った。

「帝国の第五皇子など、ぼんやりしていたら死ぬに決まっている。あちこちの国に愛嬌《あいきょう》を振りまいて、いい逃げ場所が決まったら逃げるのだ。本当なら今すぐにでも逃げたいほどで」

追われる場面も見たし、先ほどからイスハンも繰り返すけれど、ロシェレディアにはさっぱり事情がわからない。

「なぜ？　殺されるようなことをしたのか？　誰がお前を殺すというのだ」

「兄に決まっている。父かも、義母たちの誰かかも知れぬ」

「わからない」

親兄弟が、彼を殺すというのか。他国の刺客ならまだしも、家族が？

「わからぬか。エウェストルムは子が生まれれば生まれたほど良いからな」

イスハンは、静かに壁から離れてこちらに近づいてくる。

「長兄が皇太子だ。父皇帝はもう長くない」

聞いたことがある。アイデース皇帝は老齢で、代替わりが近いが、彼の国《かのくに》に限って言えば跡継ぎは何の問題もない。年頃の皇子が何人もいて、もう代替わりの準備に入っているとも聞いた。

「兄が即位すれば、俺たちは運がよければ追放されるか、静かに殺されるだろう」

「なぜ?」

「足元を掬《すく》われぬために。兄に成り代わって皇帝になろうとしないために。玉座に着けば、己の血統以外を排してしまう。代々そういうものだ。だから俺には際立った叔父がいない。みんな何かで亡くなった」

他の兄弟が王にならないように殺してしまう、というのだ。意味がわからない。

「男に生まれたのが運の尽きだ。あと数ヶ月早かったら、俺も姫だったら、また待遇は違っていただろうな」

まだわからないか? という顔をして、イスハンは続ける。

「俺たち兄妹《きょうだい》は、皇帝を除いて皆数ヶ月違いで生まれ、皆母が違う。兄弟ではあるが、皆他人のようなものだ。誰もが皇帝の母になりたい。皇帝に仕える従者になりたいのだ。皇帝の母、皇帝のおじ、皇帝の大臣、皇帝の女官。『皇帝の』とつくだけで得られるものが天と地の差だ」

「信じられない。いい暮らしや権力が違うというだけで、兄弟を殺すというのか?」

「それがいい。エウェストルムのいいところだ。毒を盛られて寝込んだりせずに済む。側近が二人死んだ」

「本当に……？」

聞くこと聞くこと信じられないことばかりだ。皇子であるというのに城の中では毒を盛られ、国を出れば刺客に追われる。それを差し向けたのが身内だというのだ。たまらず誘いかけた。

「エウェストルムに来るといい。……第五皇子」

「『イスハン』」

「……イスハン」

本当に身分に価値はないのだと言いたげに、彼は名を名乗り直した。

「ありがとう。そのときはよろしく」

明るく笑うイスハンを見ていたら、こちらが寂しくなる。生きているだけで殺される。生まれてきたのが罪だという。大魔法使いというやっかいな力を抱いて生まれてきた自分を必死で守ろうとしてくれる、この国とは大違いだ。

目の前に、ひらりと雪が落ちる。イスハンが目を瞠《みは》って空を仰いだ。ロシェレディアの悲しさの代わりに、部屋の中に雪が舞い、あっという間に床がうっすら白くなった。驚くイスハンに、ロシェレディアは囁《ささや》いた。

「約束する。お前のことを必ず誰かに伝えておく。その頃にはもう吾は、ここにはいないから」

「すまない。やがて輿入れなのだったな」

「いや、いいんだ。吾は、ほとんど誰とも話したことがない。イスハンと話ができてよかった」

十年間、ここで生きて、何も知らないままイル・ジャーナに行く。イスハンが話してくれなければ、生まれただけで殺される皇子がいることなど知らなかった。北の大帝国の第五皇子がこんなにやんちゃで明るいことも——。

イスハンは顔を曇らせた。

「本当に、イル・ジャーナに行くのか？」

「さあな。今のところはわからないが、行くか、死ぬか、というところだ」

イスハンは、肩で大きくため息をついた。

「姫君の定めだな。助けてやりたいが、余計な世話だろうか」

「話が早くていい。そうだ。吾が行かねばエウェストルムが滅びる。約束を破ったとして父の首が打たれる。吾の運命だ」

イスハンにイスハンの運命があるように、自分には第一王女として、逃れられない運命がある。かわいそうにと哀れまれることは何度もあったが、しかたがないなと労《いたわ》ってくれるのはイスハンが初めてだ。そしてそれこそが自分が望んだ本当の慰めだった。

イスハンは、軽く腰をかがめて、皇子の仕草でロシェレディアの手を取った。

「そうか、せめて俺はそなたを」

「『ロシェレディア』」

「美しい名だ。ロシェレディアを忘れない」

「お前は生きよ、イスハン。吾の代わりに」

こんなにあたたかい手をした皇子は、生きなければならない。祈りを込めてロシェレディアが囁くと、イスハンは頷《うなず》いてからバルコニーを気にした。

もう人の気配はしない。長居もできない。

「話ができてよかった。ロシェレディア。幸運と精霊の加護を」

彼はあたたかい頰をロシェレディアにつけ、アイデースの挨拶をしてから、庭を駆け回る武官の子のような笑顔を残して、またバルコニーから去っていった。


無造作に生えた足元の長い葉が、小さな露を結んでいる。珠《たま》のようにつやつや光る、青い実が成った植物。壁から掛かり落ちる蔓《つる》にさえ橙《だいだい》色《いろ》の花が咲き、夜風にふわふわと揺れている。月光に輝く噴水は、砕いた宝石を吹き上げているかにきらめいている。どこからか無数に飛んでくる綿毛が、銀月を弾《はじ》いて星が飛んでいるようだった。手のひらくらいの葉がぴかぴかと、鏡のように照り返している。

夢の世界に迷い込んだようだ。それとも冥界とはこういうところなのか。刺客が隠れるところをつくらないよう、植物を徹底的に廃されたアイデース城より贅沢《ぜいたく》だ——。イスハンは濃い緑の植え込みの中に立ちながら、自分の指先を見た。

目に映る景色に落差がありすぎて、現実かどうかわからなくなる。

遺跡のような門塀。むせかえるほどの緑、国全体に香る気高い花の香り。ふんだんな水のにおいが甘く漂う。豊沃な土は夜露に濡《ぬ》れて、独特の芳香を立ち上らせている。鈴のように歌う虫たち、遠くから夜に生きる鳥の声が聞こえる。ただただ雪に埋もれて白く、何も動かず、墓の下のように灰色に凍ったアイデースとは雲泥の差だ。豊穣《ほうじょう》の女神がこの国にだけ微笑《ほほえ》んだような、自然の精気に溢れた国だ。

指先に冷たさがまだ残っている。彼女が自分の運命を悲しんで、降らせた雪の冷たさだ。

イスハンは静かに指先を握り込みながら、塔を見上げた。

扉は閉ざされ、もう誰も覗いていない。

——月のような姫だった——。

ずっと、胸がとくとく波のように打ってぼんやりする。

氷のような薄青の瞳。月光を糸にしたような、輝きながらさらさらと揺れ動く銀髪。

こんなに豊かでなよやかな国であるのに、姫とはああも潔いものか。あの覚悟、あの清冽《せいれつ》さ。

女にしておくのがもったいない。あれが王太子なら、いい国王となっただろうものを。

離れた場所から、がさっと枝葉の音がした。

「イスハン様、ご無事でしたか」

「……ああ」

　イスハンの側近、ジョレスという男だ。亜麻色のくせ毛を襟足で短く結んでいる。五年ほど前から生やしている鼻髭《はなひげ》も同じ色だ。歳はイスハンより九つ年上だった。兄代わり父代わり、いつでも一緒でエウェストルムにも護衛でやって来たが、追われている途中ではぐれた。彼がこっちに逃がしてくれたのだ。

　黒い服に身を包んだジョレスは、イスハンの目の前まで歩み寄ってきて、声をひそめた。

「刺客は捕らえて、城の外で始末いたします」

「そうか。エウェストルムに迷惑《こ》《ち》《ら》が掛からぬよう」

「はい。野盗の仕業を装います。賊はまだ潜んでいるかと思います。引き続きお気をつけください」

　武強国を訪問したときなど、帯剣が当たり前なのをいいことに、一晩に三度も襲われた。魔法国エウェストルムが刺客を出したとするにはかなり無理があるから今夜はこれで終わりだろうが、もう最近はなりふり構っていられないような襲われかただ。命さえ奪ってしまえば、あとはなんとかなるとでも思っているらしい。

「イスハン様。それにしてもどこにいらしたのですか？　肝が冷えました」

「気の毒な雪の精に会った。いや、月の精かな？」

この国に住まうにふさわしい、美しい姫君だった。銀色の月に照らされて、自身が淡く発光しているような、神秘的な花のような姿をしていた。

夜に咲く花々も彼女に似合うが、他の国では見られない、アイデースの純白の雪もきっと似合う――。

「なあ、俺の伴侶探しはどうなっている」

「は――伴侶……でございますか？　いや、……もちろん、探しては、おりますが……その……」

「――戯《ざ》れ言だ」

普段冷静なジョレスが、あまりに虚を突かれたようにあたふたと言葉を探しあぐねるから、なんだかいたたまれなくなってしまった。

伴侶を探す年頃ではある。だが明日《あす》をも知れぬこの身の上で、妃《きさき》など迎えられるはずがない。

それにどんな美姫が来てもロシェレディアではない。……そう、ロシェレディアではないのだ。

浮かれすぎだ。

イスハンは大きく息をついた。

美しい姫だった。もう一度会いたいと思った。そしてできるならあの姫を、自分の妃に迎えたいと――。

考えかけて、イスハンは空を仰いだ。

二つの月が、エウェストルムの豊かな夜を照らしている。

この夢のような景色に住む人だ。空に魚が飛ぶより、ありえない話だ。

近々さすらい人になる第五皇子が、国同士の約束を破って、エウェストルム第一王女、大魔法使いロシェレディアを奪えるわけがない。

† † †

とある晴れた日、

「お身体の具合でも？」

部屋に入ってきたマルゴーが訊《き》いた。机で本を読んでいたロシェレディアは、氷色の視線だけでマルゴーを見やってまた、ページに目を落とした。

「いいや、別に？　どうして？」

「最近ロシェレディア様が、城の中でいたずらもなさらず、お部屋でおとなしくしておいでなので」

「いたずらをしようか？」

「いいえ。滅相もないことです。ただ私は感服しているだけです。そのように突然大人になったように、お聞き分けになるものですから。おかげでメルケリ女官長のご回復も捗々《はかばか》しいそうで」

メルケリ女官長は、ロシェレディアに王女の所作を教える厳格な老女だ。言われたことはちゃんとしているのに、ロシェレディアが謁見の間の前の廊下に、下り階段の絵を描いて、それに驚いた他国の使者が転んでしまったことに衝撃を受けて、倒れたというのだ。行儀良く描いたと言ったが受け入れられなかった。

とはいえ、マルゴーの言いたいこともわかる。

なんとなく最近、外に出る気がなくなってしまった。

イスハンと出会ってから、ずっと彼のことを考えている。彼の屈託のない笑顔とその身の上を思い返しては、気の毒で胸が絞られそうになるし、塔を登って声をかけてくるだなどと本当は馬鹿なのだろうかと思ったりもするし、五番目に生まれたというだけで殺される理不尽さに怒り、その怒りのぶつけ先がないのに煩悶《はんもん》するを繰り返していたりもする。

「かあさまとの、約束もあるしね」

父王は、大役を終えて寝込んでいるらしい。彼の体調の揺らぎによる嵐は一日で去り、雨も五日で止《や》んだ。心配したよりだいぶん軽傷だ。母もようやく弟の元に通って心配をしてやれているようだ。

「さようでございますか。ようやく……ようやくロシェレディア様も……」

マルゴーは、勝手に感動して涙ぐんでいた。そして、はっとこの部屋を訪ねた用件を思い出したように顔を上げる。

「そ、そうです。月光様にお手紙でございます」

「手紙……?」

失笑が漏れた。一体誰が自分に手紙を寄越すというのだろう。唯一手紙をくれていた、母方の祖父はもう亡くなってしまった。母からだと言うなら、いよいよ心の壊れ具合が心配になるのだが——。

盆の上に差し出された、巻かれた手紙を手に取る。

上等な薄い皮だ。紺色の紐《ひも》でまん中を巻かれている。佇《たたず》まいからして国内から来た手紙ではないようだ。

ずいぶん厚く巻かれていた。長い手紙のようだ。

紐を解いて端を引き出してみたが、見たことのない字だった。黒々と質のいいインクで、だが書き付けたような歪《ゆが》んだ文字が記されている。

——此度《こたび》余が訪れし地は、鏡が如《ごと》き七つの池が陽《ひ》を照り返す平原を渡り、破砕が玻璃《はり》の流る画の如き沢を越え——。

独り言とか物語の始まりのような、到底手紙とは思えない意味不明な散文が書きつけられている。読み進めてみても同じだ。緑がそよぎ、滝の音がする。落ち葉が濡れている。昨夜雨が降ったらしい。

「これが……吾に……？　どうしてこれが吾への手紙だと？」

読めば読むほど意味が不明だ。一度も自分の名はなく、機嫌を伺いもせず、用件も書かれていない。鳥がどうのとか、馬がどうのとか、薪《まき》がどうのとか、砂がどうのとか。

「ええ。大層不思議な様子なのですが、その……」

この乱雑な文字で読みつづけると思うとうんざりするほど長い巻き紙を、しゅるしゅると最後まで解いてみると、最後に署名があった。王族しか使わないカンチャーナ文字が目に飛び込んだ。

――月の精へ。さすらい人より。

どう考えたってイスハンだ。

マルゴーは困惑した顔をする。

「不穏な内容だといけませんので先に拝読しましたが、内容はどうやら旅行記で、特にロシェレディア様と関係のあることは書かれておりません。行き先も意味不明です。しかし、カンチャーナ文字が読み書きできる者の中に宛名の心当たりがなく、『月の精』と申しますと、やはりロシェレディア様しかいないのではと、大臣が、一応、月光様のお目に掛けるようにと――」

カンチャーナ文字というのは、王族とその限られた側近、宗教機関の高位のものしか読み書きできない文字だ。文字そのものが身分の証明となり、王族としかやりとりできない秘密の文書を書ける。

「……わかった。預かろう」

「お心当たりがなければ他を」

「いや。吾に宛てたものだ。間違いない」

マルゴーは訝るが、これを書いたのが誰かを説明してやれない。今にして思えばだいぶん危険なことだった。輿入れ前の幽閉の姫君と、命を狙われる第五皇子の逢瀬《おうせ》だ。あれやこれやと言葉を尽くしてマルゴーは、相手が誰かを探ろうとしたが、秘密を呑《の》み込むのは得意なロシェレディアだ。言わないだけだ。簡単だった。

とうとう諦めて、マルゴーが退出したあと、改めて手紙を机に開いた。

用件は取り立てて無し。暗号も仕込まれておらず、特別な暗喩もない。隅々まで読んでみてもただの旅の感想だ。

どういう意味だろう、と思いながら繰り返し読んで、月が二度も巡った頃、また手紙が届いた。湖に行ったそうだった。

その後も、そのさすらい人から数通の手紙が届いた。知らない間に、上等な袋に入れられて、城内に投げ込まれているそうだ。

相変わらず、旅先で書き付けた旅行記だ。

砂漠へ、海へ。空に手が届きそうな高原へ。

「どういうつもりだ……」

寒さを防ぐために、ミーアの群れに埋もれて眠ったという話を読みながら、ロシェレディアはため息をついた。

他愛ない旅行記だ。見たもの、聴いた音、感じたことが素朴に書き付けてある。

どういう目的で寄越してくるのかさっぱりわからない手紙だったが、最近になってロシェレディアは感じることがある。

追われるようにイスハンが旅をする大陸のあちこち。見知らぬ景色。

自分はここに行かないだろう。一生エウェストルムとイル・ジャーナ以外の国を知らずに生きるのだろう。羨ましいと言ったら、イスハンはまた「追われているのだ」と困った顔をするのだろう。

イスハンの思いやりだった。彼の旅先を分けてくれているらしい。

昼下がり。のどかな陽が差す塔の三階だ。

ロシェレディアは、すっかり冷めてしまったお茶を口に含んだ。なんだかんだとイスハンの旅行記は面白く、暗記するほど読み返しても書を開くたび、いつもうっかり読みふけってしまう。驚いたことをそのまま書き、自然の様子を興味深く眺めているのがわかる。詩人のように気取ったことを書いてみたり、子どものような感想だったり、ときにはこれをいかに我が国に取り入れるか、など、皇子らしいことも書いてある。皆が下船したあと船が流されてしまった話など、面白すぎて今でも眠る前になると必ず思い出すほどだ。

ロシェレディアは、伸びた爪の先で、黒々と勢いのいい文字を辿《たど》った。

窓からやわらかい風が吹き込んできて、ロシェレディアの頬のあたりの髪を揺らす。

返事は書かない。書いたところで、さすらい人には届きもしないだろう。

羨ましく恋い焦がれながらも、月の精はただ見守るだけだ。月光のようにただ、心だけを彼の心に沿わせて。彼の身を守るために。

† † †

またアイデースから親和使節団がやってくると聞いたとき、ロシェレディアが期待をしなかったと言えば嘘《うそ》になる。

いつ来るのか、誰が来るのかとしつこくジョレスに尋ねて訝しがられたり、大臣たちが宴の話し合いをしているところに聞き耳を立てに行ったりした。もしイスハンが来たとしても会えるわけでもないのに、そわそわと落ち着かなかったり、手紙を読み返したりした。

その後、団長はイスハン第五皇子であると聞いて心の内で快哉《かいさい》を叫んだり、なんとか宴に紛れられないものかと真剣に考えたりしたのも本当のところだ。

だが、今となっては頭を抱えるしかない。

「やあ。ロシェレディア。元気だったか？」

塔の外壁をよじ登って、イスハン第五皇子本人が再びバルコニーに下りて来たのだから。

「何をしに来たのだ」

不可解というか、脱力というか。

今日ほど、王女の格好をしていてよかったと思った日はなかった。マルゴーの老婆心に感謝だ。他国の皇子が二度も塔の壁を登ってくるとは考えもしないから、いくらしつこく勧められても王女の衣装は拒否したのだが、今夜はマルゴー自身が宴に呼びつけられている。真っ青な顔をして、いつにも増してひどく心配するマルゴーの、鬼気迫る押しつけに負けて着てしまった。

風に乗った薄桃色の花弁が、バルコニーに吹き込んでくる。

腿《もも》のあたりの埃《ほこり》を手で払って、明るい声でイスハンは言った。

「手紙の感想を聞きに来た。ロシェレディアが返事をくれないから」

「届けてよかったのなら、そうしたのだが？」

「よくはないな。だから聞きに来たのだと言っただろう」

入っていいか、と彼は視線で許しを乞うが、ここで断ったらまた前回と同じく見つかる危険性が上がる。しかも賊ならまだしも、もうロシェレディアは彼の正体を知っているのだ。見つかったときは共犯だ。

ロシェレディアがため息を吐いて部屋の奥に進むと、イスハンは明るい表情で入室してきた。

「どうだった？　読んだか？」

「珍しくはあった。ただ字が汚い」

「それはしかたがない。旅先ではまともな机がないのだ」

「――……。……焼いた魚はどうなったのだ」

肝心なことが書いていなかった。イスハンが釣った魚だ。抵抗が激しく、最後は木切れで頭を叩《たた》いて引き上げたそうだった。七色の大魚で石を焼いてその上で魚を焼いた。そのあとその感想だ。

「ああ。アレか。中は多少ナマだったが外はよく焼けていて、皮は香ばしく、身は柔らかく、ほんのり透き通っていて。風味ばかりが際立って、かえってよかった」

ああ、聞かねばよかった。イスハンといっしょにそれを食べてみたくなる。イスハンの旅の途中の食事というのは、獲《と》ったばかりのものを焼いたり蒸したり、素朴で贅沢な料理ばかりだ。珍妙な食材。言葉に尽くせぬ風味の香辛料。呪《まじな》いのような調理法。聞いたこともない肉や魚や果物を、珍しそうに楽しんで食べている。

「海の魚はいい。潮の香りがして、適度な塩気もあって、川魚にはない甘味がある」

「もういい、こちらへ」

部屋を通過して、バルコニーの裏側の部屋に連れていった。

扉を開ける。部屋と言っても天井は空いており、空の角度を測るための鉄線だけが、夜空を八等分に切り分けている。

昼間はロシェレディアが日に当たるための部屋だ。イスハンは両手を空に伸ばした。

「すごい……。星がよく見える。月も」

「あまり大きな声を出すな。護衛に聞こえる」

今、マルゴーは王宮に挨拶に出ている。その代わりに護衛兵が階下に詰めているから、何かがあったとき泣き倒して甘えても、マルゴーのように口を噤《つぐ》んではくれない。

石張りの部屋のまん中には円卓があった。屋根が吹き飛んだような建物の造りを珍しがるイスハンを奥の席に座らせて、ロシェレディアは小さな卓の向かいの席に座った。

圧倒的な星空だった。晴れた日はいつも満天の星となる星の間だが、今日はまた特別輝いているように見える。まるでイスハンが星を連れてきたようだ。空に浮かぶ二つの月も、今夜は鑿《のみ》で削りだしたように細く、遠慮がちだ。

「星の間だ。ここでいつも、月の記録を付けている」

「そうか、魔法使いにとって月は重要だと聞いた」

「星を読み、月を識る。天がこの地に及ぼす力を計算するのも我が王室の重要な役目だ。——それで、手紙の感想だと？」

「ああ、それもいいが、実は先日、東の山向こうに出かけたのだ。シュティン公国の皇太子の叔父の子の誕生祝いに招かれてな」

「本当に、どこへでも行くのだな」

「すごくひろい草原があった。緑色の糸を植えたように揃《そろ》っていて美しくてな。それに秋には紫色の花がつくのだそうだ。手紙を途中まで書いたが、話したほうが早いと思って言いに来たんだ」

「いや……それは……」

困りかけて、気力を振り絞るようにしてロシェレディアは尋ねた。

「イスハン。お前は自分の立場を覚えているか？」

幼なじみでも、客人でも親族でも何でもない。正式に紹介してもらったわけではなく、何なら同じ国の者ですらない。有り体に言えば不審者だ。身元がはっきりしているだけで、王の許しを得ずに秘密の塔に入ってきた侵入者だった。他国の王子だ。見知らぬ民間人よりなお悪い。

「お前こそ忘れたのか？　ロシェ。このあいだよく話して聞かせたのに」

残念そうな顔で言われてももう怒る気にもなれない。イスハンは、ふむ、と言って腰に手を当てた。

「確かに、見つかったときの言い訳を考えておかねばならないな。婚約中の王女に、他の国の男が会いに来ては問題だ。我らの間は誓って潔白なのだが、なあ、ロシェレディア」

「イスハンの側近は随分苦労をしているようだ」

城でもこの調子なのだろう。側近の苦労が知れる。自分までが頭が痛い、と思いながらイスハンの提案を聞いてやることにした。

「それで？」

「まず関係の申し開きをせねばなるまい。恋人は……駄目だろうな」

「国家を揺るがす大事件だ」

「親善大使として挨拶に、とか」

「塔の壁をよじ登ってか」

「それはお前の国が悪い。せっかく親善に来たのだから第一王女に一度ご挨拶を、と正式に申し出たが、具合が悪いとか、身体が弱いとか、気が弱いとか？」

チラリと金色の目がこちらを見る。

「続けて」

「魔力の調子が悪いなどと言って、面会を断られた。宥《なだ》めてもすかしても聞く気がない。土産を積んでも門前払いだ。だから仕方なく壁を登っているに過ぎないのだ」

エウェストルム側に非があるようにイスハンが言い退《の》けるのにもはや呆れるしかなかった。

一応正式な申し入れをしてくれたらしいイスハンには申し訳ないが、エウェストルムの対応は当たり前だ。

イスハンは椅子の肘掛けに頰杖をついてため息をついた。

「まあ、友だち、というのがいちばん穏便であろうと思う」

「そうだろうか」

「たまたまこう……文通などをしたとして。ただの友だちならば誰にも咎《とが》められない。ロシェが返事をくれぬこと以外、嘘ではないし」

「吾にはなかなかそうは思えぬ」

実際そんな言い分は通らないが――、いざとなったらイスハンは自分が逃がせるから、それでいいはずだ。

「……が、そういうことにしておこう」

ロシェレディアは卓に肘をついて目を伏せた。

どうせイスハンとはもう、何度も会えはしない。これで最後かもしれない。その間、自分たちの関係をごまかすには、友だちという粗末でちゃちな隠れ蓑《みの》でいいはずだ。

その理由に暗く思いを馳《は》せたとき、自分を見つめていたイスハンがふと、空を仰いだ。

「ここからも見えるな。北極星《ノールチャーネン》」

そう言って星を指さす。

北の空、一番暗いところに燃える一際大きな星。『北の蒼玉』とも呼ばれる青白く燃える大きな星は、イスハンの瞳の輝きとどこか似ていて、俺はここだと語りかけてくるようだ。

「旅をするときは、アレを見ながら動くのだ」

「行き先など、魔法で探せばいいのに」

「魔法使いはすべて皇帝のものだ。俺の隊には魔法使いなどおらぬ。あの星を見て、方角が合っているかどうかを知るのだ」

「ここに来るときも?」

「そう。あれがあれば、どこからでもエウェストルムに——ロシェのところに来ることができる」

明るい彼の表情に、きゅ、と胸が痛んだ。

あの、蒼い星のようなイスハン。自分はこれを失うのだろうか。本当にこれきりだろうか?

イスハンを救う手立てはないのか。

応えられずにいると、イスハンは胸元からブローチを外した。青くてよく磨かれた宝石だ。北極星を練り固めたような深い輝きを含んだ宝石は、飲み込めないくらいの大きさで、縁に大粒の金剛石が翼型にちりばめられている。

「お前はこれを星にするがいい。俺はいつだってロシェレディアの心に寄り添っている。……迷惑か?」

「いや……」

「いちばんお気に入りの宝石だ。この間、これを着けていたらロシェレディアに会えた。だからまた着けてきたんだ」

ことり、と机の上に差し出されて、ロシェレディアは受け取った。おずおずと胸元に当ててみると、イスハンが満足そうに頷く。

「そろそろ行かねばならぬ。またそなたに会えてよかった」

イスハンは立ち上がり、ロシェレディアの手を握った。軽く頬をつける挨拶をしてバルコニーに向かった。

「またそこから帰るのか」

「来たところから帰るのが礼儀だろう?」

階段から帰ることを希望されても、見張りの前を通って一旦城に出るしかないから無理だが、だからといってそれを礼儀と言われても困る。

「俺が生きているか、次の親善がお前の婚礼に間に合ったら会おう。じゃあ、また」

イスハンは、心細いくらい細いかぎ針をバルコニーの手すりにかけ、身軽な仕草で手すりの向こう側に下りた。

ふっと、彼の頭が見えなくなる。

ロシェレディアはとっさにバルコニーに身を乗り出し、下を覗いた。勢いで飛び散った氷の粉が、月光にきらきら光る。

「手紙にしてくれ。何度でも読める」

「わかった」

イスハンの姿は、塔の下へと消えていった。イスハンが去った暗い虚空には、自分の髪が、星明かりを弾いてきらめくばかりだ。


無事、アイデースからの使節団は送り出された。

翌朝から飾りの旗が取り除かれ、柱に巻かれた布が解かれ、庭に広げられた椅子や卓が仕舞われた。それが終わると城の人々の労《ねぎら》いの宴が行われ、その片付けも終わって、いつも通り、のどかなエウェストルム城が戻ってくる。

午後になってマルゴーがロシェレディアの部屋を訪れた。お決まりの茶を出し、毎晩の褥《しとね》と夜着を整えるのも彼の仕事だ。

「『夏の間《ま》』に、贈り物の飾りつけが整ったそうです。夜になったら人払いをして王宮へ行ってもよいとのことなので、夕餉《ゆうげ》のあとにロシェレディア様をご案内いたしますね」

アイデースからの土産物が広げられ、明日から大臣たちに披露されるらしい。その前に見てよいと父王が許したというのだ。

マルゴーは、宴のことを話した。ロシェレディアが聞きたがっていた楽団のこと、料理のこと、芸人のことも。

「御一行の皆様は、さすが大国、アイデースの使節団というところでした。お召し物も豪華で、帽子も衣装も素晴らしかった。土産は言わずもがなで」

宴のときの感動が蘇《よみがえ》ったように、熱っぽい声でマルゴーが言うのを、行儀悪くソファに寝そべってロシェレディアは聞いている。

「宴のときに広げられたものを拝見したのですが、金箔《きんぱく》を使った絵画や、食器、ふんだんな宝石は虹のようで、どれも見事なものでございました。使節団のかたのご様子も立派で、毛皮や鳥の羽の帽子など、それはそれは豪勢で。そして団長のイスハン第五皇子のご立派なこと」

「ふうん……」

「青く光る絹のお召し物でした。それが赤い御髪《おぐし》によく似合っていて、まさに北の若き皇子というところでございました。ベルトや靴も一級品です。私の見立てでは、あの革は流行《はや》りの西の国のものですね。鞘《さや》の飾りも上品かつ華やかで、よほど良い職人がいるのでしょう」

マルゴーは宴の夜、使節団に挨拶に行った。第一王女と会いたいと言う、使節団団長に丁重に断りと詫《わ》びを重ね、側近として詳しく王女の様子を伝え、当たり障りのない歓迎の言葉を伝えるためだ。

「許されることなら、本当にロシェレディア様がご面会になるとよいと思いました。アイデース側もあなた様とのご面会を熱望されて、第一王女とひと目会わせてくれないかと申し入れてきましたが、到底無理な相談です。あなたに特別な事情がなくとも、ご婚礼の決まった姫君を未婚の皇子と会わせることなどできません。ですがそれゆえなお、あなたと会わせたかった」

随分イスハンに肩入れしているような口ぶりだ。

「その……第五皇子とやらは、どのようなかただ」

「そうですね。先代の団長と違い、朗らかで人なつっこく笑われるかたでした。お話しようも明晰《めいせき》で、礼儀正しく、堂々としていて、大国の使節として遣わされるのにふさわしいかたでございます。しかもまだ十四歳なのだとか。まあ、酔いが回ったと言って、宴が始まっていくらも経《た》たないうちに庭に身体を冷やしに出られたところが、まだお若いというところでしょうか」

「へえ……」

その明晰で礼儀正しくご立派な使節団団長は、わざわざ名指しで王女の側近を宴に呼びつけ、酔ったと言って庭に出て、塔の壁を盗賊のようによじ登り、悪筆で書き付けた手紙の感想を尋ねに来ていたわけだが。

「あちこち親善に行かれるせいか、第五皇子は話題も豊富で、きっとあなたの口の達者な――失礼、よい話し相手になるのではないかと私は思ったのですがね」

「そう」

ロシェレディアは静かに胸に触れてみた。彼がくれたブローチだ。

マルゴーにもイスハンがこの部屋を訪れたことは明かしていない。だから、このブローチがどこから来たのかも教えていない。

あの翌日、早速ブローチを見咎めたマルゴーは、出所を尋ねてきたが、ずっと前からあった、と言い張って答えなかった。

自分の身の回りの品をすべて管理しているマルゴーが知らないはずがない。こんな特別なブローチが庭や廊下に転がっているはずもなく、マルゴーは青くなってあちこちに問い合わせていたようだ（例えば王宮の宝物庫の目録だとか、城中の彫像に嵌め込まれた宝石の目玉だとか）。だがどこにも該当がなく、おとなしくロシェレディアの胸を飾っているものだから、もう詮索はやめたらしい。

マルゴーは、籠から取り出した寝間着をロシェレディアの寝台に置きながら独り言のように言った。

「あの方が、この先もずっと使節を務めてくださるとよかったのですが……」

そうはならないだろうという響きだった。マルゴーは、彼の立場の危うさを知っているようだった。

† † †

今夜また、アイデースから親善使節が訪れている。

王宮は前回にも増して賑やかで、宴もたけなわを過ぎたというのに、踊りの音楽が聞こえてくる。庭に灯りが漏れ出ている。

星の明るい夜道だ。砂に含まれた光る石が月光を反射してキラキラしている。

ロシェレディアの前を、アイデースの貴族が歩いていた。飲み過ぎて風に当たりに出たらしい。

ずっと喋《しゃべ》っている彼らは、人気《ひとけ》の無い庭園のほうにさしかかるといよいよ調子を上げて話しはじめた。

「イスハン様が大臣になってくだされればいいと思わぬか。方々からずいぶん推されているはずだが」

「そんなこと、皇帝陛下が許さないだろうよ。あの小心っぷりを見たか。ケッフルからの使者の馬が来ただけで、襲撃と勘違いして地下通路に駆け込んだとか」

前屈みのつま先歩きで、彼らのすぐ後ろにまで近づいて、ふむふむ、とイスハンの噂話を聞いている。

「イスハン様ならそのようなこともあるまいに。それより、陛下の謁見のときの声の小ささときたら」

「もごもごとくぐもった話し方で、言葉を最後まではっきり仰《おつしや》らぬ」

「困りものよの。聞き逃せば大臣の咎だ。せめてイスハン様のお声の半分でも通れば苦労も減ろうものだが。それに皇太子の噂を知っているか？」

「ああ。後宮を抱えたというのに御子が二人しかできぬ。それも王女は厨房の男に似て、皇太子は粉挽《こなひ》き小屋の男に似ているとか……――誰だ‼」

男たちが振り返ると、そこにはこんもり山積みになった雪がある。ロシェレディアは木立の割れ目から、とっくにバルコニーの上に移り済みだ。

男たちは地面を指さし、「なんだこれは、雪ではないか」と地面と空を代わる代わる見比べている。人形劇のような動きをする彼らを尻目に、ロシェレディアは手すりの奥へ入っていった。

彼らの言うところでは、イスハンはだいぶん立派になったようだ。人望もどうやら厚いらしい。

まあ当然だろうと、ロシェレディアは内心得意を感じる。初めて会った頃のイスハンは、そこらの子どもと変わらない、無邪気で明るいばかりの少年だったが、逢《あ》うたび賢く、身のこなしが泰然としてきて、背も伸び、体つきも厚くなっていよいよ皇子らしくなっている。

これが五度目の来訪だ。彼が前回言うところでは、「エウェストルムの親善大使は、風雅を極める俺でなくてはと言い張っている」ということらしい。そのときはずいぶん立派な格好をして会いに来た。彼の兄が皇帝として戴冠し、その公告として、祝いの品を持って各国を回っているからだと言っていた。

部屋に戻ると、案の定奥に人影があった。彼は、他人《ひと》の部屋に侵入したというのに、ロシェレディアのほうが侵入者であるかのように、驚いたように目を見張った。

「どこから上がってきた。俺はずっとここにいたのに。まあ……そんなことはいい」

逢瀬はいつも短いものだから、ロシェレディアの力を全部見せていない。雪や氷が作れるのは知っていたが、魂《ラウフ》の流れの隙間を使って、あちこちすり抜けられることは言わなかった。

イスハンはロシェレディアに向かって腕を広げた。ロシェレディアも軽く歩み寄って素直にそこに収まった。

「会いたかった」

イスハンが囁くのを感慨深く聞く。イスハンとはこれきり会える保証もなく、次の手紙が届く保証もない。

とはいえ、と、ロシェレディアは、イスハンの胸を両手で押して、彼を見上げた。

「毎回言うが、なぜこんなところまで上ってきたんだ？　一応吾は、幽閉されているのだが」

今更言っても虚しいが、他国の姫君が幽閉されている塔の三階だ。イスハンにも言い分はあるらしいが、少なくとも他国の皇子がよじ登るべきところではない。初めは追われていたから仕方がないとして、その次も、次も、今回も、バルコニーから這《は》い上がってくるのはおかしいと思う。

イスハンは、得意げにポケットの中のかぎ針を見せた。

「前回こうして手で計って、ここのバルコニーに合うようにつくってきた。初めに比べればずいぶん楽に登れる。ここにほら、足かけもつくった」

「皇子ともあろうものが……」

説教口調がマルゴーに似てしまう。彼はいつもこんな気持ちなのかと思うと、多少申し訳なさを覚えたが、イスハンはそんな欠片もないようだ。

「なあに、俺は将来盗賊になるかもしれん。これしきの塔」

イスハンの立場は変わっていないようだった。それどころか、だいぶん身の回りが危険になっていると言う。証拠に、以前のように詳しく話を打ち明けなくなった。様子を尋ねても「よくなってはいない」と言うだけで、口を噤むようになった。軽口と楽しい話が増えた。つまり、それだけイスハンを近しく取り囲む状況が逼迫《ひっぱく》しているということだ。

「イスハン。ここでお前が見つかれば、大変なことになる」

そうなったとき、自分よりイスハンのほうが危険だと思う。アイデースの第五皇子だ。イル・ジャーナから姫を横取りしようとした。あるいは大魔法使いを奪い、兄に謀反を起こそうとしていると誤解されても文句は言えない。

「そんなことないさ。友だちだろう？」

イスハンに友だち、と言われるたび、胸の奥に砂を噛《か》むような違和感が軋《きし》んでも、それも今回か、その次までの辛抱だった。

イスハンはロシェレディアの目の前を通り、星の間に入って、いつもの彼の椅子に腰掛けた。今夜も降るような星空で、丸い月が二つ昇って本が読めそうなほど明るい。

ロシェレディアが向かいの椅子に座ったとき、イスハンが言う。

「俺が皇太子だったらよかった。そなたを攫いに来たのに」

この席はイスハンが来たとき、夢を呟く場所になっていた。二人で海を見に行こう、森に狩りに行こう、仲がいい雪狼《ゆきおおかみ》に会わせてやろう。そんな叶《かな》う予定もない夢を語り合ったが、今夜はまたとびきりだ。頷いてやりたかったが、そうすると泣き出してしまいそうだったから、夢を自分で壊した。

「戦争になる」

「そう。できるがロシェの言うとおりだ。お前を奪おうと思えば、我が無敵のアイデース軍なら鎧袖一触《がいしゅういっしょく》、イル・ジャーナなど一晩でねじ伏せられるが、戦争はすべきではない。約束を破れば長い禍根となり、大陸を巻き込んだ大きな戦にもなる」

自分たちとイル・ジャーナ王だけの問題ではない。エウェストルムとアイデースとイル・ジヤーナ。王女の輿入れを待つ武強国たち。混乱を狙ってくる周辺の国。今当たり前にあるこの秩序は、王女の輿入れの順番という、簡単に壊れる危うい約束の上に成り立っているのだ。そのことは、その中心たる自分たちが一番よく知っていた。

「だが、嘘じゃない。叶うなら妃はロシェがよかった」

自分を姫だと勘違いしたままのイスハンは熱く囁いた。話そうと思っているが、いくら深い秘密を打ち明けあったイスハンでも、この秘密だけは知られるわけにはいかない。唇を噛んで俯《うつむ》くロシェレディアに気を悪くしたふうもなく、イスハンは続けた。

「アイデースはいいところだ。寒いがそういうところもいい。夏と冬の景色がまったく違う。湖は凍るから、溶けるとものすごく透き通る。氷の下から捕れる魚は、身が透き通りそうに甘く澄んだ味がする。氷の上を滑ったことはあるか？　走るよりも、馬よりも速く坂を下ることができる。雪に浸した肉は熟してとても旨《うま》い。野菜もそうだ。一番雪が深いときなど、そなたが見たらきっと驚く」

「このくらい？」

指先を摺《す》り合わせて、机の上に氷の粉を積んでみた。

「ああ。これが見渡す限りに降り積もる。人が飛び込んだら池のように姿も見えない。泳げるかもしれないぞ？」

「これくらいか？」

今度は手のひらから、机からこぼれ落ちそうなくらい氷の粒を零《こぼ》してみた。

「すごいな、魔法使い。噂に違わぬ」

「そんなに全部が真っ白になったら、退屈ではないか？」

自分がつくった氷の山に、横から指を差しながら訊いてみる。ひとときならば美しかろうが、花も咲かない、川も見えない。毎日となっては飽きるのではないか。

「いいや。こんな雪が積もったところに、こうするんだ」

イスハンは腰から短い短剣を取りだした。途端に油をこぼしたようにゆらりと炎が刃を舐める。

「――炎の血脈か」

武強国の王は、魔力を持たない代わりに、神話の精霊の血を引いている。彼らは火や雷の力を血に宿し、そこに魔力を注ぐために魔法使いを欲しがる。イスハンは第五皇子でありながら、魔法使いと番《つがい》になれる『魔術王《ソーサラー》』の才能があるのだ。

彼の短剣から、氷に炎が映って赤い花が咲いたようだ。

「なるほど、美しいな」

「だろう？」

イスハンは短剣を軽く振って炎を払うと鞘に戻す。

「アイデースは寒いが、その分あたたかい物がある。城だって、こんなスカスカの建て方ではない。石と大理石で、堅牢で、暖炉の暖かさが吹き抜けで、城中に回るようになっている」

「ふうん」

「暖炉で炙《あぶ》った肉の旨さ、肉汁が黄金色に溶けて滴ると、濃厚な香りの煙に変わる。毛皮の暖かさとか、なめらかな手触りも、他の国のものではこうはいかない。ジャハルの油を溶かして木の実を炒《い》るんだ。香ばしい油の香りと木の実が合わさるとものすごく香りがいい。お前もきっと気に入る」

「イスハンは、アイデースが好きなのだな」

出会った頃から殺されそうになって、一刻も早く出なければならないと言いながら、イスハンは自分の生まれた国をずいぶん愛しているようだ。

「そうだな。だが離れなければならん」

イスハンは、急に決心じみた横顔を見せてそう言った。

「イスハン……」

「いや。だがきっとどうにかなるさ。準備ができたら国を出るし、もしかして、何かの拍子に兄の気が変わるやもしれん。そのときはまた大使としてお前に会いに来よう」

我に返ったように、明るい顔をしてみせるイスハンに、眉をひそめるのはロシェレディアのほうだ。

「信じるというのは逃避だ、イスハン。嫌なことから目を閉じているだけ」

それを一番わかっているのはイスハンのはずだ。ロシェレディアが知る限りでも、彼の兄の気は変わらない。自分の輿入れも断れない。本当はもうどうにもならないことがわかっている。ここでの時間は甘い毒だ。嘘を語り合って、心を麻痺《まひ》させて、ひとときの逃避に酔っているだけだ。勢いで、氷の粒のような言葉が卓にひとつ、転がり出た。

「吾を妃にするのも無理だ」

「ロシェレディア？」

「皇太子でも無理だ」

せめて、イスハンにだけでも本当の本当を打ち明けたかったが、それも叶わないくらい、現実は差し迫っていて、抗《あらが》いようがなかった。

†　†　†

アイデースの食卓というのは空虚だ。

音楽もなく、会話もない。味はほとんどせず、新鮮なものが少ない。荒寥《こうりょう》としていて、楽しいという概念がない。腹を満たす作業、それ以上の感慨がない。

歌や音楽が豊富なエウェストルムから帰ってくると、異常とも思えるような殺伐さだ。朗らかな会話もなく、料理は硬く冷え切って、角が黒っぽく乾いている。広い食事の間に、食器の音だけが不快だった。

昔から、食事は側近に囲まれて自分一人で摂《と》る。それもだいぶん殺されて、最近は一握りの側仕《そばづか》えに見守られての食卓となっていた。

がらんとした食堂の外は嵐だ。

長い食卓の中央で、そばかすの、左目に片眼鏡を嵌《は》めた赤毛の少女が、美しく盛り付けられた皿の料理をぐしゃぐしゃに掻《か》き回している。カチャンカチャン、キイキイと、皿にナイフが擦れる音が耳障りだった。彼女は皿の料理を片っ端から細切れにする。そして小瓶から何かの雫《しずく》を垂らし、それで気が済まなければそのあたりを摘まんで食べる。

少女——名はオリガというのだが——は、何色ものペーストで重ね焼きされた色鮮やかな一皿を灰色になるまでこね回して口に入れたあと、用意していた布に吐いた。

その上に、雫を垂らしてこちらに向ける。ところどころが鮮やかな桃色に光っている。

「また毒です。ナッツの中とはなかなか凝っていますね」

水でどんどん口をゆすぐオリガに桶《おけ》を差し出してやりながら、金髪をしっかりと結い上げたアデリナという女騎士が言った。控えていたジョレスも軽く頭を抱えた。

「優秀で助かる」

イスハンは、椅子の背にどすんと背を預け、天を仰いだ。昔から自分に出される食事に味が少ないのは、毒を見分けるためだ。煮込んだものばかりなのは、熱で壊せる毒があるからだった。

以前はスープに混ぜたり、酒に垂らしたり、毒入りのジャムを塗ったりとわかりやすかったが、なかなか自分が死なないのに業を煮やしたのだろう。だんだん具材に練り込まれたり、食器の底に塗られたりと手が込んできた。この二年で毒味役がだいぶん死んだ。オリガは、母方から寄越された薬屋の娘で、毒味の天才だ。薬品や混ぜ合わせであらゆる毒を見つけ出し、ときには舌で毒を味わい分ける。

食卓の上は混ぜ返された皿だらけだ。最後の皿も駄目だった。

「またパンか。干し肉はあったな?」

イスハンはため息をついた。信じられるのは、アデリナが焼いたパンと、自分たちが管理している干し肉だけだ。こうして出される食事が毒で全滅すると、それを食べざるを得なくなる。三日も続けてこうだとさすがに気が滅入る。エウェストルムの炙《あぶ》り立て、蒸したての温かい食事が恋しい。

アデリナが壺《つぼ》の中から干し肉を取り出し、重ねた紙に硬くなったパンを出していると、扉の向こうでバタバタと足音がした。

「お召しになってはいけません!　イスハン様!」

悲鳴のような声で、女官が叫びながら部屋に飛び込んでくる。

「だいぶん遅いな」

ジョレスは苦笑いだ。イスハンは立ちあがった。ひい、と息を呑《の》んで、真っ青な顔で床にうずくまる彼女にゆっくりと歩み寄った。

「申し訳ございません。申し訳ございません、イスハン様――！」

首根を押さえられた水鳥のような悲鳴で繰り返す、女官の報告するところではこうだ。

配膳を始める直前、厨房の男が首を掻《か》き切って自害した。食事に毒を入れたことに、自分で耐えられなくなったらしい。それを知ったこの女官が知らせに来てくれたということだが、それを待っていたら死ぬところだった。

もう隠す気もなくイスハンを毒殺しようとしている。

中立を守る厨房が崩された。これまで毒は、厨房を出されてこの部屋に来るまでに誰かが投じていたのだが、もはやその信用もなくなってしまった。

毒を入れよと命じたのが誰か、探すまでもなかった。兄皇帝か、その母だろう。

女官はアデリナが奥の部屋に連れていった。城の中でもずいぶん死人が出たから、女官も消耗しているようだ。イスハンも椅子にぐったり腰掛けていた。頭痛がしていた。

「俺は死なずに済んだのだから、調理人はまだ罪を犯していない。それなのになぜ死ぬ必要があったのか」

「寛容もほどほどになさいませ、イスハン様」

出されたときからは見る影もない、ぐちゃぐちゃに塗りたくられるように皿一杯に伸ばされた豪勢な料理の残骸を眺めわたして、やるせなさに目を閉じる。

腹が減っていた。パンと干し肉は十分蓄えがあるが、毎日毎回それればかりを腹一杯に食べられるわけではない。いや、それも贅沢《ぜいたく》なのか——。

「それよりまだ、倉は開けないのか。国民に助けは出したのか」

自分たちより国民が飢えている。

真冬のアイデースは閉ざされた国だ。国を囲む雪深い山々は、天然の城壁であると共に、白い檻《おり》だ。今年は冬が早く、実りの蓄えが十分でない内に雪が降った。商人は来ない。売りにも行けない。夏と秋に十分稼いで、収穫したものを倉に溜《た》め込まなければ冬が越せない。今年は駄目だ。夏に病が流行《はや》って家畜が死んだ。そのときも、秋に実りがあるからそれまで堪《こら》えよと言って、農民に倉からなにも分け与えなかった。

「皇帝陛下は、戦に備えると仰《おっしゃ》っておいでで」

「この冬に、兵になる民が死んでは、春になっても戦にならん」

冬にアイデースに攻め込んでくる国はない。春になっても飢え細った兵では戦はできない。

「何度も奏上はしておりますが、そのたび死人が出ては、もう申し上げる者もおらず」

ああ、そうだった、と、イスハンは静かに嘆息する。

兄皇帝は、人の助言が大嫌いだ。刃向かった裏切りだと喚《わめ》いて、すぐに人を処刑する。すでに側近を何人も斬り殺した。ジョレスも進言すると言ったのだが、どう考えても同じ轍《てつ》を踏むことがわかっていたから、イスハンが止めた。

――なぜ。

という呟《つぶや》きを、奥歯を食いしばって嚙《か》み殺す。

兄の行いは目に余るが、本人に尋ねれば謀反だったと言う。耐えがたい屈辱の言葉で罵倒されたと言い、見逃せば明日寝室に押し入ってくるに違いないと烈火のごとく怒った。

ふと、脳裏に過《よ》ぎったことをイスハンは呟く。

「ユーリー兄さまたちは？」

「昨日の段階ではご無事のようでした。イヴァン様はまだ意識がお戻りにならず」

第二、第三、第四皇子、イスハンの兄たちだ。第三皇子は五日前の食事で毒に気づかず、昏《こん》倒《とう》して、紫色の顔をぱんぱんに腫らして眠ったままだという。三人の兄たちは城で暮らしているとは名ばかりで、始終監視で幽閉だ。イスハンは休む間もなく僻地《へきち》へ飛ばされ、その先々で刺客に狙われている。

東の宮殿には、今夜も赤々と灯が点《とも》っていた。兄皇帝を持ち上げる貴族ばかりが集められた宴《うたげ》だ。

イスハンは祈るように、荒れ狂う窓の向こうに目を細めた。

今夜こそあそこで国民を助ける算段がなされるに違いない。処刑した者たちのことを思い出して悔いておられるに違いない。

俯《うつむ》いたジョレスが堪えきれないように呟いた。

「イスハン様の即位を願う者たちがおります」

「馬鹿を言うな。俺に何をせよと言うのだ」

聞きたくないと一蹴した。それだけは駄目だ。絶対に聞く気がない。だが、静かに堰《せき》が切れるように、ジョレスは話をやめなかった。

「このままオレーグ様の横暴が続くならと、軍のほうで蜂起が囁《ささや》かれています。内密に、イスハン様を戴きたいと申し入れがあって」

「聞かぬと言ったはずだ」

イスハンは、音を鳴らして椅子から立ち上がった。その気もないし、戯れにでも話すこと自体が危ない。噂《うわさ》が立てば濡《ぬ》れ衣《ぎぬ》がかかり、言い逃れられない。

我慢が切れたジョレスは、イスハンのあとを追いかけてくる。

「あなたは炎の才能がおありだ。明らかに濃く古代の精霊の血を引いておいでなのだ」

「笑えるな。旅芸人のようだ」

「隊を率いて戦をなさる」

「将軍に守《もり》をされながらだ。ただの英雄ごっこだ。そしてそれは父皇帝のため、今は兄皇帝のためだ」

「だがその皇帝陛下は一度も戦場に出られたことがない！」

抑えた声で、だが激しくジョレスは言い返してきた。イスハンはジョレスを睨《にら》んで、唸《うな》るような声で彼を制する。

「当たり前だ。皇帝が戦場に出るなど、小さな国がすることだ」

「だがあなたが出るだけで、士気が違う。誰もが先頭に立つあなたの炎を目指す。わかっていながら私までもが夢を見るのです。あなたがもし――」

「残念だが、お前の願いは叶《かな》えられない」

言葉を切って、窓辺を離れるイスハンのあとを、更にジョレスは追いすがる。

「あなたが生まれたとき、予言者が何と言ったかご存じか」

「生まれたときのことなど忘れた」

「大臣から耳が痛くなるほどお聞きのはずです。神があなたに、なんでも望みをひとつ叶えようと仰った。今がそのときです」

「そんなものは空耳だ。その予言者は浮かれて酒でも飲んでおったのだ」

嫌なくらいに側に寄ってくるジョレスを突き放し、イスハンは彼に向き直った。

「俺は春になったらこの国を出て南の海で泳ぐのだ。望みはそれだけだ」

だから今を耐えている。この冬が終わったら、自分は城から逃げ出し、南の国にゆく。

「イスハン様の才は誰もが認めるところです」

「ああ。やり過ぎた。国を離れて生きていかねばならぬと思うと、行った先々で愛想を振りまかねばならぬ。俺は外交の才があるらしい。だから一番殺されそうになっている。だが俺は南に行って商人になるのだ。凍らぬ海に囲まれた島に行って魚を釣る。貝を焼いて酒を飲み、弦をつま弾いて歌うのだ」

「あの腕前で？」

「そんなものは南に行けば勝手に上手《うま》くなる」

鼻で笑うジョレスにムッとした。そのときだ。びゅう、と風の音に振り返ると、戸の隙間から白いものが見える。

「ゲルダか」

イスハンが扉の掛けがねを外して直々に扉を開けてやると、扉の向こうに大きな銀狼《ぎんろう》がいる。彼女の背が、イスハンの背に並ぶくらい大きな雌狼だ。イスハンが森で拾って城で育てた。彼女は行儀良く、部屋の前で毛並みを振って雪を払うと、イスハンに冷たく濡れた鼻先を擦《す》りつけた。

「お前と別れることだけがさびしい、ゲルダよ」

冷たい鼻先を包むように撫《な》でてやると、ゲルダは満足したように腰を下ろした。ゲルダはテーブルの料理を一瞥《いちべつ》したが、食べようとする気配もない。

頭は冷えたかと、ジョレスを振り返ると、まだ彼はイスハンを睨んだままだ。

「大臣を三人も処刑されるとはまともではありません。それに、魔法使いまで斬り殺すなど――」

戦に欠かせない魔法使いを、気に入らぬといって二人も斬り殺した。さすがにそれには方々から非難の声が上がったが、兄はそれすらも処刑という手段で黙らせた。

イスハンは静かに息をつき、ゆっくりと切り出した。なるべく知らんふりをしようと思った。声が震えそうなのは恐怖か怒りか、もうわからない。

「昔は優しい兄だった。俺に宝石の嵌まった皿を何枚もくださった。即位されたばかりで気が張っておいでなのだ。昔の悪事を暴いておいでなのやもしれぬ。俺たちに知らされぬだけで、許しがたい何かがあったはずだ」

兄を信じたかった。自分さえいなければどうにかなると――春までの辛抱だと信じたかった。

「国が滅びます」

「兄上に限ってそのようなことはない。俺がいるせいで兄上の心が荒れるなら、いかにも早くここを出ていこう。反乱分子が沸き立つのも俺がいるから悪いのだ。縋《すが》れそうな紐《ひも》が垂れていれば、それが布きれだろうが枯れ草だろうが誰だって手を伸ばす。二択があれば人は迷う。俺さえいなくなれば――」

「イスハン様は、アイデースと国民をお見捨てになるのですか！」

「そんな風に言わないでくれ。謀反とお前たちは軽々しく口にするが、反乱になれば嫌でも国は荒れる。城の者を大勢殺さなければならなくなる。この手で兄上を殺すことになる。半分とはいえ血が繋《つな》がった兄を、だ。何よりおぞましい。そうして王になったところで遺恨が残る。必ず大勢が泣く。望むところは一つもない」

本心だった。自分も――そしてロシェレディアも。戦になってはならないから、この身が焼け切れそうに理不尽な運命を受け入れているのだ。今更違《たが》えてなるものか。この残酷な運命も、兄の無惨な仕打ちも、屈辱も、自分さえ堪えれば国が生きる――それをよすがに堪えているのだ。

「兄上の混乱も今だけだ。王家に伝わる呪いだけでも大変なものだろう。魔法使いたちが、鎮めるのに必死になっていると聞いている。それを一身に引き受けておられるのだ。確かに今は、不安定であろう。しかし不滅の大帝国アイデースには、それを乗り越えられるだけの体力がある」

「本当にそう思われますか！」

「ああ。信じている。きっとよくなる」

血走った目で胸ぐらを摑《つか》んできそうなジョレスの問いかけに、イスハンは応えた。顔を歪《ゆが》めてジョレスが言葉を詰まらせる。

申し訳ないと思いながら、イスハンは身を翻した。

きっと、――きっとよくなるはずだ。

耳を塞ぐように、不安を打ち払った。兄なら大丈夫だ。俺に何をしろというのだ。

身体《からだ》が、心が震える。心が爪で掻かれているように乱れて血を流している。

自分は怖れている。この状況ではなく、兄ではなく、自分自身の誠実を自分で殺すことに怯《おび》えている。

ジョレスに応えたその声は、視線は、純粋だったか——?

——信じるというのは逃避だ。嫌なことから目を閉じているだけ。

ロシェレディアの皮肉な声が耳の洞に蘇《よみがえ》った。

兄を信じる。——心から信じられているだろうか。口は嘘《うそ》を吐いていないか。それともロシエレディアの言うとおり、自分の無力であるというのに、神に結果を押しつけているだけだろうか。

自分が皇帝になったら、彼女を迎えに行けるだろうか——?

馬鹿馬鹿しい、とイスハンは木の葉のように額の前を過ぎった考えを打ち払った。

ロシェレディアを不幸にできない。たとえ自分が皇帝になって彼女を迎えたとしても、そのせいで祖国エウェストルムが滅びればロシェは泣くのだ。

暗く冷え切った廊下を、イスハンは力なく歩いた。

王の子の定めは重い。歩むべき道も決まっていて、踏み外すことは即ち大勢の死を意味する。

自分が何かを捨てることで彼女が助かるなら、自分は何でも手放しただろう——そう考えることすら夢物語だ。

† † †

結局、春まで保たなかった。

眼前にエウェストルムの城壁を見ながら、馬上でジョレスが囁いた。

「イスハン様。落ち合うところはわかっていますね？　陽《ひ》が落ちきるまでは、護衛が裏庭で待っています。もし、その時間を過ぎたら、あなたは一人で海まで走ることになるでしょう。それも夜明けまでの話です。夜明けにはあなたを待たずに船が出る」

「わかっている。大丈夫だ」

それなりに着飾ったイスハンは馬に乗っていた。

総勢三十人。馬がだいぶん疲れている。荷を結わえている紐も緩んで落ちそうだ。ありあわせの土産も馬に積めるほどしか持っていない。

使節団という名の亡命だ。

エウェストルムで追っ手を撒《ま》いたら、一目散に山を越えて海辺へ向かい、そこで待っている商人たちの手を借りて、海へ出る。

小さく、堅牢とは言えないエウェストルムの城門をくぐる。ややもしばらく城壁の役目を果たした覚えがなさそうに、丸い石積みの隙間も、跳ね橋の縄も、苔《こけ》が埋め、花の蔓《つる》が巻きついている。

エウェストルムは相変わらず、別天地のようにのどかで平和だった。濡れた葉の青い香り。どこからか熟れた果物の甘いにおいがする。

花びらを撒かれて歓迎を受ける。情けなさといたたまれなさを笑顔でごまかす。国の記念日でもなく、王の誕生日でもなく、祝い事も弔事も条約も贈り物もない、機嫌伺いとかいう雑な理由で、ほとんど強引にエウェストルムを訪れる。

もう城にはいられない。

幽閉されそうになった。怪我《けが》を負いながら、必死で逃げ出してきた。わざわざ雪が積もりはじめた山を越え、機嫌を伺いに行くと聞いたエウェストルム王がどんな顔をしたかは知らないが、ここを逃せばもう、自分たちはアイデースを出られない。

只事《ただごと》ではないことをエウェストルム王もわかっていただろう。だがもはや恥も外聞もない。生き延びるために、生まれた国を逃げ出すのに必死だ。それが――恥ずかしくてもそれが、ロシェレディアに会える最後の機会になるのは、思いもかけぬ幸運だった。

王への謁見を待つ間、散歩がしたいと言って外に出た。

塔へ急いで、壁を登る。夕暮れを待たない訪問に、ロシェレディアもずいぶん驚いた。だが一言告げると、ロシェレディアはすべてを察したように、静かに息を呑んだ。

「多分お別れだ、ロシェレディア。俺はもう、アイデースには帰らないだろう。再び自由に太陽の下を歩けるようになるのに数年はかかる。その頃、お前はイル・ジャーナ王妃だ」

叶わなかったな、と思いながら、改めてロシェレディアを見つめた。

美しい姫だった。頰を包む銀髪も、案外表情豊かな氷色の瞳も、それを縁取る銀色の睫《まつげ》も、笑うと微《かす》かに見える歯が真珠のようなのも。無理だとわかっていながら、彼女と生きる未来を幾夜も思い描いた。声が好きだった。気高い話し方も、溢《あふ》れるような知識も、年相応のふくれっ面も、ときどき堪えきれないようにして笑うところも。

「もう数ヶ月後には婚礼だと聞いている」

そう言うと、ロシェレディアは眉根を寄せて俯いた。イル・ジャーナ王はすでに彼女を城に迎えたかのように大袈裟《おおげさ》に周りに言いふらしている。美しい大魔法使いの姫だ。次の世まで我がイル・ジャーナは安泰だ。もはや帝国の仲間入りも同然だと、失笑モノの噂を人を使って広めていた。婚礼の宴の打診が兄皇帝に届いたと耳にしていたから、次の季節にはロシェレディアはもうここにいないのだろう。

互いにあとがない。必死で引き延ばしてきた避けがたい現実の爪が、とうとうこの身を掴むのだ。

俯いたロシェレディアの腕に、そっと手を伸ばし、伺うように囁いた。

「哀れな俺に、何か言ってくれ」

今日のロシェレディアはひどく無口だった。彼女の心労もたいがいだろうから無理もない。

「最後に声を聞かせて」

頼み込んでも、ロシェレディアは唇を結んだままだ。だが今日も、自分が贈ったブローチを胸に着けてくれていた。もう関わらないほうがいいと言外に言われているのがわかる。何も言葉を貰《もら》えなくとも、ブローチを身に着けてくれるだけで十分だった。

イスハンは弱々しく、ロシェレディアに笑いかけた。

「それを俺だと思って、ときどき思い出してくれ」

儚《はかな》い思い出だ。だが一瞬一瞬が星のように光った。

視線でブローチを指すと、ロシェレディアは頷《うなず》いた。そして指先に、ふっと白い氷の粒を纏《まと》わせる。

「……吾《あ》からはこれを」

握り込んだと思ったら、ほっそりした手を開いて見せた。手のひらに載せられていたのは、透き通った氷の珠《たま》だ。

「魔力で練った氷だ。数年は溶けない」

ひどく掠《かす》れた声で、ロシェレディアはそう言った。

「薄情だ。ずっと残る物をくれ」

「それでいいんだ。溶けたら忘れてくれ」

風邪でも引いたのか、聞き取りにくいほど出にくそうな声で、それが終わりだとロシェレディアは言う。

現実的なところ、そうだろうな、とイスハンは苦々しくその氷を受け取った。

彼女はよその国の妃《きさき》となる身だ。自分は謀反の疑いをかけられて、国を追われた放浪者になる。ひとときの恋だ。想い合い続けて他人に土足で踏みにじられてしまうくらいなら、今手放した方が一生美しいままで、心に光る。

イスハンは、氷を布に包み、腰の袋に入れた。

「輿入《こしい》れと言っても相手は赤子だ。そなたの好きに育てよ。賢いロシェレディアなら、王を操って、裏から国を牛耳ることも可能だろう。そうなったら俺を古い友人として招いて贅沢をさせてくれ。そうまでしなくとも、尊重されて幸せになればいい。イル・ジャーナは大魔法使いを引き当てた幸せな国としてただでさえ評判だ。今は赤子のイル・ジャーナ王太子も、生い立てば我が妃の美貌に驚き、喜ぶだろう」

妃の順番争いを勝ち取るにあたって、イル・ジャーナは随分非難されたと聞いている。順番が回ってきたとき、イル・ジャーナには王子がいなかった。当然王子が生まれなければ王妃は娶《めと》れない。それなのに、先送りにされたあと、たった数日前に生まれた王子を掲げて、次はうちだと順番を奪い返したというのだ。

だがいっそロシェレディアにとっては幸運なのかもしれない。だいぶん年上の君主的な王なら傅《かしず》くしかないが、赤子の王子などロシェレディアの思い通りだ。

ロシェレディアは、ひどく苦い顔をして、ぞくりとするくらい青い目でイスハンを見た。

「そんなことにはならないだろう。あの妻子がいるイル・ジャーナ王室に投げ込まれて、吾が幸せになれるとでも？」

「どういうことだ。生まれたばかりの王太子に嫁ぐのではないのか？　みんなの笑いものだ。乳母かと」

「現王だ。今すぐ魔力が欲しいのだそうだ」

歪んだ笑いを浮かべ、吐き捨てるようにロシェレディアは応えた。思わず前のめりになって、彼女の腕を摑んだ。

「嘘《うそ》だろう!?　お前の父より年上だ。しかも後宮を持っている」

イル・ジャーナ王の後宮は有名で、国の大きさに見合わぬ数の女を囲っていると評判だ。しかも見かけが好みの女を次から次に連れてくるから、城に比べて後宮が膨れ上がっていて、娼《しょう》館《かん》のようだと指をさされているのだった。

「そうだ。そこに投げ込まれるんだ。牢屋に入れられるかもしれない。王が欲しいのは吾の魔力だけだから」

「教会が許すわけがない」

「イル・ジャーナと宗教が違う」

「盟約違反だ。お前を娶る権利は赤子の王子にあった！」

「盟約上はそうだろう。だが実質嫁ぐのは、現王だ」

　具合が悪そうなロシェレディアは、嫌そうな息をついた。

「毎日毎日吾を寄越せと、うるさく言ってくるらしい」

「そうではない。あの好色で野蛮な王に身体を開かれるのをわかっているのか？」

　そう問い質《ただ》しても、だからといって逃げられるなら運命ではない。怒りを理性でねじ伏せた。彼女のために怒っても、少しも彼女のためにはならない。できることは何だ。彼女が生き残れる方法。彼女が彼女のためにできること——。

　イスハンは、身を乗り出し、額を寄せるようにして唸った。

「王を籠絡《ろうらく》しろ。口に紅を塗り、しなだれかかって猫なで声を出すのだ。手を握って首をかしげろ。笑顔も大事だ。そんな、悲しい笑みではなく」

　ずっと嫌な顔をしていたロシェレディアが、初めて笑った。ひどく歪んだ、軽蔑が浮かんだ目で。

「男で？」

「男……？」

ぽかんと問い返して、あっ、と息を呑んだ。

ロシェレディアは背が伸びた。だが少しも胸は膨らまなかった。それに声。喉に、微かな隆起がある。風邪ではなく――声変わりだったのか。

改めて焦った。自分の思惑はすべて見当違いだった。

「ロシェレディア――ロシェレディア。誰か、お前を助けてくれる者はいないのか」

とんでもないことだ。幸せなど、どこにも見えない。自分が助けてやりたくても、自分こそ今、命を毟《むし》り取られようとしている者だ。溺れる者同士しがみつきあっても沈むだけだ。

ロシェレディアは、目にいっぱい涙を溜めて笑った。

「いいや。誰も、イスハン」

助けてくれ、という言葉をロシェレディアが呑んだのがわかった。

頭の中が真っ白だ。ロシェレディアを助けたい。しかし、彼を逃がせばエウェストルムがイル・ジャーナに滅ぼされる。エウェストルムを助けるのは条約違反だ。どの国も、イル・ジャーナが気が済むまで制裁を食らわすのを見ているしかない。

ロシェレディアは大魔法使いだ。その力でなんとかならないものか。――いや駄目だ。大魔法使いが暴走したときの同盟がある。いくら大魔法使いでも、各国の魔法使い総掛かりでは敵《かな》うはずもない。殺されて、二度と魂《ラウフ》が人の肉体を得られない呪いを掛けられてしまう。

万事休す。逃げてなんとかなるものなら初めからそうしている。

イスハンはたまらずに、ロシェレディアの両腕を摑んで、静かに引き寄せた。

かけてやる言葉が見つからない。それでも悔しくて、助けてやりたくて、愛おしくて、だがそれを表す言葉が見つからない。

胸の底から溢れる吐息を移すように、薄桃色の花弁を思わせる、繊細な形をしたロシェレディアの唇に唇を重ねた。

白い唇はやわらかく、その見た目にはほど遠い優しい体温がある。濡れた銀色の睫が震えていた。

手のひらに肉のない腕の感触がある。

そっと唇を離して間近で見つめ合った。甘いロシェレディアの吐息の香り。薄水色の瞳にちりばめられた針のような光彩が、涙をいっぱいに湛《たた》えてこちらを見る。ロシェレディアの体温、すすり泣くような儚い吐息がかわいそうで、次の口づけを誘う――。

その余韻を味わう間もなく、外で声がした。

「イスハン様！」

顔を見るだけのつもりだった。時間はとっくに過ぎている。

「行かなければならない。だが、ロシェレディア。いつかイル・ジャーナに行くことがあればきっと力になる。そのとき俺も、お前も生きていたら、必ずお前を逃がす。許してくれ」

奥歯を食いしばって手を離した。床に貼りついたような靴裏を皮を剝ぐように引き離して、一歩間を取る。

いっそ無力な自分をなじってくれたらいいのに。そう願いながら身を翻した。ロシェレディアの声は聞こえてこなかった。

手すりを越えると、塔の足元にジョレスが立っていて、真っ青な顔で自分を見上げている。

「イスハン様！」

急ぐのはわかるが、名を呼んで聞き咎《とが》められたらどうするのだ。

焦って塔を降りたがジョレスの様子がおかしい。わなわなと震える両手を広げ、周りを窺《うかが》うことも忘れている。

自分が地に足をついたと同時に、悲鳴のように彼が叫んだ。

「陛下が、ユーリー様とアンドレイ様を手打ちに！」

そんなことがあるだろうかと、イスハンは自分の耳を疑った。


海には行けなかった。予定通りエウェストルムを飛び出しては来たものの、戸惑いが足を引き留めた。

知らせは本当だろうか。間違いにしても酷《ひど》い。本当に、本当に、兄皇帝は、兄上たちを——？

頭を真っ白に塗りつぶされながら、アイデースに向かう山道を引き返す。今逃げ損ねたら首を打たれる。だが、それが本当ならば、アイデースはどうなっているのだろう。

山の中で、懇意にしていたアイデースの騎馬隊と合流した。昔からかわいがってくれていた将軍の隊で——その将軍は反乱を計画した罪を罰すると突然言い渡され、裁判にもかけられずに処刑された。今は腹心の部下たちだけが、追放同然の山中警備兵として残っている。

隊に取り囲まれるようにして、取り乱した男が泥だらけでうずくまっていた。見たことがある顔だ。二番目の兄の側近の一人だ。顔を切られて血まみれで、服は泥と煤《すす》だらけだ。怪我もしているようで、立ち上がることもできないようだった。

彼はイスハンを見るなり、言葉にならない金切り声を上げ、泥の上を這《は》いずってきて足元にすがりついた。

「お願いです。ユーリー様の仇を、イスハン様！　お願いでございます！」

正気を失ったように叫び続ける男を眺めおろしながら、別の男がイスハンに説明をした。

「皇帝陛下が、ユーリー様とアンドレイ様を皇帝の間にお召しになり、突然謀反であると叫んで斬り殺したのだそうです。申し開きもさせず、頭を足で踏みつけ、首を落としたと」

あまりのおぞましさに息を吞んだ。罪人にすらそのような非道は許されない。到底皇子の死に様とは認められない。

「あ……兄上たちの亡骸《なきがら》は」

その様子では国葬は無理だとして、ちゃんと弔えたのか。墓はどうするのか、迷い人のように森の外に埋められるくらいなら、なんとか遺体を持ち出して――。

痛ましい中にも思案を繰るイスハンの耳に、信じられないことが重ねられた。

「陛下は、殿下たちの亡骸を片付けることをお許しにならないそうです。床も血まみれのまま、亡骸に、いたぶられるように剣を立て、踏みつけてはもう、何日も……酷い臭いで……」

思わず額に手の甲を当てた。床に転がしてあるというのだ。目眩《めまい》がした。耳鳴りがして、目が眩《くら》む。息ができない。気を失いそうだ――。

亡命の手はずは大きく狂ってしまった。もう海に行っても間に合わない。近衛騎士のイゴールが万が一にかけて、東方のポンポニアスに逃げ込めないかと手配をしてくれている。

いつの間にか、どこからか馬が集まってきた。人もだいぶん集まっている。

乗れと、イスハンの馬が先ほどから静かに添ってくる。

どくん、どくんと鼓膜に鼓動が響く。混乱する頭で、震える手で、どれをとっても悪夢としか言えないものの中から、何かを選ばなければならない。

万が一にかけて東に逃げるか。それとも――。

「……王宮に帰ろう」

「いけません。殺されます！」

「だとしてもだ。今、国を荒らすわけにはいかない。アイデースはもうじき完全に閉ざされる」

だから今、自分たちは逃げた。アイデースに本当の冬が来たら、逃げ出すことも、自分たちを追うこともできないからだ。今ならまだ間に合う。倉のありったけのものを持ち出して物資を買い付ける。そして溜め込んだ品でこの冬をなんとか凌《しの》ぐ。間に合わなければ、冬が明けたときアイデースは飢餓の国だ。

兄皇帝を説得しなければ。逃げる前にせめて兄たちを弔わなければ。もし自分の首を打たれても、これだけは我慢できない。

ぎゅっと目を閉じると、脳裏に兄たちの姿が思い出された。

優しい兄たちだった。王位継承権は高くても、それゆえ自分よりももっと立場の弱い兄たちで、彼らもまた生きるのに必死だった。

イスハンが逃げると、彼らは悟っていたと思う。黙って金を握らせてくれた兄、ポケットに宝石を入れてくれた兄、旅先から持ち帰ったきれいな鳥の羽を大切にしてくれた兄。お礼にと言って、彼の大切なネックレスをくれた。そんな兄たちが、想像だにできない惨《むご》い扱いを受けていたなどと。

イスハンは帰城することにした。ジョレスたちにはせめてお前たちだけでもこのまま亡命せよと命じたが、嫌だと言ってついてきた。

薄情な夜は早く、薄暗い朝は遅かった。足元を埋める湿った雪。重く打ち付ける風は水を含んでいる。真冬になる前の、いちばんつらい寒さだ。

厳しい道中だった。

雪深い針葉樹の山だが、雪で埋まっていても、アイデースの地形など岩の位置まで覚えている。凍ったときしか渡れない川のありかも知っている。もう二度と通ることはないと思っていた道を、死に向かって引き返している。

雪が舞っていた。馬に乗ったイスハンの腕を、頬を背中を叩《たた》き、手首から襟足から体温をもぎ取ってゆく。

雪の山道を戻りながら、頭の中に、嵐を抱えた雨雲のようなどす黒い迷いが回る。

兄皇帝は、どうしてそんなことをしたのか。信じた自分が愚かだったのか。三番目の兄が毒を飲まされる前に、一緒に逃げればよかったのか。それとも——それとも——……。

「イスハン様、大丈夫ですか？」

兵士が心配そうに声をかけてくるのに「ああ」と応える。雪を被《かぶ》った樹木のように、深くうなだれていたらしい。

南に逃げる予定だったから——できるだけ身軽に、夜明けまでに海に辿《たど》り着かなければならなかったから、随分軽装できてしまった。兵士たちが上着を貸してくれたけれど、それでもこの冬は例年に比べて随分寒い。植物は満足に育たないまま、ちぢれたように黒く立ち枯れ、動物の気配もない。

五日目に、アイデース領に入った。

街の様子が酷い。アイデースを出たときと比べても、随分無惨な有様だった。積もりっぱなしの雪の下に、潰れた小屋がある。開け放たれた家の中の主《あるじ》は生きているのか。馬小屋の中まで雪で埋まっている。井戸は凍りついたままつららが垂れていた。処刑も相次いでいた。痩せた男が木に吊《つる》されて凍っている。木立の向こう、ぼろ布のような塊もそうだ。

人々の貧困、数十年に一度の寒さと雪。

秋から続くあてどない進軍も、この貧しさの原因だ。進軍して浪費するからまたそれを補うための進軍をする。それでもまかないきれずに国内から持ち出す。寒さの強いこの時期に、満足な食べものを持たせずまだ兵を出している。

背負えるか？　これを、自分が？

むごたらしく凍った町を馬で歩きながら、イスハンは自問する。

一口に謀反と言えば簡単だ。だが、それはこの国を一から背負うということだ。疲弊したアイデースの内乱を制し、下剋上《げこくじょう》の誹《そし》りを受けながら一人で王家を建て、痩せ衰えた国民を抱えて、新しい王として国を治めていけるか。

見渡す村は、一面の雪だ。飢えていて、風や雪で壊れていて、春になっても人が住めそうな気がしない。

逃げ出したい。こんなのは無理だ。大きすぎる。

今の今まで着の身着のまま、罪人のように追われて、共に生きてくれる者さえいないのに。

ロシェレディア——

嘆きたくなる脳裏に真っ先に浮かぶのは、彼の顔だ。

俺が皇帝になればロシェレディアを救える。

その代わり戦乱が来る——だが彼を救える。

ひとつ何かを思うたびに、吹雪のように是と非が頭の中を吹き荒れる。

「——イスハン様。用意は出来ております」

耳元で囁かれた男の声に、イスハンははっと我に返った。松明《たいまつ》が灯《とも》っている。一つ二つではない。何十——否、木々の間に、そのずっと奥まで、数え切れないほどだ。

いつの間にか大勢に囲まれていた。

見知った武官が静かに言った。

「我々はいつでもイスハン皇帝のために命を投げ出す所存です」

男の声に、同意を示すようにまわりの兵士が、盾を鞘《さや》で叩いて応えた。ジョレスも、イゴールや他の騎士団も、血走った熱い視線で自分を見ている。

イスハンは喘《あえ》いだ。

「……急すぎる」

逃げるはずだった。諦めるはずだった。ロシェレディアと、運命だと笑い合って別れた。今だって兄たちを弔いに来ただけで、何の決心もしていないのに――。

兵士の隣に立っているジョレスが言う。

「もう何年も運命はあなたを名指ししてきました」

「俺はまだ十六だ」

「立派な大人です」

逃げ場なく追い詰められるのに息が止まる。俺にアイデースを攻め落とせというのか。いつの間にか周りを埋め尽くす赤黒い松明。この兵を使って、アイデース城を――兄を……？

吹雪の中に立ち尽くすとき、馬の嘶《いなな》きが響いた。

方角から見て、アイデース城から来た兵士だ。

彼は群衆の中心を探り当て、人を分けながら迷うことなくこちらに近づいてきた。

「イスハン様、冬の宮が攻め落とされました！」

アデリナが悲痛な音で息を呑んだ。兵たちも大きくざわめいた。

信じられなさに、イスハンも目を見張る。

冬の宮。王宮の中で一番小さい宮殿で、イスハンの居城だった。いつまでも雪が溶け残る日当たりの悪い古い宮殿で、イスハンが住むまでは、祖父皇帝の寵姫《ちょうき》が住んでいた。

凍りそうな唇は、ぱくぱくと動くだけで、なかなか音にならない。

「……兄上、が……？」

自分をも殺そうとしたのか。

「はい。中を制圧したあと火をかけました。今は、壁が打ち壊されており手が付けられません。側仕えも、侍女たちも――皆殺しで」

わかっていたが、そんなことまでするのだろうか。俺を殺したいのは知っていたが、そこまで――？　息もできない報《しら》せに、さらに奥から兵士が叫ぶ。

「イスハン様。謀反の疑い有りとして、城から追っ手が出ました。迎え撃ちますか⁉」

死体がないのに気づかれた。自分がいなければ、侍女たちは殺さないと思っていたのが裏目に出てしまった。

上着の中に、ロシェレディアがくれた氷が入っていた。

布から取り出し、素手に握る。

吹雪が生ぬるく思えるほど、冷たい氷だ。叫び出したくなるくらい冷たく、熱く、恋しい。

手に焼けつくのも構わず、イスハンは宝石のような氷を、震えるほどの力で握りしめた。

強く目を閉じて願った。

「ロシェレディア――。お前の運命を、俺にくれ」

この雪闇の向こうにあるのは、不幸か死か。凄惨な泥戦《どろいくさ》かそれとも夜明けか。

イスハンは、肺が凍りつくような冷気を、思い切り吸い込んだ。

「兵を立てよ！　アイデース城を奪還する！」

途端に叫び声が上がる。

「王よ。我が王、イスハン！」

「皇帝イスハン！」

山が揺れるような鬨《とき》の声が上がる。松明はいつの間にか山の奥まで広がり、アイデース城の足元を燃やしていた。

† † †

イスハンはどこに行ったのだろう。

無事に逃げられたのか、それともまだどこかに止《とど》まっているのか。また旅先からさすらい人として、暢気《のんき》に気の抜けた手紙をくれはしないだろうか。

魔力の扉を開いて魂《ラウフ》の流れに問いかけてみても、魔法使いに見張られた他国の中は見えないし、魂の大きなうねりの中の、無限にあるひとすじからイスハンの魂を選《え》り分けるのも現実的ではない。

海に行くと言っていた。もう一度、深山《みやま》の滝にかかる虹が見たいとか、変な茸《きのこ》を採りにいくとか、高原で草ぞりに乗るのだとも――。

ソファに横たわって、ぼんやりと天井を見上げるばかりのロシェレディアの元に、報せが入ったのは彼がここを去って十日以上経《た》った頃だ。

報せを持ってきたマルゴーに、ロシェレディアは前のめりになって問いただした。

「イスハンは！　第五皇子は⁉」

「わかりません。内乱だそうです。皇帝が、春宮《しゅんぐう》に火を掛けて皇子たちを殺害、他にも火の手が上がっており、第五皇子は、まったくわかりません」

深刻に告げるマルゴーに、ロシェレディアは胸のブローチを手で握りしめた。アイデースがいよいよ不穏であることはイスハンの言動からわかっていた。もう戻らないとも言っていた。

――イスハンは、アイデースが好きなのだな。

イスハンは、本当に逃げ出したのだろうか。

思考を巡らすロシェレディアに、マルゴーはふと、思い当たったような顔をした。

「あなたは……、イスハン第五皇子をご存じなのですね？」

是とも否とも言えない自分に、マルゴーはため息を吐《つ》く。

「その宝石に見覚えがありました。どこで見た物か思い出せずにいたのですが、そうだ、イスハン様の胸元に光っておいでだった。宴の夜のことなのでしょう?」

決まり悪くマルゴーを見ると、マルゴーは、小さな子どもを叱《しか》ったあとのように静かな声で言った。

「ロシェレディア様、どうか正直に。何かご存じでしたら、教えてください」

「何も知らない。イスハンは……兄上に疎まれて、もう国にいられないと言っただけで」

「イスハン皇子はご安全なのですね?」

「わからない。イスハンは、アイデースが好きだったから」

自分だったらどうするだろう。もし、イル・ジャーナに行く途中、エウェストルムに危険が迫っていると聞いたら——。ああ、と苦しくロシェレディアは髪を振った。父が、母が、弟が苦しんでいたら、そんなの戻るに決まっている。

捜してみようかと、ロシェレディアは思った。飛び地という方法がある。抜け道より更に大きな魔力を使って、アイデースの城のど真ん中に飛ぼうと思えば飛べる。

今のアイデースには、『覗き』を防ぐ程度の魔法使いしかいないはずだ。他国の魔法使い《アイデース》を吹き飛ばせば大事《おおごと》になる。だがイスハンだけでも助けてやることができれば——。

決心してロシェレディアは立ち上がった。

父王に話そう。イスハンを攫《さら》ってきて、王宮の奥で暮らさせる。彼がどれほど善い人間か、イスハンと何度も会った父王ならわかっているはずだ。入城するところさえ見られなければ、エウェストルムを暴く者など居はしない。否、しばらくは誰にも黙ってこの塔で匿《かくま》うべきか。だって城の多くの者がイスハンの顔を知っているのだから。

「どこへ行かれるのです、ロシェレディア様」

「とうさまのところ」

多少荒事になるかもしれない。父には迷惑をかけるが、イスハンの命だけでも——。

部屋を出ようとしたとき、塔の階段の下から、死にそうに息を切らせながら老齢の大臣が上がってきた。普段は塔が高すぎると言って（自分たちが閉じ込めたというのに）途中まで昇ってマルゴーを呼びつけるくせに、彼は壁に縋り、手で膝を押し込めながら石段を上がってくる。彼は階段を上りきり、ひーひーと油の切れた蝶番《ちょうつがい》のような息をして手すりに縋っている。ただならぬ表情を真っ赤にそめた彼を、マルゴーが問いただす。

「何事です、タハト大臣」

「イ——、イル・ジャーナから使者が」

「イル・ジャーナから……？」

「ヒイロイへ侵攻するから婚礼を繰り上げてほしいと使者が来ている。今すぐ魔法使いの力が必要なのだと、子どもでもかまわぬから今すぐ寄越せと。婚礼は戦争のあとにすると言って」

「そんな、無礼な！　直ちに追い払ってください。衛兵は何をしているのです！　あなたもあなたです！　ここまで来て聞かせることがそれですか！」

噛みつくように怒鳴るマルゴーに、大臣は汗で額に貼り付いた髪を振りながら大きな声で言い返した。

「叶えられないときは、無理矢理にでも連れていくと、城門の外に軍隊が！」

夜の闇に、王城を取り囲むように赤々と松明が焚《た》かれている。

正当な理由でも、軍で王城内に踏み込めば即盟約違反になるから、ああしていつでも攻め込めるのだと威嚇しながら、ロシェレディアが出てくるのを待っている。王城も街も、息を止めたように静かだ。味わったことのない戦の気配に、鼠《ねずみ》のように怯えている。

ロシェレディアは、部屋の小さな円卓に座り、窓からイル・ジャーナ軍が焚く松明の列を眺めていた。もう逃げられないと脅すように、夜になるとなお赫然《かくぜん》と炎が城を取り囲んでいる。あんなもの、まったく自分を止める力はないのだが、実質逃げられない。人質は、自分ではなくエウェストルムだ。あれが効いていると思われるのは癪だが、いかんせんここを動く術《すべ》がない。

イル・ジャーナは野蛮な国だと聞いている。戦争と滅亡を繰り返し、制圧しては制圧され、今は拡大期でまわりの国を乱暴に侵略しているそうだ。

イライラと動物のように部屋をうろつくマルゴーが窓を睨みながら言った。

「イル・ジャーナはまた戦争をしようとしているのです。そのためにあなたに王子を産ませ、あなたから魔力を搾取しようとしている」

「産めるわけがない」

「そんなことは私が一番存じております！」

マルゴーは、ロシェレディアの円卓にかじりついた。細い目を、見たことないほど見開いてロシェレディアを見る。

「……なんとかして引き延ばしましょう」

「無理だろう。病気だと言っても、我が国で治療せよと言うし、子どもだと言ってもじきに大きくなると言って聞かない。長年にわたってあらゆる言い訳は使い尽くした。今更あの軍隊を引かせる言い訳がどこに？」

「私は何よりも、あなたが侵略の道具に使われるのが耐えられない」

「マルゴー」

「やはりあなたは第一王子として国をつくるべきだった」

「できないことはお前も知っているだろう？　マルゴー。大魔法使いは王になれない。あまりにも国に影響が大きく、そうなると滅びるからだ。とうさまを見よ。普通の魔力の王でアレだ。吾が玉座に座ればどんなことになるか——」

「いいえ！　今からでもそうしましょう。あなたが本当は第一王子なのだと。だから輿入れなどできないと宣言すればいいのです！」

「受け入れられるわけがない」

今湧いた話ならまだしも、十二年間、騙《だま》してきたのだ。悪いのはエウェストルムだ。他の国の侵略を受けそうになったとき、命惜しさに、助けてくれれば生まれたばかりの王女をやると言ってしまった。イル・ジャーナは各国から罵倒されながら輿入れの権利にしがみついてきた。乳母を娶るとあざ笑われ、卑怯《ひきょう》だと罵られながら国のために屈辱を耐えた。それが本当は男だったと知れたら、どんなことになるか。

エウェストルムは自分を守ろうとするだろう。そしてあっけなく滅びるだろう。エウェストルムにも軍隊はあるが、お飾りのままごとだ。イル・ジャーナを騙したことについても、同盟諸国からどんな制裁を受けるかわからない。

戦争はできない。だからイスハンと別れた。

ロシェレディアは指先で唇に触れた。目の前で、切なく伏せられた黄金《おうごん》色の睫をまだ思い出せる。イスハンの唇は、焼けつくように熱かった。

あのときに腹はくくった。もうできることは何もないと、運命の底にこの指で触れたのだ。

ロシェレディアは、ひとつ息をついて、立ち上がった。

「……どうなるかに懸けてみよう。男なら要らぬと突き返されるかもしれない。あるいは、そこでただの魔法使いとして働かされるかもしれないし」

「あなたは甘すぎる。大魔法使いを返すわけなどありません。あなたが王の子を孕《はら》めないとしたら、辱められ、手足を切り落として、牢に閉じ込め魔力だけを搾取されるのです」

「知ってる。それでもだ」

まわりの者は自分に聞かせないようにしているが、記録など、どこにでもある。魔法使いたちがどのような扱いを受けるか、書き記した物はいくらでもある。妃として幸せになった者もいる。だが捕らえられて、家畜のように魔力を搾り取られる地方の魔法使いの存在も知っていた。

「ロシェレディア様……」

「吾がそうまでして守るエウェストルムだ。最後まで恥ずかしくないよう、送り出してくれ」

契約は、輿入れをするまでだ。第一王女として輿に乗り、この国を出て婚礼の儀式に臨む。それまで立派であればいい。

ロシェレディアは外を眺めた。

火の海のような松明の遙《はる》か頭上には、銀の砂を撒いたような美しい星空が広がっていた。さらにその上、手の届かない暗い空にぽつんと青い星がある。

「とうさまとかあさまがいて、弟がいる。お前や、皆がいる。麗しい我が祖国が永遠たらんことを」

——あれがあれば、どこからでもロシェのところに来ることができる。

イスハンも、この星空を見ているだろうか。あの星を見上げながら、揺れるランプの明かりの下で、砂漠の敷物の上で、今の気持ちを書き付けているだろうか。ありえないと知りつつも、もしも願いが叶うなら、もう一度イスハンと下らない星の話をしてみたかった。

齢《よわい》十二にして人生を見限るのは悲しいことか、それとも諦めて楽に生きるためにはいいことなのか。

肘掛けから投げ出していた足から、青い靴《モジャリ》がぽとんと落ちる。

ソファに寝っ転がって、お気に入りの長い羽根を指先で弄んでいたら慌てた足音が階段を駆け上がってきた。

「ロシェレディア様！」

また懲りもせずマルゴーが飛び込んできたが、「イル・ジャーナが急に婚約を破棄してきた」などと言うのでなければもう驚けない。ロシェレディアはほつれた羽根の毛を指先で捩《ねじ》った。

「なんだ？　もう私の準備は済んだ。着せつけるなり檻に入れるなり、好きにすればいいではないか」

「そ、それが、一大事なのです！」

「今以上の一大事があるか。馬が腹でも壊したか？」

マルゴーの顔色を見る限り吉報ではないようだが、これ以上悪いことは起こりえない。楽しみにしていたヤルヤルのジャムを焦がしたというなら、明日のパンは一枚減らすかもしれないが。

マルゴーは、自分自身信じられないように、どこかぽかんとした顔で口を開いた。

「ア——アイデース帝国がロシェレディア様を寄越せと」

「……。……は？」

さすがにそれはわからない。イル・ジャーナの言い間違いではないか。

息を切らしたマルゴーは、唾を飲み直して言い直した。

「アイデースのイスハン皇帝が、ロシェレディア様の輿入れを要求しておいでです」

「意味がわからぬ」

「私にだって、わかりませんよ」

言葉が矛盾だらけだ。アイデースのイスハン皇帝、アイデースが輿入れを要求。どれも脈絡が読み取れないほど、ふざけているとしか思えないことばかりだ。

だらだらの汗を、しきりに指で額に塗り広げているマルゴーは必死で言葉を並べ続ける。

「アイデースは、謀反で、イスハン第五皇子が兄皇帝陛下を討ち、新皇帝に成られたとのよし、つきましては、妃にロシェレディア様が欲しいと」

「何がつきましてだ」

「さあ、私にもさっぱり」

目を白黒させながらマルゴーは、聞いて来た言葉をまるっと吐き出した。

「『大魔法使いの姫を、身の程もわきまえず浅ましくも妾妃にするというなら、帝国の妃として迎える我が国に寄越すのが道理。天の理《ことわり》を違《たが》えるものには、武強帝国として制裁を下すものである』と」

本当に、イスハンだ。

「婚礼の迎えの軍隊がこちらに迫っております。いかがいたしましょう。大軍隊です。地鳴りがするような大軍隊だと」

信じがたいことだが、万が一にももしそれが本当なら、ロシェレディアにもどうしていいかわからない。

「とうさまは」

「あまりの出来事に、息もできずに伏せっておいでです」

天を仰いだ。父は当てにならない。そもそもこんなことはエウェストルムには起こりえないのだ。いや、どこの国にだって起こりえない。

本当にイスハンなのか。生きていたのか。皇帝とは、どういうことだ。

ゆっくりと我に返るロシェレディアは尋ねた。

「それで……、イル・ジャーナ軍は」

そう、問題は城を囲んでいるイル・ジャーナだ。アイデースが大軍隊を率いて、自分を奪いに来ると言う。横暴とはいえ正当な契約者であるイル・ジャーナがおいそれと立ち退くはずがない。

「戦闘準備の動きが見られます。いったいどうなるのか」

「エウェストルムで戦うつもりなのか⁉」

「わかりません。両軍次第で、我が国は泣いて頼むしかないのです！」

エウェストルムの立場は弱すぎるのだ。魔法使いの畑と揶揄《からか》われるように、エウェストルムは守られるばかりで、己の命の権限を持たない。

苦渋の表情でマルゴーは唸った。

「助けを求めようにも、今度ばかりは、まわりの国々も手出ししてこないでしょう。アイデースの横やり――しかも神の手にあるような強い槍《やり》で、真横から刺してくるのです」

城下は大混乱だ。

イル・ジャーナの軍隊が城を取り囲んだばかりでなく、横から怒濤《どとう》のようなアイデース軍が進軍してくる。エウェストルムの兵たちは、国民を逃がすのに必死だ。

城門の跳ね橋を上げようとしたら綱が切れた。門を閉ざそうとしても古い扉が歪んでいて合わず、閂《かんぬき》がかけられない。戦っているわけでもないのに悲鳴が上がり続け、城内も火事のような大騒ぎで、庭を荷車と叫び声が駆け回っている。

エウェストルムはもう百年近く戦をしていない。武強国が領土と王女を奪い合う中、エウェストルムだけは戦利品として脇に避《よ》けられて、戦禍を免れてきたのだ。

「井戸に蓋をしろ早く！」

「布を！　布が足りません！　どなたか！　どなたか！」

階下も塔に繋がる廊下も、何かを探し回る人々の叫び声と物音で、濁流のようだ。

「地下へ！　ロシェレディア様！」

避難せよ、というマルゴーに首を振って、ロシェレディアは幽閉の塔に止《とど》まり続けた。自分だけならどのようにだって逃げられる。それにここは両軍の戦いがよく見える。

しっかりと目を開き、曇り空を映す窓を睨む。

大砲が空を轟《とどろ》かせる。あらぬところに雲のような煙が湧く。

馬の波が起こす地響き。ぶつかる雄叫びは海嘯《かいしょう》のようだ。

イル・ジャーナは、エウェストルム城を人質のように背後に置き、アイデースを迎え撃った。正面から襲いかかるアイデースの軍勢。矢を射かけてみよとエウェストルムの城壁に貼り付いて構えるイル・ジャーナ軍を、真横から来たアイデースの第二勢が押し流した。

正面と右から攻められたイル・ジャーナは左の平原に逃げるしかない。陽が正中も過ぎないうちに、エウェストルム城の前はアイデース軍に陣取られ、今、戦場は平原から山に移っているところらしい。

ロシェレディアは息を詰め、瞬きすら惜しんでその様子を凝視していた。

本当にイスハンなのか。

国を愛していると言いながら、だから逃げるしかないのだと笑っていた。旅先から愉快な手紙を書いて寄越した。

もう会えないだろうと言って、自分の唇に口づけを残して去った。そのイスハンが、皇帝になったなど馬鹿げている。だが心のどこかでイスハンならそうなるかもしれないとも思っているのだ。

ロシェレディアはバルコニーの手すりの上に、こわばる手を握りしめた。

風が吹いている。乾いた風にロシェレディアの髪が靡《なび》く。

真横から攻め入る軍勢の先頭に、炎の剣を振るう男を見た。まだ若い身体をしていたが、兜《かぶと》の間から漏れる赤髪、上等な甲冑《かっちゅう》のきらめきも、銀色の剣を舐《な》め、振るたび赤い残像を引く炎も、鮮やかに目に焼きついた。

——こうするんだ。

彼の炎の赤さを覚えている。

あれがアイデースの新皇帝なのだという。大国の王のくせに、自ら戦の先陣に立つ。あの素直さ、潔さも、イスハン以外にありえない。

戦闘は宵のうちに及んだ。

陽が落ちる前にロシェレディアも地下室に下りた。

ロシェレディアは地下室の一番奥の部屋に、数人の女官と共に入れられた。扉を兵が護《まも》っている。マルゴーや大臣たちは別の部屋に集まって対応を話し合っている。父王を逃がす算段だ。到底あの戦の中に飛び込む兵力など、エウェストルムにはない。

地下室に一晩中、か細い祈りの声が満ちる。

翌明け方になって、アイデースから使者が来た。

勝敗はおおよそ決し、アイデースの圧倒的な勝利の前に、イル・ジャーナが力尽きるまで戦うか、逃げるかという状況らしい。

馬を引いたアイデースの使者は、城の門までやって来て、高圧的な態度で皇帝の言葉を告げた。

皇帝イスハンが、ロシェレディア第一王女に会いたいと言う。

地下室は騒然となった。

要求はわかっていた。初めに伝えられたとおりだ。断れば、使者の後ろを埋め尽くすアイデースの軍勢が、貧弱なエウェストルムの門を踏み越えて入ってくる。だがそんなことがあり得るのか、どうすればいいのか。受け入れたとき、撥《は》ねつけたとき、エウェストルムの運命はどうなるのか。

そしてイル・ジャーナを追い立て、皇帝としてやってくるその男が、あのイスハン第五皇子だと知って、城中の者がうろたえていた。人なつこく、瑞々《みずみず》しい、若き使節団団長の笑顔を誰もが好ましく思っていたからだ。

今のアイデースはただの大国ではない。反乱で皇帝が挿《す》げ替わったばかりの、どのような狂気を孕んでいるかわからない、爆薬のような大武強国だ。侵略されるのではないか、皆殺しにするつもりではないか、当たり前の理屈が通じるか。エウェストルムに配慮してもらえるのか。断ればその武力を持ってエウェストルムに攻め入って思うさまに踏み荒らし、すまなかったと後々開き直るのではないか。

攻め込まれたエウェストルムに何ができるというのか。そして猛《たけ》る獅子《しし》のようなアイデースが押さえ込んだエウェストルムを、誰が助けに来るというのか。

父王が国の命乞いをしたと大臣から聞いたが、アイデースは、王女を見せない限りは一切話は聞かぬと答えたらしい。どちらにせよロシェレディアは、命じられるまま彼の前に姿を現さざるをえない。

今はただ、エウェストルムの命乞いを。

命と引き換えにしてでも、国民の命乞いを。

本当に——本当にイスハンなのか。

「……いざとなったらお覚悟を、ロシェレディア様。あなた一人を死なせるつもりはありませんからご安心ください」

マルゴーがそっと耳打ちをした。

王女として、舌に乗せるのを憚《はばか》るような辱めを受けるようなら、マルゴーがロシェレディアを刺し殺す。輿入れを前提に、昔からマルゴーとの間にある約束だ。

問いかけるように胸元のブローチに触れる。

——あれがあれば、どこからでもエウェストルムに——ロシェのところに来ることができる。

——俺はいつだってロシェレディアの心に寄り添っている。

耳に残るあの声を、信じていいのか。

王女の間《ま》で着付けを済ませたロシェレディアは、マルゴーに手を引かれて広間に続く階段を下りた。

急あつらえの衣装だった。イル・ジャーナに輿入れするための衣装はつくっていたが、日延べの口実に仕上げていなかった。

それを身に纏い、深くベールをかぶって、多くの大臣に囲まれながら、要求通り宮殿の玄関へ出る。

扉を開けて、思わず一度、目を閉じた。

ものすごい数のアイデース兵が、遠巻きに庭を満たしている。

その視線を受けながら、彼は、華やかな鎧《よろい》を纏った護衛たちに厚く守られて馬から降りた。

たった半月、会わなかっただけで、また身体が大きくなった気がする。いつもの貴族らしい布の多い服ではなく、銀色に磨かれた甲冑に身を包んでいた。毛皮で縁取られた豪奢《ごうしゃ》な片マント《ユサール》。剣は細身の美しい鞘を佩《は》いている。

兜を側仕えに渡して彼がこちらを見た。

金色の瞳は正気だった。意志の強い眉、強く結んだ唇。屈託のない顔に過ぎる微かな哀愁も、煮えたぎる運命を呑み込む胆力も、間違いない、ロシェレディアの知るイスハンだ。

彼が目の前に立ったとき、ロシェレディアは悟ったのだ。

「迎えに来た。エウェストルム第二王女、大魔法使い」

何らかの事情で、彼は国を獲《と》ることになってしまった。ならば、と、この先の困難を知りながら、強引に自分を助けに来たのだ。

芝居をしろと、まったく親しさを見せない支配者の気配で、彼の態度と声音が言う。

謀反の狂乱に乗じて大陸の秩序を破り、強奪しに来た北の大帝国の妃として攫われる、悲劇の王女を演じよとイスハンは言うのだ。

目の前で分かたれる、二筋《ふたすじ》の運命が見える。

国の約束を守り、首を振ってイル・ジャーナへゆくか、今ここでイスハンの手を取って、北の帝国の妃となるか――。

――毎夜、お前と星が見られたら。

ロシェレディアは震える下腹に力を込めた。

「『私が行ってエウェストルムが助かるものならば、喜んでアイデースへ参りましょう』――」

白い衣装をゆっくりと広げ、ロシェレディアは深々とお辞儀をした。

まわりからすすり泣きが聞こえる。略奪される第一王女を哀れむ涙だ。

王室の子の、運命は重い。

こうして国民を、城の者すら騙しても、故国が生き延びられるなら何でもする。同じ罪を犯す相手がイスハン、お前だからだと心の中で告げながら――。

王女が輿入れするときは、生まれた国の衣装で婚礼を行うのが習わしだ。嫁ぐ国へ行く途中も、行って婚礼の日を迎えるまでも――ロシェレディアの場合なら、エウェストルムから持ち込んだ品と衣装で道中を過ごし、エウェストルムの祈りかたと様式で婚礼の朝まで過ごすべきだった。

だが、わずかな手荷物だけで、ほとんど着の身着のままエウェストルムを連れ出されたロシエレディアには、それが許されなかった。アイデースの味の薄い硬い食べ物、泥の臭いがするわずかな水、重くて厚い上着、牢屋のように頑丈な馬車も、着替えも、上掛けも、防寒着も、アイデースが用意したものだ。

供もマルゴーと、騎士が一人、女官が一人。エウェストルムの護衛隊どころか、大臣の同伴も許されない。父と母は、泣き顔を見ただけで、満足な別れも言えなかった。

アイデースの馬車は牢屋か、あるいは石の棺桶のようだった。分厚く頑丈な黒い木でできており、馬が四頭で引く。中は平らで四人乗り、二人ずつ交代で横たわれるようになっている。両脇に一つずつ、外を覗《のぞ》ける帷子《かたびら》窓がついているが、走るとすぐに凍りついて動かなくなった。

「月光様……」

古い女官が、涙ぐみながら、いたわしそうにロシェレディアの手をさすってくれる。

「姫様に……こんな、……酷い」

「大丈夫。私の手は元々冷たいから、お前の手が冷たくなってしまう。それに、きっと……きっと大丈夫だ」

イスハンと自分の関係は、マルゴーしか知らない。そしてマルゴーが父王と、騎士に打ち明けてきたという。

アイデース帝国第五皇子とは、秘密の友人であった。だから悪いようにはしないだろう、そう話してあると聞いた。一方、彼らが言う悪い見解によれば、ロシェレディアの力を利用しようと、下剋上の野心に目覚めた第五皇子が、ロシェレディアの顔も居場所も知っていてここぞとばかりに攫いに来たのか。

イスハンの本心はまだ明らかではないが、きっと大丈夫のはずだ。イスハンを信じる。自分を攫えばどうなるか、彼はよくよく理解している。アイデースだけが罪を被る形で、自国の不利を抱え込んでまで、ロシェレディアを助けてくれたイスハンを——。

外の雪はものすごかった。見たこともないような大雪で、山も森も綿を被っているように真っ白だ。途中、車輪がソリに換えられた。山道は後ろから人が押している気配もあった。次の拠点に届くまで短い休憩があるだけで、ずっと馬車の中だ。地面を掘った天幕の拠点より、この馬車のほうが暖かいのだと言って、夜もここで眠った。

出発してから何日経ったのだろう。遠いのはわかるが、それにしたって死に物狂いの列だ。朝は夜明け前から、夜は深夜、吹雪の中に狼の声が交じるまで走り続ける。

ときどきギシギシ、バキバキと外から扉の氷を割って、イスハンの側近という男が中を覗く。ジョレスと名乗った大柄の男で、鼻の下に髭《ひげ》を蓄えている。

「寒くありませんか？　王女よ」

馬車は特殊なつくりで、壁の向こうに炭が入っている。それでも放っておけば、馬車の中の水分がつららになるほど寒いのだが、ロシェレディアが魔力で寒さを打ち消している。馬車の中に氷に模した魔力を張り巡らせると、氷たちが勘違いしてそれ以上中に入り込もうとしないのだ。暖かくはないが凍えるほど寒くはない。

ロシェレディアが頭から被ったベールを、用心深く女官が押さえる。

マルゴーが窓を睨んだ。

「いいえ、それより食事は味がついたものを。私たちの口に合いません」

「申し伝えましょう。旅の途中で調味料が不足しております。今しばらく不自由をお許し頂きたい」

女官が膝で這い出た。

「まだかかるのですか。ずっと走りっぱなしです。ろくな休憩もない」

「今しばらくの辛抱です。ここを乗り切らなければ城に戻れなくなる」

休憩の折に、ロシェレディアは背後を眺めた。白く吹雪く急な山道。雪で道は埋まり、木の枝からつららが垂れ下がり、大木が半分以上も埋まっている。

冬に追われているのだ。この列は必死の速さで、すべてを凍らせ埋め尽くす、白い悪魔から逃げている。

「そんな……。これは輿入れの道中なのですよ？　祝いの歌がないどころか、花も、食べるものも満足にない。狭くて暗くて……こんな野蛮な、人さらいのような仕打ちを王女に……！」

女官が顔を覆い、嗚咽《おえつ》を上げる。命が無事ならそれでいいのだと言い聞かせてはいるけれど、寒さと暗さと狭さで、心が凍えかけているのだろう。

ロシェレディアはベールの下から手を伸ばして、女官の手の甲をそっと撫でた。

何もかも急だ。まさに猛烈な吹雪に連れ去られるようだ。

運命にためされているようだ。

イスハンが玉座を奪い、自分を連れて王城に辿《たど》り着くのが先か、冬が何もかもを凍りつかせ、白く埋《うず》めてしまうのが先か——。

男は「申し訳ありません」と言うが、改善する見込みはない。扉が閉められたと同時に、また女官が涙を落とす。

ロシェレディアは小さな声で囁きかけた。

「堪えてくれ。行くしかないんだ」

もう、戻れない。

自分は選んでしまった。多分、イスハンも選んだ。

運命の輪が回るがままに任せるだけだ。この雪に埋もれてしまうのか、それともこの雪の向こうに何があるのか。


エウェストルム第一王女、大魔法使いロシェレディアがアイデース帝国によって略奪された。アイデースとイル・ジャーナが一時戦争状態に陥ったが、イル・ジャーナに勝ち目がないこと、大金を積まれたことで、イル・ジャーナが引き下がったということだ。

† † †

アイデース城は巨大だった。

外観は吹雪で見えなかったが、山かと思っていた影がすべて城であるというのだから、その奥深さも推して知るべきだろう。

帝国にふさわしい豪壮な城だ。城内に入っても、断崖でできているのではないかと思うくらい壁が高く、大理石の柱が太い。すべて石造りで、青空に天使が飛ぶ丸天井の屋根は、本物の空のように高かった。磨き上げられた大理石の床はどこまでも広く、凍った池のようだ。しかもここは玄関《エントランス》で、何倍も広い王の間は、さらに奥にあるという。

広すぎる床に、自分たちの固い足音が、パラパラと小雨のように響く。

遠くにさしかかる女官や文官が静かに立ち止まって礼をする。

壁には夥《おびただ》しいほどの壁画。天井には隙間なく空と天界の絵が描き付けられている。城の中を歩くだけで、天界に遊び、大陸中を旅した気分になりそうだ。

人が少ないホールの中を、身を寄せ合うようにして歩いた。

先導するのはジョレスだ。背が高いマルゴーよりもこぶし一つ分も背が高い。

彼が背中を向けたまま言う。

「お出迎えが不十分で申し訳ありません。我が城は只今《ただいま》、不慮の出来事によりあちこちを修復しており、その人手で手一杯なのです。室内は整えておりますので、ごゆっくりおくつろぎください」

「こ……皇帝陛下は？　陛下はどちらへおいでなのです」

意を決したようなマルゴーの問いかけに、しばらくジョレスは黙った。

「陛下の謁見は、すぐには叶《かな》わないでしょう。我々以上になさねばならないことが多いお方なのです」

「さすがにそれは無礼ではありませんか？　あのようなことをしておいて、顔もお見せにならぬとは」

「火急の由、どうかお許しくださいませ」

何を言っても彼は謝るだけだ。ジョレスにも――多分、イスハン自身にも、この状況は動かせないと思ったほうがいいのかもしれない。

それにしても無茶なことをしてくれる。

イスハンの、これまでの無謀の数々を思い出して、ロシェレディアは人知れず身体の芯を震わせた。

自分が彼の思惑に気づかなかったらどうするつもりだったのか――。

静かに奥歯を噛《か》みしめるロシェレディアの前に扉が現れた。

見上げるほど大きな扉で、立ち上がる獅子《しし》の模様が彫り込まれている。軋む音と共に、分厚い扉が両開きになった。

一面の緋色《ひいろ》の絨毯《じゅうたん》。エウェストルムの中庭が丸々収まりそうな広さだ。鍛冶小屋のような大きな暖炉には薪《まき》が赤々と燃え、燭台《しょくだい》も水差しも、あらゆるものが金《きん》でできている。襞《ひだ》が多く入った分厚いカーテンの向こう、レースが貼りついたように凍った二枚重ねの窓の桟には飾りのように雪が積もっている。

部屋の奥、天蓋の中に緋色の段があった。

ジョレスに促されて段を上がると、天鵞絨《ビロード》の椅子があった。縁に宝石がずらりと嵌め込まれた、縁も足も金の、それ自体が宝のような椅子だ。

ロシェレディアがそこに腰を下ろすと、壁際に控えていたアイデース側の従者が眼下に横一列に並び、膝をついた。

「ようこそ、エウェストルム第一王女、ロシェレディア殿下。アイデース国民一同、衷心より喜びをもって殿下のお輿入《こしい》れを歓迎いたします。改めまして、私はイスハン皇帝の側仕《そばづか》え、ジョレスと申します」

胸に手を当て名を名乗った。その隣には無骨な銀髪の男、そして金髪を結い上げた女がいる。

「こちらは騎士団長、イゴール。その隣はイゴールの妻で女騎士アデリナ、その隣は薬役オリガ、そして同じく女騎士タチアナ」

片眼鏡で赤毛を三つ編みにした少女と、白銀色の髪をした、若い女が頭を下げた。

「この者が、いざというとき、あなた様の身代わりとなります」

「身代わり？」

「そちらに色々ありますように、我らにも多少の事情がございますので」

気色ばむマルゴーに、慇懃《いんぎん》無礼にジョレスは返す。アデリナという女騎士が言った。

「王女殿下のお世話と護衛は、お着きの皆様に加え、我らでいたします。どうかお心安くなされませ」

もはや気に入る入らないの問題ではないようだ。

「……よろしく頼む」

ロシェレディアがため息をつくと、三人の女たちは顔を見合わせ、嬉《うれ》しそうに笑った。

ここは隔絶された箱の中だ。金の細工箱に赤い天鵞絨敷きの、宝石箱のような部屋だった。

室内は今の時期のエウェストルムより暖かく、湯がふんだんにあり、濃厚で華やかな香りの香油が浴槽に垂らされる。

外は鳥も凍るような吹雪だ。窓にはレース編みのような凍結の模様がびっしり貼り付けられている。

想像よりもだいぶん酷《ひど》いなと思いつつ外を眺めたとき、ロシェレディアはまた雪の合間に立ち上る黒い煙に目を留めた。不自然なくらいあちこちに、細く天に向かって黒い糸を引いている。昨日も見た。朝からずっと、もう黄昏《たそがれ》であると言うのに、何を燃やしているというにも奇妙だった。あれはどこが燃えているのかと尋ねても誰も答えず、イスハンはどうなっていると尋ねても忙しいとしか言わないし、婚礼はいつだと聞いてもわからないと言う。もちろん部屋の外に出ることはかなわない。——ただし、何十もの別室を備えた部屋は、エウェストルムの塔よりも広く、広間は庭のように走り回って十分だった。

「ロシェレディア様、カード！　カードをなさいますか？」

オリガと名乗った薬役がロシェレディアにべったりだ。歳《とし》は十五、六。自分より三つ以上は年上だが、仕草と声が子供のようだ。

「しない。もういい加減にしてくれ」

「いいえ、今度は私が勝ちます！　本当です！　もう百回くらい負けたので、今度こそそろそろ！」

そんな具合だ。することがないので応じてみたが、望んだカードを魂《ラウフ》が囁《ささや》いて教えてくる魔法使いに、カードで勝てるわけがない。薬の話はまあまあおもしろいが、他はさっぱりだ。

「ロシェレディア様、お茶の時間でございます」

入り口から女官の格好で入ってくるのは、目元を隠した銀髪を、肩のところで切りそろえたタチアナという女だ。入隊間もない女騎士なのだそうだ。アイデースには女だけの騎士団があるという。

ロシェレディアよりだいぶん背が高いが、髪の色が似ていた。彼女も女官のふりをして絶えず自分の側にいる。

「お毒味を」

と言うマルゴーを、笑いながらオリガが手で制した。

「我が国は、毒薬の調合に優れておりますゆえ、普通の薬ではわかりませんと申し上げたでしょう? とはいえマルゴー殿のお毒味の腕もなかなかでした。見所があります。おいおい私が仕込んでさしあげましょう」

「無礼な!」

「マルゴー」

マルゴーの怒りはもっともだが、オリガが言うことが真実だ。

オリガは「私の話を信じていただくために」と言って、一番初めにお茶が入った茶碗を十杯用意させた。そして「この中に毒が入っていますので」と言ってマルゴーに毒の検出をさせた。

マルゴーは手際よく、すぐにカップのひとつから毒を検出して見せた。得意げなマルゴーの目の前で、オリガは次々にカップに雫《しずく》を落としたり、紙を浸してゆく。

――実はこれ、ぜんぶ毒入りなんですよぉ。信じられないならネズミに飲ませてみますけど？

いい、と言ったのはロシェレディアだ。疑うのは馬鹿馬鹿しい。無駄な殺生をする意味もない。

なぜこんなことが必要なのかとアデリナに尋ねた。彼女は「かつてイスハン以外の皇子に仕えていた者をすべて排せないからだ」と応えた。イスハンは、イスハンの兄たちに仕えていた従者をなるべく城に残したという。それだけでもかなり危険なのだが、他にも幼い頃に別の国に行った第六皇子を捜そうという動きがあるらしい。前皇妃は動乱の数ヶ月前に、前皇帝《ふ》の命令で吊首《つるしくび》にされたそうだ。謀反の仇討《かたきう》ちとして、真っ先に殺されるのはイスハンだ。謀反の仇討ちを回避するには、この一年が勝負なのだと言っていた。

そもそも家族の生き死にに対してエウェストルムとアイデースでは価値観が違いすぎた。血の繋《つな》がった親兄弟を殺す、側近を斬り殺す、城内の誰かを毒殺する。何かを口にするたびに毒味をする。エウェストルムで生きるなら、一生考える必要もないことだ。

ロシェレディアはタチアナに視線を遣《や》った。

「お前は？　タチアナ。自分が持ってきた茶に毒が入れられていると疑われているのだぞ？」

腹心同士でも疑うというなら、今度こそ息をする場所もない。表情の乏しいタチアナは、感情の見えない声で言う。

「いいえ、ロシェレディア様。私が気づかないうちに毒を入れられた可能性があります。私が目を離さずに湯を沸かしても、井戸にそもそも毒が入れられていたら？　そのあとどれほど気をつけても、毒はあなたの胃に届くのです。彼女はそれを防いでくれる」

オリガはふふん、と得意げな顔をする。

「オリガには全幅の信頼を置いています。彼女が検出できない毒があったら終わりです。イスハン様が今まで生き延びられたのも、彼女のおかげなのです」

「そうか。わかった。そのオリガがここにいるということは、今、イスハンの側には？」

オリガは生意気に、大人ぶって眉をひそめた。

「私の妹弟子がついています。イスハン様が、ロシェレディア様のお口にけっして毒を入れてはならぬと仰せられて、私にロシェレディア様のお毒味をするようにと。妹弟子は未熟なので心配なのですが……。イスハン様には、くれぐれも弟子を信用なさるなと伝えてあるのですが……」

「お前はイスハンの側に行ってくれ。吾《あ》は大丈夫だ」

「で……でも」

自分の気持ちを抑え付けているようなオリガの前で、ロシェレディアは出された茶をくっと呷った。

口の中で転がして、ロシェレディアは皿《ソーサー》にカラン、と黒い塊を吐いた。ひっとオリガが息を呑《の》む。

「心配するな。これは茶だ。私の喉を通ったのは水のみ」

口の中で、水と、その他に分けた。その他を凍らせて吐いただけの話だ。

「毒も同じようにして吐く。何なら他の者の毒味も吾がしよう。お前はイスハンの側に行ってやってくれ」

「は――……はい！　はい！　ロシェレディア様！」

「お前は声が大きいな」

「ありがとうございます！　恩に着ます！　イスハン様にもご褒美をたっぷり出してくださるよう、伝えておきますから！　絶対に！　真っ先に！」

「吾の話を聞いているか？」

「ええ、もちろん！　ありがとうございます！　ロシェレディア様！」

ロシェレディアの前に跪《ひざまず》き、自分の手を取って大声で礼を言うと、立ち上がって部屋を出ていった。アデリナが困った顔で言う。

「申し訳ありません。あれは城で育った女官ではなく、本来ならば町娘なのです。その代わりあのように嘘《うそ》はつけません」

ずっとあのようかと思うと気が重いが、確かに才能があるのだろう。何より瞳がまっすぐなのがいい。

「イスハンは、随分好かれているようだな」

ここに来て感じることだ。兄のようなジョレス、姉のようなアデリナ、物静かなタチアナと賑《にぎ》やかなオリガ。誰もがイスハンのために、自分を守ろうと一生懸命なのがわかる。イスハンも、毒殺が平然と行われる生活の中で、この者たちを信じて自分の側に置いているのだ。

アデリナが笑った。そばかすがある、騎士とは思えない、やわらかい優しい笑顔だ。

「ええ。我々はみんな、イスハン様が大好きですよ」

飾らないその言葉が、第五皇子のときからの真実なのだろう。

それがきっかけだったと思う。マルゴーの態度が和らいだ。

オリガやアデリナとも打ち解け、特にジョレスとは、ロシェレディアを警護するための談義に花が咲いている。彼らはだいたい交代で自分の護衛をしていて、時間が重なると、それぞれの主《あるじ》が犯したいたずらの後始末の打ち明けあいに興じている。ロシェレディアは背を向けて、聞いていないふりで本を読むしかない。イスハンをここに呼んでほしかった。自分だけが晒《さら》されるのは不公平で残酷な話だ。

城の様子はジョレスが話してくれた。

何が起こったのか――エウェストルムに伝わったことと、外郭《がいかく》は同じだ。イスハンが謀反を起こし、蜂起した軍を率いて皇帝の座を奪取した。だがその裏には長きにわたる、兄皇帝の度を超した圧政と、暗殺の横行、国内の経済問題があったという。

本当にエウェストルムに来たときまでは亡命の予定で、アイデースに戻ったのは、突然で致し方のない事情だったと話した。イスハンが、自分に話したとおり南に亡命していたら、春が来て冬の森が開けたころには、アイデースは亡国となっていただろうとも。

なぜ自分を迎えに来たのかについては、イスハンが、エウェストルムの第一王女が、イル・ジャーナ王の妾《めかけ》にされると聞き、不条理であると言って我が国の妃《きさき》として迎えることにしたと言った。

「それにお前は納得がいったのか、ジョレス」

長椅子の上で、ふんだんに重ねた刺繍《ししゅう》のクッションに凭《もた》れかかったロシェレディアは尋ねた。向かいの椅子にジョレスがやや前屈みで座っている。痩せていて、改めて向き合うと非常に几帳面な身なりの男で、やや頑固とも取れる真面目な言動の男だ。ジョレスは指の背で軽く鼻ひげをなぞった。

「いいえ。正直、こうしてあなた様を迎えるまでは、皇帝という責任を負う引き換えとはいえ、なんと横暴なことを、と嘆いておりました。向こうしばらくはイル・ジャーナとの間が険悪で、他の国との間にも難しい始末を余儀なくされるでしょう。あなたを得るために支払った賠償金は、今のアイデースには大変な痛手です。しかもこの先、我が国は大魔法使いを武力と金で奪い取ったという誹《そし》りを受け続けなければならない」

「大変だ」

「でも、あなたを見てわかりました。イスハン様が一目惚《ひとめぼ》れをなさった王女とは、あなたのことですね？」

「一目惚れ？」

「ええ。昔から、心に大切にしまった姫がいるのだと言っておいででした。その姫以上の姫を探していたら、俺は一生結婚できないのではないかとも」

イスハンらしい言い回しだ。

ジョレスは、イスハンの後始末を嘆くときのクセになっているらしい、鼻ひげを指先で左右に分けながら息をついた。

「まあ、我々としてはイスハン様が意中の姫を射止められたのが大変嬉しいのです。そして、多少の代償を払ったところで、大魔法使いを得られたことは皇帝として得がたいことだと――たとえそれが、本当は王子殿下だったとしても」

「ジョレス」

「この部屋にいる者は皆、存じております」

「いいのか。それで」

「ええ。イスハン様の意中の姫が男ならしかたがないでしょう？」

苦笑いのジョレスに、ロシェレディアは起こしかけた身体《からだ》をまたソファに投げた。

「この国はわからぬことだらけだ」

多少の無理をしても、大魔法使いを得た方が利益があるというのはわかった。だがそれが男でもいいとはイル・ジャーナだって言わなかった。しかもいい理由がイスハンが喜ぶからだという。そんなことで国の未来を決めていいものか。

ジョレスは、目を細めて穏やかに言った。

「いずれイスハン様がお話しになるでしょう。おわかりにならないことがあれば私から申し上げます」

「イスハンの、本当のことを教えてくれ。今、どこにいる？　なぜ会えないのだ」

「難しい理由はありません。ただお忙しいだけです。お話ししたとおり、本当にいかんともしがたい事情でイスハン様は皇帝としてお立ちになりました。神の試練に応えるかの如《ごと》き、厳しく、尊きご聖断でした。その後は戦争の後始末、イル・ジャーナとの交渉など、代理人では叶わない重大事をこなされておいでです。ただでさえ戴冠式においては何の準備もなされておらず、潔斎の日数もやや足りない」

「そんなに？」

「ええ。エウェストルムを訪れたときはまだ、本当に南にお逃げになる予定でしたから、戴冠のための、服もローブも王冠も、聖杯も錫杖《しゃくじょう》も靴も、何もかもありません。宣誓のための呪文も、署名をする皮紙への祈りも、腕輪も、玉座も、杖《つえ》も。イスハン様の出生を祝った導師は二年前に殺されましたので、代わりを探そうにもこの動乱では簡単に見つかりません。指輪、肩章、大綬《だいじゅ》、この冬の最中《さなか》、一から材料を掻《か》き集めて作るのです。——何しろ第五皇子ですから」

ジョレスの微笑《ほほえ》みは苦い。第二皇子なら、不測の事態に備えていくらか準備や心づもりもあろうが、第五皇子など逃げるしか生きる道がないのだとイスハンも言っていた。もしもの用意も無かったのだろう。

「謀反が起こる前、前皇帝陛下は、ご兄弟の皇子たちの宮殿を破壊しました。もちろんイスハン様のお住まいもです」

「自分の城をか」

「ええ。またこれは追い追いお話しいたしましょう。とても無惨な有様でございました。そのときに亡くなった者の弔い、建物の修復、焼け出された使用人も多く、立て直しに必死です。その石も材木も思うようには集まりません。本来ならばご婚礼の前に、あなた様のための宮殿を建てるのですが、この冬はご辛抱頂くことになるでしょう」

アイデースの混乱は、想像よりかなり凄惨だったようだ。窓から見た、未だ途切れない煙は弔いの煙か――。

「ですから、お式の当日までこちらにおいでになることはないと思われます」

「わかった」

ジョレスは、確かめるような目でロシェレディアを見つめた。

「雪解けまでにすべてを終わらせると――春になったら、新生アイデース帝国として大陸に布告する、とイスハン様は仰《おっしゃ》っておいでです。――あなた様を新皇后として」

やっと彼らの目論見《もくろみ》がはっきりとした。もしそれが本当なら、確かに春まで、あまりにも時間がない。

† † †

冬の最も厳しい日のことだ。

雪の重みを蹴散らすように、王宮の鐘が鳴り響いた。

こだまするように、アイデース中の鐘が鳴っている。

青と黄金で彩られた、絵本の中でも見たことのないような大きな儀式だった。巨大な聖堂に、白いベールを被《かぶ》った貴族たちが並び揃《そろ》い、教会の者たちが厳かな歌を歌う。手に提げた鐘を鳴らし、古代の詩を歌い、神を呼ぶ言葉を詠唱する。

黄金のシャンデリア。金の刺繡が厚く施された天蓋の下には、金糸銀糸で設《しつら》えられた重厚な玉座があり、緋色の背もたれからは絢爛《けんらん》な金細工が光背のように差し伸びていた。

細い天窓から差し込む光。祭壇の両脇には、巨大なアイデース帝国の旗が掲げられている。

国外からの来賓は一人もなかったが、ロシェレディアにもこれが、破格の儀式であることがわかった。

まず、イスハンの皇帝の戴冠式が行われ、ついでロシェレディアの大魔法使いとしての契約式があった。

これまでも誰もがロシェレディアを大魔法使いと呼んで憚《はばか》らなかったが、儀式は即ち称号だ。手のひらほどの勲章と、透き通った氷のような、宝石の嵌《は》まった純銀の錫杖が贈られた。このときから、ロシェレディアは名実ともに、アイデース帝国皇帝と契約をした『大魔法使い』となる。他の国に魔力を供給することは許されない。

そのあと婚礼の儀式が行われた。

「愛し、慰め、敬う魂《ラウフ》の繋がりを、ここにロシェレディア・メラク・ソフ・スヴァーティと永《えい》劫《ごう》に定め、秘刻の鑿《のみ》により魂の書に記するものなり」

イスハンの誓いの言葉に、「我が星は、常に爾《なんじ》、唯一の王と共に有り」と答える。

司教が誓いを受け入れると、次々に銀盆に載せられた小皿が出される。

一生食事を分け合う誓いとして、同じ皿から穀物の粒を摘まんで口に入れる。椀《わん》に入れられた果物の酒漬けを囓《かじ》る。実は中まで真っ赤で囓ると血のような汁が滴る。イスハンが囓り、次にロシェレディアが実を口にする。心臓に見立てた実なのだそうだ。これから同じ心臓を共有してゆく証《あかし》となる。

再びベールが顔の前に降ろされた。

ロシェレディアが、床に置かれた紅《あか》いクッションの上に両膝をつく。イスハンは、司教から受け取った小ぶりな王妃の冠を、ロシェレディアの頭に降ろした。

喜びの鐘が鳴る。神の来訪を告げる音だとも聞いている。

この結婚をもって、『魔術王』と『大魔法使い』を備えたアイデースは、武強国の中でも最強の『魔法武装国』となった。

主となる儀式はこれで終わりだ。このあとは、参列者による魔を退け、天の祝福を呼び、場を清める儀式に移る。

詠唱のどこにもよどみはなかった。金《きん》のどこにも曇りはなかった。少なくとも向こうしばらくの間、アイデースは戴冠の儀式の心構えはしていなかったはずだ。もし、本当にこれらの用意を一から始めたのだとしたら、途方もない労力だ。

婚礼のみならず、戴冠の儀式は完璧だった。この器の数、鐘の演奏。よくもたった二月足らずの間に揃えられたものだ。

深紅のローブに身を包み、頭に冠をいただくイスハンは、だいぶん疲れているようだった。痩せた、というかやつれた。目の周りが薄青く、落ちくぼんでいる。だが、元々丈夫なイスハンだ。あちこちの旅で身体を鍛えているから、多少無理をしても休めば治るだろう。

深く被ったベールの奥からイスハンを垣間見《かいま》る。

若く、美しい王だ。彫りの深い精悍《せいかん》な横顔をしていた。金髪を含んだ赤い髪は炎の獅子のようで、しっかりした形の眉も同じ色だった。黄金を塡め込んだような瞳に独特の凄味《すごみ》があるのは、あの深い金色のせいか、それともイスハンの意志の力か。

祝いの席の後方で、儀式の最中一心に手を動かす画家がいた。数ヶ月後には、さぞ見事な戴冠式の絵が王の間を飾るのだろう。

それより吾のこの衣装だ——、と、ロシェレディアは、ベールの中で嘆息した。後ろに引きずるベール、妃の冠、魔法使いのペンダントと指輪、妃の杖と、魔法使いの錫杖、香炉、宝石、ランプ、金細工とを次々と持ち替えさせられ、分厚いドレスに、金の靴。裏を毛皮で貼られたローブは褥《しとね》を引きずっているようだ。

はたしてこれが女だったら、耐えられるものだろうか?

床にめり込みそうだ。装飾品と布と毛皮に潰されてしまいそうだ。早朝から立ちっぱなしで、重たい目に遭いっぱなしだ。

だが、それももう終わる。

ほとんど衣装の重みで階段を滑り落ちるのをマルゴーに支えられながら、分厚い絨毯が敷かれた祭壇から下りた。

「よくお堪《こら》えになりました、ロシェレディア様」

マルゴーが囁くのに頷《うなず》き、イゴールの先導で聖堂の出口へ向かう。聖堂の中央には貴族たちが集まってロシェレディアやイスハンの様子を眺めていた。扉のところにも、廊下にも貴族や教会の者たちがいる。朗らかに笑っている者もいれば、窺《うかが》うような、屈託のある視線も感じる。

ロシェレディアは氷の気配を放って人々の声を集めた。そうまでしなくとも、ロシェレディアの耳に悪意を纏《まと》った囁きが直接飛び込んでくる。

――立派なお姿ですな。アレではオレーグ様もだいぶん見劣りをする。謀反を起こされて当然であることよ。

――兄殺しの汚名を、どうやって背負っていかれるおつもりだろうか。かわいいばかりの第五皇子と思っていたが、ことのほか野心家であらせられたか。

謀反の弟、兄殺しとして、笑いを含んだ卑劣な噂《うわさ》が鼓膜に刺さる。

自分には、誰の囁きかぜんぶわかる。イスハンの悪口を言った者を一人一人引きずり出して、もう一度同じことを言って見せよと、詰め寄ってやろうか。

そんなことを考えていたら、隣を歩くアデリナの顔が真っ青なことに気づいた。

「悔しい……。どんな思いでイスハン様が……」

アデリナは、ロシェレディアにだけ聞こえるように呻《うめ》いてから、薄い唇を噛《か》んだ。

どれほど心を砕いて話しても届かない相手がいる。

そして、事情がどうあれ、謀反と兄殺しの誹りは免れないことを承知の上でイスハンは行動を起こした。だから何を言われても知らぬ顔をしておくようにと、耳が痛くなるほどジョレスに言い含められている。

ふっと、怒りをかき消す寂しさと、空虚がロシェレディアの胸を過《す》ぎた。

もし、イスハンが一人だったら、この虚《むな》しさをどうやって耐えたのだろう。

殺されそうになっても、最後までイスハンは兄皇帝を信じたがっていた。謀反のときも、城に追い詰めた兄皇帝に対して、イスハンは先に密使を放っていたそうだ。表向き兵で城を取り囲みつつ、その裏では退位さえしてくれれば十分な生活を保障すると説得していた。皇太子と王女も廃嫡の宣言をし、彼らと離れて隠した城に移り住んでくれれば、一生安全を守るという約束に一度は頷いたというのに、彼らを逃がす手はずの者が到着したとき、兄皇帝は子どもたちを殺害し、毒を飲んで自害していた。

布が冷たいと、はじめてロシェレディアは思った。婚礼の衣装は分厚く、着付けてしまうと身体が倍にもなりそうな大きさになるが、あまりにも布が厚くてちっとも暖かくないのだ。それどころか、肌のぬくもりがどんどん布に吸われて寒さばかりが増す。

ぎっちり服が詰め込まれた衣装箱に入っていたかのようだ。最後の力を振り絞って、マルゴーに衣装を脱がせてもらう頃にはもうふらふらだった。手足が冷えてたまらなかったのに、脱いでみると汗だくだ。

身体を拭いてもらい、やわらかい部屋着に着替え、温かい湯を飲ませてもらい、ソファの肘にぐったりと凭れかかる。

祈りの儀式は重要だが、こうまでする必要はあったのか。本来別々に行うべき、戴冠式、就任式、結婚式を一度に行ったからだ。どれかひとつ省くとか、兼ねるとか、短くする方法はなかったのか。

目を閉じて口で息をしていると、若い文官が扉を叩《たた》いた。

金の刺繍で縁取られた、尾のある上等な服。イスハンの使いだ。

「皇帝陛下のお成りです」

揃いの格好できた二人は扉を大きく両方に開いた。入ってきたのは、ローブを外しただけのイスハンだ。

イスハンは儀式の最中の峻厳《しゅんげん》な顔が嘘のような、明るい——自分の知る、無邪気なイスハンの表情に戻ってロシェレディアに向かって両手を広げてきた。

「久しぶりだ！　ロシェレディア！」

「しばらく見ない間に大層立派になったものだと思っていたのに、まったく変わらぬではないか」

引きつけられるようにロシェレディアも立ち上がった。呼びかけられ、抱きしめられて、ようやくロシェレディアも晴れ晴れとした心地になった。イスハンはやはりイスハンだった。そしてようやくイスハンに直接尋ねられる。胸のわだかまりも晴れるだろう。

抱き返すロシェレディアの首筋に、ぐりぐりと顔を押し込むようにして、イスハンは一心にロシェレディアの背中を撫でた。

「無事だったか、すまなかった。よく来てくれた。本当に、お前があのとき嫌だと言いはじめたらどうしようと——……」

「イスハン。皇帝になるのなら、お前はもう少し、演技の練習をしたほうがいい。猿芝居にもほどがあった」

「一世一代のぶっつけ本番だ。何もかももう必死だったのだから少しは大目に見よ。寒かっただろう。ほとんど何も用意ができなくて申し訳なかった」

ようやく、ふう、と息をついて顔を覗《のぞ》きこんでくるイスハンの目を見つめ、ロシェレディアは微笑み返した。

「助けてくれて、ありがとう。一生の恩人だ。吾にできることなら何でもしよう」

いろんな事情を拾い集めても、イスハンが自分を助けてくれたのは、謀反のついでなのは明らかだ。本来のイスハンなら、いくら大魔法使いが欲しくても、大陸の盟約を破って輿入れの決まった姫を攫《さら》ったりしない。自分が困っていたからだ。汚名を被るのを承知の上で助けに来てくれた。当然恩に報いる気持ちはある。自分を——そしてエウェストルムを助けてくれた。

精一杯の友好を示す視線で見つめるが、イスハンは困惑している。

「ちょっと待て。友だちだから助けたと思っているのか？」

「そうでは……ないのか」

「いや……友だちだって、助けたさ。でも、何というか……その……。妃というのは……一応俺は、本当に大変だったというか……、普通はあまり……んん、本当に——すごく……」

言いかけて、イスハンは真っ赤な髪を振った。

「いや。言っていない俺が悪い。確かにあのときは言う暇がなかったし、打ち明けたらお前を苦しめるだけだと思っていたし」

イスハンは身体を起こし、拳を口元に翳《かざ》して軽く咳払《せきばら》いをした。炎を照り返す黄金のような瞳が自分を見る。

「好きだ。ロシェレディア。王女じゃなくても、男でも。いいや、お前が男ならば男がいい。

お前がいいんだ、ずっと昔から――初めて会ったときから」

「吾は、……恋などしたことがないからわからない」

急に好きだと言われても困る。確かにイスハンには、父や母とは違う親密さを持っていると思うが、それが恋かどうか自信がない。ただ他にはない慕わしさではあると思う。一日ぼんやりイスハンのことを考えたり、煤《すす》だらけの手紙を何度も読んだり、手紙から落ちた砂を集めて瓶に入れたり――。

ロシェレディアは薄い胸に指先を当てて、自分の心とイスハンを見比べた。

「これが恋だというなら、お前だけだ、イスハン」

途端にイスハンは嬉しそうな顔をして、ロシェレディアを抱き上げた。振り回しそうに、勢いよく自分を抱き込んで、天を仰ぐ。

「よかった。我が妃よ」


夕餉《ゆうげ》は側近に見守られながらだが、二人で食べた。婚礼後だというのに晩餐会《ばんさんかい》ができる状態ではないと言われたが、事情は聞いている。

元々この国では、雪で花一輪手に入れるのが難しい冬は、婚礼を避けるそうだ。食卓に花がない代わりに、色とりどりの布が花を模して丸めて飾られていた。宴《うたげ》もなかった。国のあちこちで悲しみが続いていて、手放しで喜べる状態ではないらしい。

「まだ、厨房が完全ではない。オリガもいるし、だいぶんまともな物は食べられるようになったが」

パンと塩漬けの肉、スープ、野菜を乳で煮たもの。量は多いが品数は少ない。それでもオリガやアデリナから聞いた話より、随分まともな食事だった。

そのあと、茶の時間を過ごし、湯を使ってから夜になる。

イスハンの寝室は、ロシェレディアの寝室のさらに奥にあった。ここに来てから一度も使われたことがない皇帝の部屋だ。

大きな暖炉で薪が燃える音がする。額《がく》を跨《また》いで中に入れそうな、本物そっくりな聖堂と礼拝の油絵がかかっている。

くつろいだあたたかい寝間着に着替えてイスハンとゆっくりしていたら、ジョレスがやって来た。

ソファに座ったイスハンの目の前に片膝をつき、恭しく問いかける。

「いかがいたしましょうか、陛下、我が王よ。お気は変わられませんか?」

イスハンは首を振った。何のことだろうと思っていると、イスハンが、隣に座っていたロシェレディアの髪をそっと撫でた。

「本来ならば、今夜が初夜だ」

「初夜？」

「聞いていないのか」

「喧嘩《けんか》はするなと言われているが、さすがに吾だって、このめでたい日に、お前を差し置いて我《わ》が儘《まま》を通すことはしない。イスハンのためになら、多少我慢もしよう」

マルゴーからは、今夜からイスハンと眠ることになるが、もう大人で、夫婦になったのだから、軽率に喧嘩をしたり、いたずらをしてはいけないと言われていた。敷布の被せあいや枕投げなど言語道断、せめて今日だけは何があっても怒らずに、イスハンのするとおりにしてくれ、何があっても故国のためだ、あなた様のそしてエウェストルム国民からの恩返しだと思って堪えてくれと言われたので、ああわかった、と答えた。自分だってちゃんと恩義はわきまえている。命の恩人なのも知っている。皇帝の妃らしく暮らすつもりもある。王女のふりから皇妃のふりだ。朝飯前だと思った。

イスハンはまた困った顔をして、片手で頭を抱えた。

「お前の従者には、あとで苦情を言おう。まあ、結果的にそれでいいわけだが」

もしかして、イスハン側の従者と話し合いが上手《うま》くいっていないのだろうか、とロシェレディアが眉をひそめたときだ。

「契約式は——契るのは、一年待ってくれ」

とイスハンが言った。

「一年？」

「今夜でも構わないが、俺の心の問題だ。お前の身体の問題でもある」

「やはり、男なのはいけないいか」

「ああ……何というか、それもあるが、幼いのがな」

「待っても吾の乳は大きくならぬ」

指を襟に引っかけて、平らな胸を確認するロシェレディアに、またイスハンは困ったように眉を寄せる。

「まあいい。とにかく、一年間はここで自由にしてくれ。春までは何かと不自由だが、雪が溶ければ見る見るうちに豊かになる。そういう国だ」

「うん……？　まあ、イスハンがそう言うなら」

「明日、引き継ぎの儀式が終わったあと、数日は一緒に過ごそう。食事も、眠るのも一緒に」

「数日？　これからずっとではないのか」

「また改めて話す。とにかく今夜は一緒だ」

要領の得られなさにロシェレディアが眉をひそめたとき、窓のほうから、どしん、と音がした。

振り返ると雪が降りしきる窓の向こうに、雪の塊のような、大きなものが見える。それは窓の外で魚のように、ゆるりと身体を反転させて、また、どしん、と身体の側面を窓に当ててくる。獣のような影だ。

「ああ、ゲルダだ。明日にでも改めて紹介しよう。今日は……」

「ミーアか？　それにしては大きいな」

雪国のミーアは大きいと言うが、それにしたってこんなに、と思いながら、窓辺に向かうとイスハンが声を上げた。

「待ってくれ、ロシェレディア。ミーアではない！」

止める声は、ロシェレディアが掛けがねを外すのに間に合わなかった。

雪のベランダにいたのは、窓を塞ぐような巨大な獣だ。長い鼻に鋭く光る目。灰色の毛並みが、首の辺りで襟巻きのようにふさふさと揺れている。

「出てくれ、ゲルダ！　敵じゃない！　危ない、ロシェレディア！」

「――雪狼《ゆきおおかみ》か。すごい。本に書いてあったが、こんなに大きい」

イスハンが差し出した腕の下から、ロシェレディアはゲルダと呼ばれた獣に手を差し伸べた。本でしか見たことがない、本物の雪狼だ。灰色の毛と賢そうな視線。馬よりも大きい。

ゲルダは、ひやりとした鼻先をロシェレディアの手のひらにつけ、軽くにおいを嗅いでいる。絵手のひらに雪を生み出してやった。空から降るのではない。魂《ラウフ》から生まれる魔法の雪だ。絵本の中で、魂で生み出した綿毛を雪狼が食べる場面が昔から大好きだった。

「美しい。ゲルダというのか。雪狼は雪を食べると聞いた。ほら。おたべ。魔法の雪だ。食べたことがあるか?」

ゲルダは、どんどん溢《あふ》れ零《こぼ》れる魔法の雪を不思議そうに見てから、大きな長い舌でひと舐《な》めに掬《すく》い取った。それが面白くて、ロシェレディアは笑い声を上げる。

ゲルダはロシェレディアの顔をよく見ようと、顔を近づけてきた。嬉しくなってゲルダの鼻先に自分の鼻を付けてみる。今度はゲルダが驚いた顔をしたから、ゲルダの首筋に抱きついた。

「新しく城に来たんだ。ロシェレディアと言う。よろしく頼む」

雪を載せた、ふかふかの毛皮を抱きしめながら囁きかけると、ゲルダは動物の子にするように、やさしく鼻先をロシェレディアの頬に擦りつけてくれた。

「何ということだ……」

イスハンは呆《あき》れ顔で、大仰な仕草で腰に手を当てた。

「お前は簡単に主を乗り換えるのか、ゲルダ」

ゲルダは、イスハンの雪狼らしかった。


アイデースが常に魔法使いを抱えておかなければならないのには理由がある。

大国の王ともなれば、それだけで呪いの対象になり、呪いが『王家』にかけられているならば、新しい皇帝は玉座とともにその呪いを引き継ぐからだ。

城内には、皇帝の呪いを押さえつけるための魔法使いが何名もいる。どうやって集めてくるのかは知らないが、アイデースには王妃ではなく、臣下としての魔法使いが複数存在していた。彼らはもはや疲弊しきっている。ロシェレディアがここに来る前に、衰弱して死んだ者もいると聞いた。

――聞きしに勝るとはこのことだ。

アイデース城の地下室だった。

ロシェレディアは、昨日着たばかりの魔法使いの法衣《ほうい》に再び身を包んでいた。エウェストルムで織られた魔除けの絹に、娘たちが祈りの歌を歌いながら刺繍した、古い防御の紋様が描かれている。魔法使いとして一番格式の高い衣装だ。この紋様だけで、弱い呪いは近づけない。

イスハンと――アイデース皇帝と結婚し、大魔法使いとしてアイデースの守護者となるということは、その魔法、その呪いの一切の始末を引き受けるということだ。

婚礼において交わされる何百という契約に、それが含まれていることを承知の上で、ロシェレディアは彼の魔法使いとなることを承諾し、署名をした。

呪いを解く基礎となる魔法学は、エウェストルムのお家芸だ。ロシェレディアは学者ほど勉強をしていないが、『世界の記録』を識《し》っている。人智では解し得ない理《ことわり》を読み解くことができる。

アイデース王室は大陸でも指折りに古い。祖先から蓄えてきた呪いが膨大であることはわかっていた。その上でイスハンを護《まも》ると誓った。

だが、決心してもさすがに目が眩《くら》む呪いの量だ。想像するだに夥しい、本当にこれが一王室が抱えられる呪いの数か——もしかして、前皇帝がおかしくなったのもこの呪いを、彼とその魔法使いたちだけでは支えきれなくなったからではないか——そう思うほど途方もない数——もはや『量』だ。

イスハンが石の床の上に描かれた魔法円に立っている。

王笏《おうしゃく》、宝珠、ローブはすでに先の戴冠式で引き受けている。肩から無数に垂らした紐《ひも》には、呪い避けの呪文が書かれていた。魔法円にはありったけの水晶を置き、魔除けの草を敷いて少しでも呪いの瘴気を抑えようとしているが、草はどんどん灰になり、水晶は砕けて粉になってゆく。

昨日イスハンが戴いたのは、イスハンの戴冠のための、イスハンだけの王冠だ。本物の『皇帝の王冠《レガリア》』は戴冠式のあと一度だけ被る、帝国を引き継ぐ証の、この冠だった。

冠は厳重に鉄の箱の中に仕舞われ、何重にも茨《いばら》で巻かれていた。二人の司教が茨を刃物で切る。重い蓋を持ち上げて厳粛な仕草で王冠を取り出す。

簡素な王冠だった。たった数個、小さな宝石が嵌められただけの鈍色《にびいろ》の歪《ゆが》んだ王冠だ。丈は低く、厚みもなく、だがそれゆえ禍々《まがまが》しさが滲《にじ》み出ている。古そうな佇まいでそこにいる。

王冠は、司祭の前にある飾り台の上に持ち出された。王冠は王以外の者を呪わないと知っていても、見ているだけで怖気《おぞけ》が立ち、冠そのものがイライラしているように見えた。布で鼻と口を覆っている司教たちの顔は真っ青だ。

臭いがしそうな醜悪な空気だった。部屋中の空気が腐って噴きこぼれそうだ。

前皇帝の死の直後、魔法使いたちは呪いの戻った王冠を、第三代皇帝の肋骨《ろっこつ》が仕込まれた鉄の箱に入れ、それを魔法の仕掛けがびっしりと張り巡らされたこの地下室に閉じ込めて、必死で護ってきたという。

たった二月《ふたつき》あまりだが、よくぞ守れたものだ。命がけの祈りだっただろう。それもそのはずだ。皇帝という器を失い、呪いが国に流れ出したらもはや回復する術《すべ》がない。

壁が、血かヘドロかわからないもので、どす黒く染まってゆく。目の前がもやもやと黒い。息ができないほど臭い。目に染みる腐敗の臭い、血なまぐさい内臓の臭いだ。

——普通の魔法使いが入ったら昏倒《こんとう》する。

ロシェレディアにして息がしにくく、目眩《めまい》がしそうだ。

これを六人の魔法使いで宥《なだ》めていたと聞いたが、その者たちが哀れでならない。その上二人殺されては、押さえ込むのは不可能だっただろう。

「ご準備はいかがか。ロシェレディア妃殿下」

「いつでも」

司祭が問いかけるのに、魔石の嵌まった杖を手にしたロシェレディアは応えた。

ロシェレディアの足元にも魔法円が描かれている。魔力を最大限に高め、ロシェレディアを呪いの逆恨みから護るものだ。

ロシェレディアは、大きく息を吸って、目を閉じた。

目蓋の裏に扉がある。普段は無意識に取り込む魂《ラウフ》だが、今は気持ちを集中して自らの魂を開き、世界を包んでうねる大きな流れから力を引き出さなければならない。

心の奥で扉を静かに引き開けると、光と共に魂が噴きこぼれてくる。だがそれだけでは足りない。ロシェレディアはさらに集中して、その魂の流れから魔力を大きく摑《つか》んで引き出した。魂が注がれる背中の魔法円に熱が走る。引き出した魂が、魔法円を駆け巡ってロシェレディアの身体の中で魔力になるのだ。

足元から氷が這い出る。薄青色の氷の膜は、足裏から絨毯のように床一面に広がって、一気に汚い壁を駆け上った。呪いが漏らす赤黒い粘液は氷で覆う。イスハンに届く前にすべて止める。

イスハンが魔法円の中に、静かに片膝をつく。冠を受けるために深く頭を垂れた。

白く凍りついた部屋に、イスハンの張りのある宣誓の声が響いた。

「我は地を踏む者。我は魂と木の枝を繋ぐ者、我は千古の道の一欠片たる者。魂の真理とア・イアデースが定める法に則り、有衆と生死を共にし、我が国家を神の御心に委ね、我が血と我が名誉を人民のための塵《ちり》と化さんとして、我が全人生を有衆のために、そしてア・イアデース帝国のために捧げることを、神と人と魂の源に誓う」

「イスハン・アダト・シン・サーサーン。爾《なんじ》にア・イアデースの玉座を開き、神と魂の源の意志を掲げ、改めてその首《こうべ》に王冠を冠《こうぶ》らせり」

司祭の声が重々しく応え、イスハンの頭上に一度王冠を高く翳してから、静かに降ろした。

はじめに聞こえたのは悲鳴だ。室内に渦が巻くように、どこからともなく汚らしい音がうねりはじめる。それはすぐに激しく波打ち、鼓膜に錐《きり》を刺されたような、耳をつんざく女とも男ともつかぬ断末魔の悲鳴となって響いた。

王冠から血が滴る。イスハンの頬に垂れて流れ、ローブを赤黒く染める。

「！」

ロシェレディアの目には、呪いの答えが見えていた。イスハンの肌に染みないうちに、イスハンに纏わりつく呪いを解いた。

呪いというのは計算に裏打ちされた契約だ。人の悲しみや恨みから発し、贄《にえ》を核に悪意が絡まる。核と悪意の間には厳密な条件があり、揃わなければ無効となるから、発動するほど呪いを読み解き、本に栞《しおり》を挟むように、どこかに齟齬《そご》を挟んでやればいい。

呪いの正体のほとんどはあらかじめ聞かされていた。これまでアイデース帝国に仕えていた魔法使いたちが遺した記録にあった。呪いの名、核の正体、計算式、多くが解析されている。その魔法使いたちの誰よりも、ロシェレディアは魂の流れが見えるのだ。そこにロシェレディアの知識を加えればほとんど解呪できる。

だがその数、その呪いの醜悪さ、くだらなさ、執念深さ、陰湿さ、悲痛さ、凶悪さ。前王を狂わせるには十分すぎる量だ。よくもまあ、ここまで溜《た》め込んだものだと感心せざるを得ない。これらを防ぎきれない魔法使いに苛立《いらだ》って殺したのか、それとも呪いが王に、魔法使いたちを殺すように仕向けたのか。

「……吾がいる限り、イスハンは、渡さない」

呟いて、ロシェレディアは集中を深くした。

邪悪は魔石で弾《はじ》き、呪いを魂の真実で紐解いてゆく。

ものすごい呪いの圧力と叫びの五月蠅《うるさ》さ、息をすれば肺が腐りそうだ。悪臭で鼻奥が詰まって集中が難しい。呪いの牙はロシェレディアにまで剝《む》き、ロシェレディア自身、踏み縛らなければ吹き飛ばされそうだ。

「う……――――!」

昨日貰《もら》ったばかりの杖が、バシン！　と音を立ててはじけ飛んだ。魔石のかけらが頰を切る。

多分そうなるだろうと思い、腰に仕込んであった長い鳥の羽根を、しゅうっと抜き出した。

「妃殿下！」

「――お気に入りなのだ」

エウェストルムから持ち込んだ、美しい鳥の羽根だ。青緑色の、目の模様を持つ長い魔除けの尾羽だった。下手な魔石より魔力を増すのに役に立つ。何よりロシェレディアがこの羽根を気に入っていた。

ぶつぶつと、計算式の通りに唇を動かす。羽根はひらひらと呪いを受け流し、ロシェレディアの集中を促した。土は土へ。灰は灰へ。閉じられた呪いの循環を開き、行くべき場所へ還《かえ》るように。ねじ曲げられて繋がった理屈を断って、無意味にほどけるように。

イスハンに降りかかる呪いは、今のところ想定内だ。いくつか解けない呪いがある。そもそも何か発動に足りないものがあるもので、不成立ならたいしたことにならずにすみそうだ。呪いを見極めれば呪いは解ける。正体不明のものは、どれほど弱くても呪いが解けない。どこかに隠されているモノを探して封じなければならないが、今は無視してもいい。

「そしてこれは解呪する。……これも、私の血で、解呪できる」

親指の付け根に指ほどの小刀を浅く入れた。儀式に使う清められた小さなものだ。魂を物にするとき、いちばん簡単なのは血液か涙だ。この程度なら血のほうが早い。

「ロシェ！　無理をするな！」

「かまわない」

振り返って叫ぶイスハンに応えた。

「ロシェレディア様！」

「妃殿下！」

最中は話しかけるなと言ったはずだった。一度呪いの構造を追えなくなったら解呪が途切れる。一から解き直しになる。司教たちに、うるさいと言い返す余裕がない。

頭が痛くなるほど集中して呪いを解いた。断ち切る論理を呪いに挟み続けた。魔力というよりもはや根気の問題だ。途方もなく数は多いが終わりは見える。

流れる汗は冷や汗か、脂汗か。集中しすぎて頭が痛い。息を詰めすぎて呼吸の仕方を忘れそうだ。

あとはどれだと思う頃、少しずつ悲鳴が消え、壁の黒い汁が完全に床まで垂れ落ちた。

残ったのは、いくつかの強固な呪いと、形にならない有象無象だ。

ロシェレディアは目蓋を開けてイスハンを見た。

イスハンは魔法円の中に片膝をついている。崩れまいと膝を握るローブの背がビリビリと震えていた。

呪いの手数はさしあたりこれで終わりだ。解けなかったもの、発動しないもの、呪いとしてイスハンの身体に止《とど》まり続けるが、その意図がわからないもの——。

ロシェレディアは息を荒くしながら、血に染まった彼のローブを注視している。

イスハンは魔法円の中にうずくまっている。随分防いだはずだが、円の中にはかなり血が飛び散っているようだ。

呪いの残滓《ざんし》がイスハンの身体に収まるのを見届けてから、ロシェレディアは、爪痕のような傷で途切れかけている自分の魔法円を出た。

イスハンは床に手をつき、肩で息をしている。咳をすると、床に血が飛沫《しぶ》いた。

「イスハン様」

「陛下！」

「イスハン」

駆け寄ってくる司教たちを制して、ロシェレディアが彼の傍らに膝をついた。

「ロ……シェ……」

彼の声は禍々しく歪んでいた。頬まで呪いの紋様が這い上がり、首筋に獣のような毛が生えていた。膝を握る手に黒いかぎ爪が生え、膝に食い込んで血が流れている。唇と、目の側に傷があったが、呪いを受けやすい眼球は無事のようだ。イスハンが吐いた吐瀉物《としゃぶつ》も、髪や爪、茨や枝、鉄くずくらいでとんでもない物は含まれていない。

「大丈夫か。我が王よ」

「ああ」

「嘘をつくな。これだけの呪いを引き継いで、大丈夫なわけがない」

わずかな間にも声が戻った。

眼球が溶け落ちそうに真っ赤なイスハンは困った顔をした。

「……お前が訊《き》いたのではないか」

「訊いてみただけだ。イスハンはいつも、大丈夫だと吾に嘘をつく」

「すごい……」

司教たちが興奮気味に呻くが、エウェストルム生まれの大魔法使いだ。舐めてもらっては困る。むしろこれだけの呪いを今までどうやって引き継いでいたかこちらが尋ねたいほどだ。

「儀式を終わらせよ。イスハンを寝室へ」

司教が終わりを宣言する。引き継ぎの式は終わりだ。これでイスハンは王冠などでは動かせない、本物の、この国で唯一の正当な王となった。

寝台はあらかじめ用意してあった。呪いを受けたばかりのイスハンを護る、魔法円で囲まれた特別なものだ。

「心配するな。なんとかなった。さしあたりというところだがな」

イスハンを運ぶ者たちがやってくるまで、イスハンの爛《ただ》れた頬を撫でて冷やした。こうしておけば痕は残らないはずだ。

「呪いの数は六百有余。まあ、五百ほどは解呪して、九十ほどは押さえ込めたが幾分残った。運がいいことに、今すぐどうこうという呪いは抑えられているか、あるいは不完全で発動しないようだ」

「そう……か。これ……は？」

獣じみた黒い鉤爪《かぎづめ》を心配そうに見る。

「そのうち治まる。呪いがまだ、イスハンの身体の中に収まりきれぬのだ」

立ち上がることができないイスハンを、支えるように抱いた。頬を擦りつけると血の跡がついた。自分も頬を切ったようだ。イスハンが、血を流すロシェレディアの手に口づけてくる。

イスハンの温かさと身体の重みを確かめて、ロシェレディアはふうと息をついた。

「お前は運がいい、イスハン。さすが我が王だ」

「そうだろうか」

「ああ。数が多いだけで致命的な呪いがない」

発動しないものがどうなるかはわからないが、酷い呪いでも発動までに時間があるなら、贄を探し出せばなんとかなるだろう。

静かにイスハンの腕を撫でていると、イスハンがふと、床に目を遣った。ちぎれて折れた、ぼろぼろの羽根が投げ出されている。

「いいな。その羽根」

「……そうであろう?」

にやりと笑ってロシェレディアは頷いた。

これがなければ難儀していただろう。エウェストルムも特別な山奥に行かなければ取れない羽根だ。神の使いとして狩りが禁じられている鳥だから、根気よく落とすのを待ち、雨土《あまつち》で汚れる前に拾うしかない。

それにしても無惨なまでにぼろぼろになってしまった。

あれほど美しい羽根が手に入ることはめったにないのだが、またエウェストルムに手紙を書いて、新しい羽根を調達してもらおうと思っている。

† † †

エウェストルムは夏だった。緑の濃い鮮やかな季節で、ほうぼうに赤や黄色の花が咲き零れ、噴水にも水路にも豊かな水がきらめいていた。エウェストルムを離れると、彼《か》の国の自然の豊かさを改めて思い知る。一度冬に死に絶えてしまうアイデースの自然がどれほど厳しいかも。

ロシェレディアはエウェストルム城の廊下に鏡を張った。大気から水を集めて、魔法で氷の鏡とするのだ。

さらに鏡に魔力を注いで、鏡の裏とアイデース城の居間を魂《ラウフ》の流れで繋げる。飛び地という方法だ。あらかじめある魂の隙間をすり抜けるのではなく、好きなところに魂の表と裏を繋げる。大魔法使いの中でも、指折りの者にしかできない技だ。

鏡の中につま先を差し入れ、向こうに下りればアイデースだ。馬を走らせても十日の距離が一瞬だった。鏡を抜けると、背後でシャランと音がして、役目を終えた氷が床に砕け落ちた。

「お帰りなさいませ、妃殿下。随分遅いお戻りで」

手に羽根と袋を提げてかえったロシェレディアに、ほとんど詰問の口調でジョレスが言う。魔法使いのなんたるかを知らないジョレスは、自分がときどき姿を消すのが心配で堪《たま》らないようだ。もっとも、これがマルゴーだとしても「もうあなた様は皇妃なのだから、軽々しく故郷に戻ってはなりません」と小言を言うのだろうが。

飛び地を使って、ときどきエウェストルムに帰る。

以前のように、しっかりとした国の魔法使いがいないアイデースは出るも入るも自由だし、ましてや故国エウェストルムなら、自分を拒む者などいない。二日ほど滞在して、好きな物を食べ、泉で遊び、羽を伸ばしてアイデースに帰った。アイデースの手のかかった料理も悪くはないが、エウェストルムの素朴な豊かさが恋しくなる日もある。例のお気に入りの羽根も、やっと手に入れられたと報《しら》せがあったから、取りに行かなければならなかった。

初回は、婚礼のときに連れてきた女官をエウェストルムに帰した。父王たちにも詳しい事情を伝えた。ロシェレディアが連れ去られたあと、イル・ジャーナと一悶着《ひともんちゃく》あったらしいが、イスハンのおかげで被害者の立場となったエウェストルムだ。大事にならずに収まったということだ。

「約束の日には戻った。なぜ咎《とが》められなければならぬ？」

「咎めてなどおりません。もっと早くお戻り頂かなければ、皆が心配いたします」

「心配などいらぬ。……その不満そうな顔」

どさりと腕に抱えてきた土産の袋を、机の上に降ろした。

「今のエウェストルムはタムタムの盛りだ。保存が利くよう干したものをもらってきた。壺に入れておくれ」

アイデースの何がつらいかというと、果物の少なさだ。夏の間はそれなりに何かの実が成るが、エウェストルムのように年間通して食べ飽きるほど、代わる代わる季節の果物が成る国ではない。それにエウェストルムには別の用事もあった。ほんの先頃、新しい末っ子が生まれたのだ。その顔を見に行き、祝福をした。無邪気に笑う赤子を腕に抱いてあやすと、心がまろやかな光に温められるようだった。

「かわいらしい私の新しいきょうだいは、リディルというのだ。本当はもっと抱いていたかった。柔らかい手。ふわふわの頰。かあさまの宝石《モル》のような深い緑色の瞳、蔓のように巻いた髪は金の絹糸のようだ。さぞかし魂の澄んだ部分から生まれたに違いない」

「ロシェレディア様」

「――どうせイスハンはいないのであろう?」

自分がエウェストルムに帰る、いちばんの理由がこれだ。

婚礼の儀式から数日後、信じられないことが起こった。

イスハンが後宮を抱えたのだ。

まだ作りかけの後宮に、百人の女を集めた。

アイデース帝国の慣習だそうだ。皇太子が年頃になるか、あるいは本人が皇帝になればすぐに後宮を抱える。ロシェレディアが物語で見たものと比べても、寵妃《ちょうひ》の数が桁違いだ。

どういうことだと詰め寄るロシェレディアに、ジョレスが応えた。寒いので子をたくさんつくるのだそうだ。年間を通して温暖なエウェストルムと違い、夏が短く、冬が厳しいアイデースでは赤子が簡単に死ぬ。生まれたばかりの小さな赤子は、身体が冷えたとか、風邪をひいたとか些細で儚《はかな》い理由でどんどん命を落としてしまうから、たくさん子をつくるのだという。

寵妃は二年間、後宮住まいだ。後宮は一度入ったら出られぬ場所で、男はイスハンしかいない。力仕事も皆、女がするそうなのだった。その間に、吾という幼い一人称をただし、皇妃の知識と振る舞いを身につけてくれと言う。馬に乗って遊んでもいいと言って、アイデースだけに生まれる、金色の毛並みの馬をくれた。

初めての子が、冬になる頃から生まれはじめるだろうとジョレスが言った。今の様子では、十人以上、皇子と皇女を合わせれば、数十人にも及ぶだろうと思われている。

生まれた子は『皇室の子』となり、寵妃たちの役目は終わる。ただし希望すれば『皇子の母』となって宮廷に住み続けることができる。あるいは子を皇室において、報奨金を貰って出ていくこともできる。国の若い娘は城に子を産みに来るのだそうだ。王の子を産めば家が栄える。豊かになる。早く、丈夫な男子を産んだ者に報償が多い。親はなんとか城との繋がりを探して、自分の娘を後宮に入れたがる。

「さぞご不快でしょうね」

苦い表情でジョレスが言った。

本来ならば、皇妃に男子が生まれてから後宮を持つものだそうだが、男の自分が妃では事情が違う。わかっていても不快は不快だ。

ロシェレディアは、ソファの肘掛けに重ねた手首にこめかみを預けた。

「当たり前だ。……だが、帝国とはこのようなものなのだろう」

男と知りながら自分を皇妃として娶《めと》れた理由——否、条件がこれだったのだろう。子に大魔法使いの力は受け継がれないが、新皇帝であるイスハンが、当代だけでも大魔法使いの力を得て、帝国を盤石にできるのは大きい。他の女に子を産ませ、一方で大魔法使いの力を得て国を治める。まずは何より安定を目指さなければならないアイデースにはこれ以上の策はない。

輿入れ後、しばらくしてロシェレディアはアイデースで初めての春を迎えた。

アイデースを埋め尽くす雪の白い壁に、一本の切り通しができ、それがだんだん左右に広がっていった。雪の壁が下がっていき、あちこちに黒い流れが生まれ大地を潤してゆく。

控えめに咲く花の数々。慎ましやかな色の緑、薄青の、手触りがよさそうなやわらかい空。

雪が消えきる頃になると、雪解け水の代わりに、今度は人が行き来するようになった。商人、キャラバン、見たことのない衣装の人々、大きな荷車の列、どこかから運ばれてくる大岩。

その直後のことだ。

イスハンが帝国の新皇帝であることを宣言した。婚礼が済んだことも布告した。そして皇妃が大魔法使いであることも。

なだれ込む祝いの人々。各国の金銀が飛び交いはじめ、注がれるように物が持ち込まれる。冬の間、死に物狂いで修繕した宮廷で祝いの宴が開かれる。そのときロシェレディアは初めて、アイデース城の全容を見たのだ。

ロシェレディアは護衛を連れて、雪かきされた細い通路を通って庭に出た。外から見ると、自分たちが冬の間住んでいたのは、想像以上の大宮殿だった。その横に、その奥にと、大きな宮殿が波のように重なり、前に後ろにと、いくつもの小宮殿がある。ジョレスが言うには、これでも随分数は減ったらしい。イスハンの育った北の宮殿も破壊されて無くなった。前皇帝が玉座に着くまでは、皇子の数ほど宮殿があったというのだから、かなり壮大だったのだろう。

その王城すべてに灯《あか》りがともる壮烈さ。城壁の外から見れば山が燃え上がるように見えているに違いない。初めて雪の中から見て驚いた夜のアイデース城がランプの明かりなら、今のアイデース城はまさに山火事だ。

街もそうだった。雪に埋もれ、灰色の動かないものがみすぼらしく隙間に落ちていた村や町に、静かに人が戻ってきた。色のついた屋根が映え、地面に花が咲くようにぽつぽつと増えてゆく。やがてところどころに旗が揚がり、鐘が鳴るようになる。

来た頃は、朽ち果てた廃墟《はいきょ》のようだったアイデースの街だ。それが色を取り戻し、人々の笑顔を声を活気を取り戻してゆく様は、まさに春さながらであった。

これがアイデースの本当の姿だ。イスハンが生き返らせようとしている、大帝国の姿——。

エウェストルムに比べれば弱々しい陽《ひ》が差す窓辺で、ひとつだけ、ロシェレディアは恨み言を吐いた。

「イスハンはなぜ私と会わないのだ」

気まずいことだが理解はしている。女たちと子作りをしている間は自分に触れないという、イスハンなりの誠意もわかった。だが、それはそれとして顔だけでも見に来ればいいのに、とロシェレディアは思っている。いっしょに食事をして、いっしょに眠って、また後宮に帰ったとしても文句を言うつもりはない。なのになぜ顔を見せようとしないのか。最後に顔を見たのは、春の、戴冠式の祝いの宴のときだ。そのときも、国賓の挨拶を受け続け、いっしょに時を過ごしたと言うにはほど遠い距離だった。

口にするのは悔しいが、口ではお前がいいと言いながら、女のほうがいいと思い直したのではないだろうか。本当に大魔法使いを得たかっただけなのではないか。男の自分を妃に据えたことを後悔しているのではないか。

今まで何度か同じ問いを重ねた。そのたび言葉をはぐらかせてきたジョレスは、諦めたように重い口を開いた。

「ロシェレディア様のお顔を見ると、閨《ねや》で勃《た》たなくなるのだそうで」


冬が来て、春が来た。

今年の冬は蓄えが十分で、穏やかな冬だったとロシェレディアは報告を受けている。昨年のような、落莫《らくばく》とした雪枯れの廃墟ではない。降る雪の量は変わらないが、雪の合間合間に、夜に光る虫のような橙《だいだいいろ》色の灯りが点り、街の家々から、細い煙が空に上る。ロシェレディアが目の端々に覚えているだけでも、昨年の冬とはまったく違う様相だ。夏に栄えたのがよかったと、ジョレスが言っていた。

春が来て、一年が過ぎた。

冬の間に皇太子が生まれた。さらにこの一月《ひとつき》の間に、皇子が二人生まれ、皇女が二人生まれたそうだ。この後も、冬までの間に、次々と三十人くらい生まれるらしい。

昔イスハンが言っていた、生まれた月の近い、すべて母親が違う兄弟とはこうして生まれてくるのだろう。イスハンは、先々代の皇帝の、五番目に生まれた皇子というわけだ。

皇太子の誕生祝いが催された。大魔法使い、アイデース皇妃として祝福するのは来春だ。今はその小さな魂に想いを巡らすしかない。

そして、今宵イスハンがこの宮殿に帰ってくるという報せがあった。皇太子の誕生にまつわる諸々《もろもろ》の儀式を終えたということだ。

宮中は数日前から祝福の雰囲気に包まれていた。

アイデースの短い春だ。花が掻き集められ、床に撒《ま》かれる。むせかえるくらい濃厚な香油の甘さが満ち、赤は深紅に、白は純白へと置き換えられて眩《まぶ》しいくらいだ。

皇帝の帰還だ。後宮に出かけていた王が、王宮に戻ってくる。

ロシェレディアのまわりも漫《そぞ》ろわしい。女官はいつもより念入りに髪を梳《す》くし、指先にもしつこいくらい香油が塗られる。誰もがいつもより一言二言多く口を利くし、花瓶の花はいつもより大ぶりだし、数日前に掛け替えられた絵も、鮮やかすぎる色だ。

白い衣装だった。婚礼のときに着た、必死で間に合わせた布ばかり多い衣ではなく、襟も袖口も合わせ目にも、ひと針ひと針金色のビーズが刺繍された衣装で、布も見たことがないような、薄青と銀の間を揺らめく湖のような色をしていた。

髪が編まれ、金銀の飾りが差し込まれる。額に呪《まじな》いの色が塗られ、赤い花で爪が染められる。

イスハンが帰ってくるからと言って、ここまで大仰にすることはないのだ。戦や遠征から帰ってくるならまだしも、後宮に詰めていただけだ。同じ城内にいたというのに、茶番にもほどがある。

ロシェレディアは、胸元に乱れていた髪を、気怠《けだる》く手で後ろに払い遣った。

喜んで見せろと言うなら、世話になっている身だ。吝《やぶさ》かではないが——。

用意が済んで退屈になりはじめた頃、先触れがやってきた。

天井まで届く扉が左右に開き、イスハンが入ってくる。

イスハンは十八、自分は十四歳になっていた。

赤い髪。金色の目。確かにそれはイスハンだ。だが、随分背が伸びた。髪を切って、中に含んだ金髪が強調されて、火の粉のようにキラキラ光って見えた。

鼻筋はあんなに通っていただろうか。唇はあんなに肉厚に、しっかりと結んでいただろうか。肩幅も腰回りも随分男らしくなった。脛《すね》まである革靴の見事さ。床すれすれで泳ぐローブの優雅さ——。

「ロシェレディア——」

たじろぐロシェレディアの前まで、イスハンは一息に歩いてきて手を広げた。昔と変わらない仕草だったが、抱きつつまれると大きさが違う。少し見上げるくらいだったのに、今は彼が軽く屈まないと抱き合えないくらいだ。

「イスハン……」

「もういい。もう余は、お前だけのものだ」

ロシェレディアを深く抱き込み、髪に頬を擦りつける。

それが何を意味するのかわかって、ロシェレディアはとっさに彼の胸に手をついた。

「ロシェレディア……?」

「触らないで」

イスハンは変わってしまった。あの頃——エウェストルムで叶わぬ夢を語り合って、笑い合ったあの少年のイスハンではない。男になった。女と交わって子を成した。男として完成したのだ。

生き物の気配が癇《かん》に障る。自分だけが置いていかれた気がする。

距離を取ったが逃げ出すこともできないロシェレディアの手首をやさしく摑んで、もう一度、彼の胸の中に抱き寄せた。

「ロシェレディア。寂しくさせた。すまなかった。これからはずっと一緒に生きていこう。お前でよかった。一生……お前だけだ」

ひとしきり自分を抱きしめてから、イスハンはポケットから小さな包みを出した。手に載るほどの小さな包みだ。純白の毛皮をほどくと、中に上等な裏革がある。イスハンが指先でそれを摘まんで退けた。出てきたのは、指輪に嵌まるほどの小さな氷だ。最後にエウェストルムで別れた日。塔でイスハンに渡した魔法の氷。

戯れに与えたものを、まだ持っていたのか。——こんなに小さくなるまで。

イスハンと自分に見つめられながら、その小さな氷は、イスハンの手の中で、最後に少しだけきらめいて、魂になって、微かな冷気を散らしながら、立ち上って消えてしまった。

夢は、夢にならなかった。南にも草原にも行けなかったが、自分たちはこうして重なる生を歩いていける。

「イスハン――……！」

首筋にすがりつくロシェレディアを、振り回すようにイスハンは抱きかかえた。

「痩せたか？　食事は気に入ったものがちゃんと出ているのか？」

頬を擦りつけながら、尋ねてくるイスハンに、ロシェレディアは何度も頷いた。

胸の宝石も、元の主《あるじ》に会えて嬉しそうだ。

二人で晩餐を行った。結婚式のときよりいいものがあるなと笑いながら、料理を楽しみ、酒を傾けた。

居間に戻ってソファで抱き合い、甘ったるい時間を過ごした。

頬を擦りつけると、イスハンがうっとりした目で髪を撫でてくれる。身体を半分重ね、酒を舐めたり、菓子を口にしながら、もっと甘い話をする。

思い出話をたくさんした。イスハンの旅の話をねだった。星の話を聞いた。ロシェレディアはエウェストルムの泉の話をした。城の一番奥の森の、さらに一番奥まで行くと、飲んだらしゅわしゅわする泉があると言うと、なぜそこを案内しないのだとイスハンが文句を言った。

ロシェレディアは、イスハンの胸の中心に手のひらを当てた。こんなに広く厚くなってしまっては、自分にくれたあの青い宝石が見劣りをする。今の彼の胸元に似合う宝石を、新しく探したほうがいい。

「酒を飲み過ぎている、イスハン。こんなにドキドキしている」

なめらかな布が、鼓動のたびに震えるのをロシェレディアは睫《まつげ》を伏せながら眺めた。イスハンの大きな手が、ロシェレディアのやわらかい頬を包む。

「違う。酒など小さい頃から飲み慣れている。こんなふうになっているのは、お前とどうやったら上手くいくかを考えているからだ」

ロシェレディアは首をかしげた。

「喧嘩をするなと言われた」

めでたい日なのだから、我が儘を言うな、嬉しい雰囲気を作れ、騒ぎになるようないたずらをするなとマルゴーに釘《くぎ》を刺されている。

「そうではなくて、今夜——」

イスハンがロシェレディアの腰を引き寄せながら、唇を静かに吸った。二度、三度と唇を重ね、舌先で唇を割って、ロシェレディアの舌に触れる。

「こういうことをたくさんしようと思うのだが」

「以前、したな？」

もう逃げ道はどこにもなくて、運命に引き毟《むし》られる寸前に、エウェストルムの塔の中でイスハンと初めて口づけをした。一瞬だったが魂《ラウノ》が繋がるような刹那だった。身体の深いところに灯が灯《とも》るような――灯ってずっと消えないような。

「もっとだ。身体のぜんぶで」

イスハンが両手で頬を包み、口づけてくる。先ほどと比べものにならないくらいしっとりと、ロシェレディアの口を開かせて、口の奥まで舌が入ってくる。

甘いような、くすぐったいような、酒の香りがするイスハンの呼気に軽い目眩を覚えながら、ロシェレディアは尋ねる。イスハンとなら、何をしてもいい。

「何をすると言うんだ」

「任せてくれないか。悪いようにはしないから」

イスハンは起き上がると、ロシェレディアを抱えて立ち上がった。

「軽いな、お前は。雪のようだ」

「うん、少しだけ」

大魔法使いは魂の流れと身体が繋がっているから、身体の中に魂の全部が入っていないそうだ。人は生まれると流れから切り離されて、身体の中に魂を入れて生活するが、大魔法使いの魂は、流れと繋がっていて常に循環している。だから見た目より少し身体が軽いのだと聞いたことがある。

褥は大きく広かった。初めてここに入った日、「池のようだ。飛び込んでもいいか」と尋ねたら、マルゴーに悲しい顔をされた。今も白い敷布に色とりどりの花が撒かれ、二人で飛び込んだら花ごと跳ねて面白そうだ。イスハンにそう提案する前に褥の上に降ろされた。褥のまわりにも美しい細工のランプが置かれ、赤く華やかな光を放っている。

何をするのだと、見上げるとイスハンはまたロシェレディアの唇を吸い、何も言わずにロシェレディアの襟を開きはじめた。

「どうしたのだ。服が気にくわないか？　これは私が選んだのではない、ジョレスが――」

「黙って」

イスハンは、ロシェレディアの胸をすっかり寛げてしまうと、ベッドに横たわるよう促した。そして満足そうに微笑みながら、繊細な獣の毛並みを愛《め》でるように、ロシェレディアの胸元を撫でる。

身体をかがめたイスハンが、心臓の上に長く口づけをする。誓うように長く、結婚式で口にした心臓を探すように、敬虔《けいけん》な仕草で繰り返し唇を押し当てる。

頬を擦りつけられ、被さるように抱きしめられて、ロシェレディアは戸惑いながら、目だけを動かしてイスハンの髪や耳を見ているしかない。

イスハンの熱い手のひらに脇腹を撫でられると、うっとりするほど心地よかった。

なるほど、こういうことか、と思いながらおずおずとイスハンの身体を撫で返す。昔も素肌に触れたことはなかったが、想像よりも随分硬い。皮の下にやわらかいところが少ない。かといって痩せているわけではなく、よく撓《しな》る鋼のようなものが、背にも腰にもずっしりと詰まっている。イスハンは自分が軽いと言ったが、確かにこれと比べれば軽いはずだ。

イスハンは、はだけていた衣服を脱ぎ去った。身体には取り除けなかった呪いの証、あちこちに黒い紋章がある。黒い茨が絡んだような腰と左腕、胸の辺りには禍々しい手の紋章が浮かび上がっている。

イスハンの身体は焼いた鋼のように熱く、自分の上にのしかかってくる。重みが心地よくて目を閉じた。合わさる肌に安らいだ。下腹がゆるやかに疼《うず》く。イスハンもこうだろうかと思うと胸の奥が甘く痛んだ。

脇腹や腰、内股を撫でられても、特別に親密な証なのだと、恍惚《こうこつ》に浸りながらそれを許した。そっと、雪の塊を撫でるように彼の手がロシェレディアの高ぶりを撫でる。少し戸惑ったがイスハンの手のひらの温度の心地よさに勝てなかった。うっとりとイスハンの手に任せ、イスハンはどうなっているのだろうと彼の身体に想いを馳《は》せる。それもつかの間だ。

「イスハン……?」

尾てい骨を撫でていた指が奥に進む。はっと彼の胸に手をついたが、イスハンの腕はびくともしない。

彼はロシェレディアの首筋に鼻先を埋めながら、低い声で囁いた。

「黙って。俺がすることを許してくれるか？」

「イ――……」

「是か非か、それしかない」

銅色の濃い睫を見せながら、深刻な声で言うからロシェレディアはぐっと息を詰まらせた。身体の全部に触れるということだろう。自分の脚の間で実る熱ばかりでなく、身体の中の一番奥のやわらかいところも確かめるというのだ。

どうしてこの男は、こんなところまで来て自分を待つのか。自分を攫ったくせに、待たせたくせに、この国で一番権力を持っているくせに――。

ロシェレディアは、細い両腕を差し出して、イスハンの首筋にしがみついた。

「――許す」

答えた瞬間、イスハンが一瞬苦しそうに息を詰めるのがわかった。どうしたと訊こうとしたとき、イスハンがそっと、ロシェレディアを褥の上に押さえつけた。

「イ――……」

先ほどの場所に指先を押し込む。違和感に驚きながら、彼の身体の下で居心地悪くあちこち身体をくねらせていると、イスハンは褥の側の卓から、香油の壺をとった。

手に垂らし、指先を擦《こす》り合わせたあと、また先ほどのところに触れた。きつい綻《ほころ》びに油を擦り込み、指先を咥《くわ》えさせた。周りに塗り込めるように襞を分けながら、ゆっくりと指を挿《い》れる。尻を濡らした香油を掻き集めるようにしてその穴に押し込む。

「や……だ。どうして」

次々と、イスハンは並べられた小瓶を取った。いい香りの香油、甘い匂いの香油。多肉植物から滴るような、粘りのある液体。

なぜイスハンがそこに触れ続けるのかわからない。誰も知らない場所だから？　イスハンだけが触れられるからだろうか。アイデースでは服従の証か、それとも――？

とろみのある軟膏《なんこう》を塗り込まれるころには、イスハンが指を差している場所が痺《しび》れて、下腹に酒を注いだように熱くなってくる。

「イス……ハ――……。何……」

「魔法は使わないでくれ。傷つけたくないのだ」

イスハンは、壺から椀にとろっとした赤い液体を注ぐとそれを呷《あお》った。そのまま唇を合わせ、イスハンの体温で温められた液体を流し込んでくる。

毒かと思ったが、吐かなかった。身体の中に魂を巡らせ、それを血の中から飛ばしてしまうこともしなかった。魂は危ないと自分に言ってこない。何よりイスハンを信用していたし、イスハンが何をしても許すと誓ったからだ。

ふわっと身体が熱くなった。熱は下腹から胸へ、喉へ、どんどん上がってくる。少し苦しくて魂で発散したかったが約束をしたので堪えた。その間にも、イスハンが脚の間の綻びを指で開き、奥のほうに触れようとする。

油と粘膜が吸うような音を立てる。こんなに身体の奥に触れられるのは初めてだ。女官長にもマルゴーにも触れられたことがない。イスハンが時折確かめるようにロシェレディアの性器を握った。淡い茂みごとやわらかく揉《も》まれる敏感な場所に、戸惑うような芯が生まれている。

「いいのか？　かわいいロシェ」

「違……う。わからな、い。……っあ」

前を揉まれながら、指を押し込まれる感覚に混乱する。快楽は、知っている。それとは別の下腹に、気持ちが悪いのに、指で押されると疼く場所がある。熱いものがじゅっと漏れるような、知らない感覚だ。

「あ。あ——あ……？」

むき出しになったロシェレディアの薄い胸の、小さな粒をイスハンの指に摘まれると、下腹にぴりぴりと電流が走った。むずむずする鎖骨の辺りを舐められる。くすぐったさが腰の痺れと繋がってぞくぞくする。指をゆっくり入れたり出したりされるたび、開かれたきつい輪が擦られて、そこから身体がふわふわ痺れてしまう。

「イス……ハン……」

名を呼べば、口づけで応えられる。ロシェレディアの唇をたっぷりと吸い、肉厚の舌が押し入ってくる。絡められ、舌の付け根を舐められると、身体が震えて涙が滲《にじ》んだ。

「う。あ……。ん――」

イスハンは大きな口でロシェレディアの肌を吸い、紅い痕を刻んでいった。そのチリチリとした痛みにさえ、肌を震わす自分がいる。不快ではないが、眠れないときのような歯がゆさがある。むずむずして焦《じ》れったい。

イスハンが祈るように身体を折って、ロシェレディアの心臓の上に口づける。そこから鳩尾《みぞおち》へ、下腹へ、まんべんなく口づけてから、最後にイスハンはたっぷりと手を香油に零してから、興奮と戸惑いで立ち上がったロシェレディアの細い性器にまぶした。

イスハンが、ロシェレディアの手首を摑んだ。静かにロシェレディアの足の間に導き、そこにあるものに触れさせる。

イスハンの性器だ。一瞬、剣の鞘かと思った。見えなくとも気配だけで熱い、蜜をこぼす鋼のように硬く、想像できないくらい太い、焼いた杭《くい》のようだった。

その杭が、指を抜かれた場所にあてがわれるときも、ロシェレディアはイスハンの猛《たけ》りに触れていた。粘液を乗せた先端が、ふっくらと腫れたロシェレディアの入り口に塗りつけられ、静かに沈んでゆく様を指で感じる。

「あ――……!」

「触れていいよ」と囁かれたが、握られていた手首を振り払った。

イスハンが乗り込んでくる。深く圧倒的な質量を纏《まと》って、ロシェレディアの身体を引き裂くほどに開きながら、ゆっくり沈むように合わさってくる。

「イスハ、……あ。う！」

押しやりたくても開かれた腿《もも》は、イスハンの腰を挟んで震えるだけだ。痺れた場所にイスハンの重みをかけられて、埋め込まれてゆくのを止める術がない。

「うあ。ああ……！　ア」

ゆるく前後しながら、イスハンは何度もロシェレディアの中へ進んだ。入り口を引き裂くほどに広げ、下腹を肉の杭がみっちりと満たす。腰骨が割れそうに熱い。なのに魂たちはさわさわと興奮した様子で囁くだけで、危険だとは言ってこなかった。

「イスハ……。あ。イスハン……！」

苦しいのに、縋るものはイスハンしかいない。イスハンは、俯《うつむ》いた額からいくつもロシェレディアの胸に汗を落とした。

イスハンの呼吸も荒々しい。金色の目が細められ、眉が歪んでいる。

「浅く、息を……。愛《いと》しい、ロシェ」

「イスハン……！」

泣きながら助けを乞うと、イスハンは苦しげな顔をして、ロシェレディアの肩に顔を埋《うず》め、強く抱きしめてきた。

「ア！　ひあ……！」

一息に、身体に銛《もり》を通されるような衝撃に、ロシェレディアは息を呑んだ。奥までイスハンに貫かれているのがわかる。信じられないくらい奥に、イスハンがいる。

開いた目から涙が零れた。イスハンの指が雫を掬い、頬を舐める。

イスハンは、何度もロシェレディアの中に杭を抜き差しした。張り裂けそうな身体の中を、彼の硬い肉棒が行き来する。茂みが粘膜に擦れるくらい奥まで押し込んだあとも、まだ物足りないように、ぐしぐしと抉《えぐ》るような動きをした。

「きゃ……、う。あ！」

「もう——俺だけのものだ。誰にも渡さぬ」

荒い息の間からそう囁いて、涙と汗でぐしょぐしょの頬を、イスハンはじっくりと押し包んだ。

魚のように喘《あえ》ぐロシェレディアの額に唇を押し当て、祈るように目元に、頬に唇に、ひとつひとつ丁寧に口づけてゆく。

イスハンの燃えるような金色の目が、潤んでロシェレディアを映した。

「欲しかった。ロシェレディア。初めて会ったときから」

イスハンが言うその瞬間を、ロシェレディアは明確に理解できる。

月明かりの中、茂みの中のイスハンと目が合った。

胸を射貫《いぬ》くようなはっきりとした金色の瞳。月より眩しくこの目に刺さった。

——姫。姫か。イル・ジャーナに行くという。

幼いイスハンの声は、今でも鮮やかに鼓膜が思い出す。

あの瞬間が始まりだった。けっして絡まるはずがない運命だった。立場に分かたれ、背中を向けあって、諦めの言葉を言い聞かせあった。でも蔓のように、糸のように、細い気持ちを絶えず伸ばして結び続けた。

「イスハン——、吾も——……」

諦める言葉しか吐けなかったあの頃とは違う。イスハンが欲しかった。イスハンと会いたかった。二人の間に想いは募って、彼を取り巻く女たちに嫉妬して、いつの間にか取り返しがつかないくらい彼が恋しくなった。

「悪い……。今宵は契約だけのつもりだったのに」

しがみついたロシェレディアの背を抱き、堪えきれないように腰を揺らしながら、イスハンは苦痛のような声音で囁いた。

「四年も恋い焦がれた分、お前を味わわせてくれ」


鳥のようだと、イスハンが言った。

骨が細く、軽い。形も美しいと言って、背中や腕にもたくさん口づけをされた。

「あふ。……ア――……！」

イスハンに背中抱きにされ、反らした背中に唇を押し当てる。一度、イスハンの精に中を焼かれたとき、背中の魔法円が焼けるように熱くなった。その瞬間から、ロシェレディアが望んだわけでもないのに、絶えず魂《ラウフ》の流れが魔法円に注ぎ、受け取る相手を求めて荒れ狂っている。イスハンの魂と繋がって循環したいと暴れている。

「美しい魔法円だ。ロシェの背を彩るにふさわしい……」

ゆっくりと腰を突き上げながら、うっとりとした声のイスハンが首筋から背中まで、背筋を辿《たど》って口づける。

魂が七色に光って、溶けるようにイスハンの魂と繋がっている。この自由さ、この快楽、味わったことのないほどのぬくもりが、ロシェレディアの魂に流れ込む。

「ん……。ん、あ、ああ……。あ……」

下腹を抱かれ、イスハンにゆるゆると突かれ続けている。イスハンは何度も手に油をこぼし、そのたびにロシェレディアの性器をやさしく扱《しご》いた。イスハンに突かれながら達した。内腿を激しく震わせながら白い蜜を吐いたとき、自分でも驚いた。それ以来押し出されるように少しずつ、ロシェレディアの精は溢れ続けた。ちゅくちゅくと音を立てながらイスハンの手が何度も上下しないうちに、手の油が白く濁る。

「あ。ああ。もう……！」

自分の身体はどうなってしまったのだろう。

痺れは熱に変わり、熱は疼きに変わってロシェレディアを追い詰めている。

いっぱいまで開いた下の口を捏《こ》ねられ続け、大きなうねりに呑まれながらだらだらと蜜を吐く。昨日までただの突起だった小さな乳首は、イスハンに摘まれるたび、身体中に火花を散らすような快楽で、ロシェレディアに艶やかな悲鳴を上げさせた。

「そなたの身体がこれほどまでに甘いとは知らなかった」

彼の形を教え込むように、イスハンの雄が、ロシェレディアの深いところまで何度も行き来している。ロシェレディアの下腹を押さえつけ、抉るように捏ね回されると悲鳴を上げそうな快楽が脊髄を貫く。首筋に捺《お》される、刻印のように熱い口づけに喘ぐが、イスハンの腕は強く、ロシェレディアを捕らえたままだ。

「覚悟してくれ。余はそなたを狂おしく欲しがるだろう。もし、これが毒だとしても、望んで貪るはずだ」

「う――……。ふ。あ」

唇に指を押し込んで、舌をいたぶりながらイスハンが囁くがもう意味がよくわからない。

何度蜜を吐いただろう。イスハンと合わさる部分はもう溶けてドロドロなのではないか。自分の身体の中に魔力以外の衝動が駆け巡っている。甘く、苦しく、熱い塊が突き上げてくる。

「や……。また……イスハ、ン……！」

吐き出しすぎて下腹が痛いのに、イスハンに擦られた粘膜は懲りずに快楽を訴え、彼の杭を引き絞る。粘膜が快楽と共にうねると、イスハンの肉棒が膨らんで震えるのがわかる。まるでロシェレディアの粘膜が、彼の精を欲しがっているようだ。

イスハンはロシェレディアの細い腿裏を抱え、脚を大きく開かせた。

「念入りに、俺の誓いをお前の身体に吸わせよう。愛しい我が妃。——ロシェ」

昔のように熱っぽくそう囁いて、ゆるやかに痙攣《けいれん》しながら達していたロシェレディアを、イスハンは大きく揺すぶった。

最後の記憶は絞りきるような射精か、掠《かす》れきった自分の悲鳴か覚えていない。あるいは、イスハンに吐き付けられる情熱の熱さか、改めて強く背を焼く、契約の熱だったのか、それきり気を失ってしまったロシェレディアには確かめようがない。


頬にあたたかく絞った布を当てられて、ロシェレディアは目を覚ました。

抑えた物音がする。薄闇の中、マルゴーがロシェレディアの顔や身体を拭いている。すぐ側ではジョレスが敷布を取り替え、イスハンに水を差しだしていた。

「あとはもうよい。余がいたす」

イスハンが囁くと、二人は汚れた布を抱えて、「おめでとうございます。我が王よ」と小さな声で囁いて部屋を出ていった。

ぱたん、と扉が閉まる音を夢うつつで聞いていると、イスハンが頬を撫でた。

「気がついたか……？　どこか痛みはないか？」

ない、と応えようとしたが声が出ない。

イスハンが杯を呷り、口移しに喉に水を注いでくれた。

はりつく喉を水で剝がして、必死で抗議の声を出す。

「このような……ことをするとは……聞いていない……」

仲良くしろと言われただけだ。我が儘を言うなと言われたのだった。その過程で肉体的な何かがあることは、何となく察していたし、イスハンを求める自分の高ぶりも感じていた。イスハンにならどこに触れられてもかまわないと思っていたが、こんなにも身体を開かれ、やわらかく濡れた場所の奥までイスハンを含んで、イスハンの迸《ほとばし》りを身体の奥底に刻みつけられるとは思っていなかった。

それによって開く、魔法円の熱さ。開放感。渦巻く魂に攪拌《かくはん》されて弾ける驚き。どれほど魔力を使っても体験したことがない、未知の感覚だ。

「どうだった？　もうしないか？」

清潔な敷布の上で、イスハンの素肌が再び自分を抱く。

囁きに甘えるように身体を擦りつけながら、ロシェレディアは唇を尖《とが》らせて呻いた。

「……する。今度はもう少しやさしく……いや、今日と同じにしてくれ」

掠れ声で訴えるとイスハンが笑った——気がした。犬のように飛びつかれて表情は見えなかったが、堪えきれない息が漏れ、背中が震えていた。

空が白むまで、抱き合って過ごした。

「——愛しい我が妃——ロシェ……ロシェレディア」

頬を撫であい、髪に指を通した。数え切れないほど口づけをかわしては、額を合わせて笑い合った。

友だちだったと言い合った。本当はイスハンが来るのを待っていたと打ち明けたら、イスハンも会いたくてたまらなかったと答えた。秘密の恋人だったのだろうかと訊くと、そうは口にできぬがそうだったのだろうと、イスハンは悪びれもせずに笑った。「本当は友だちなどとそなたを呼びたくなかったが、そうしなければお前が泣くと思ったから」などと言うから、「まったく同じ言葉を返してやろう」と言ってイスハンの手を強く握った。

夜闇が褪《あ》せ、最後の星が消える短い間を眠りに預けようとしたころ、イスハンがまどろむ瞳で囁いた。

「俺が生まれたとき、予言者が、一生のうち何でもひとつだけ望みが叶うと言った」

「……皇帝になった」

何をどう辿ればこうなるのか、ロシェレディアにすらわからない。荒れ狂う運命を渡ってイスハンが玉座を得たのは、何らかの奇跡に仕組まれていたとしか言いようがなかった。

だがイスハンは、明け方の薄闇の中で、ロシェレディアの答えを苦く笑い飛ばした。

「いいや。お前が欲しかった。ロシェレディア」


朝になって鈴《りん》で呼ぶと、アデリナとマルゴー、ジョレスが入室してきた。

「ロシェレディアを頼む」

「かしこまりました。陛下はこちらへ」

ロシェレディアの着替えをマルゴーとアデリナに任せ、イスハンはジョレスを連れて部屋を出た。

ロシェレディアに対するアデリナたちの態度が、最上級に恭しい。ロシェレディアはもう、自分と運命をともにする唯一の魔法使いで、完全なる我が妃だ。ロシェレディアは即ち自分の一部だ。彼らもそれを認めたのだろう。オリガなどはなぜか自分が誇らしげな顔だった。

イスハンは広間に着替えに行った。

今日も公務がある。向こう二年間、会議と交渉、謁見の申し出がびっしりと届いていて息をつく暇《いとま》もない。破壊された宮殿はまだ手が回らない場所のほうが多いし、国全体の施政も行わなければならない。兄皇帝が与えた損傷と損失は想像よりも酷く、見栄えより、まずは死なずにやり過ごすことから考えなければならないほどだった。

アイデースは貿易が盛んな国だ。前皇帝が壊した交渉を結び直し、契約を増やさなければならない。そしてイル・ジャーナをはじめとする、大陸の各国との折衝もしばらくは綱渡りだ。若い王だからと侮られるのを誠実さと我慢強さ、はったりと胆力と努力で凌《しの》ぐ。毎回冷や汗の連続だが、交渉の下ごしらえをするジョレスの苦労を思えば、自分の気疲れなど取るに足らないことだ。

朝の祈りを終え、イスハンはジョレスを伴って食堂に向かった。

今日からロシェレディアとともに食事を摂《と》ることになっていた。

食堂の長いテーブルの端にイスハンが座り、その向こう隣にロシェレディアが座る。

ロシェレディアは姿勢良く椅子に座って、イスハンが来るのを待っていた。元王女らしい、気品と可憐《かれん》さに溢れた姿だ。皇妃の衣装の中身を知っても変わらない。

「身体はどうだ、ロシェレディア」

「別に、なんとも」

素知らぬ顔で彼はそう答えるが、声は掠れているし、目元がやや青く、いつもの輝くような張り艶がない。くたびれた顔だ。昨夜は随分啼《な》いた。無理もない。

夜明け頃、ロシェレディアが褥の中でもそもそしているので目が覚めた。彼は困ったように少年らしい細さを残した自分の脚をさすって座り込んでいた。

痛むのかと訊くと、そうではないと言う。左脚が痺れたように感覚がないと言うから、イスハンが脚を撫でてやった。しばらくすると、もっと腰のほうが痛いと言うから、昨夜の無理を謝りながら腰や尻を撫で、抱いて慰めた。

不思議なことに、背中の魔法円がキラキラと光っている。

身体が痛むから魂《ラウフ》を巡らせるとロシェレディアは言った。熱を落ち着かせ、剝げた粘膜をなめらかにするそうだ。

しばらく彼の身体を撫でていると、再びロシェレディアは眠ってしまった。抱いたまま自分も再び眠りに落ちた。

朝、マルゴーたちが迎えに来る前、歩けないなら抱いて迎えに行くと言っておいたが、自分の足で食堂までやって来たようだ。ロシェレディアは結構意地っ張りだ。

朝はパンと卵だった。それに肉の薄切り、チーズ、蜂蜜やジャムを塗って食べる。

食事をしながら、熱い茶を飲んでいるロシェレディアと今日の予定を話し合った。

「そうか、よかった。林に散策に連れていこうと思っていたが、今日はよそう。明日、天気がよければ川を見に行かないか。魚がいる」

「魚が？　冬に川は凍ってしまうのに？」

ロシェレディアは探究心が強い。賢いのはそのせいだろうか、魔法使いとは皆そうなのだろうか。

「そう。虹色の美しい魚だ。もちろん冬の間、川は、底の石まで凍ってしまうのだがな」

とっておきの話をしてやろうと思いつつ、パンに油を塗るナイフを手に取ったときだ。ふわりとナイフが光ったと思ったら、そこから急に火を噴いた。

「――うわ！」

ぼう、と音がするくらいの炎だ。すぐにテーブルクロスに燃え移る。

「陛下！」

「イスハン様！」

ジョレスたちが慌てて駆けつけるが、ナイフの炎は収まらない。ジョレスは急いで火のついたテーブルクロスを剝ぎ取った。卓の上で食器が踊る。布はそのまま部屋の隅に走っていって暖炉に投げ込む。その間も、イスハンのナイフはごう、と音がするほど激しい炎を纏ったままだ。

「これは……」

自分の剣は炎を纏う。だが戦う意志をもって剣を抜き、剣に魂を通すつもりで握らなければ炎は興らないし、鋼に纏う程度で、こんな噴き出すようなものではない。

松明ほどにも赤い炎が噴き出しているナイフを、イスハンは軽く掲げた。

「なんとも不思議なことだ。……余の炎であるから、燃えはしないが、これは……」

ジョレスたちの慌てぶりなどそしらぬ顔で、ロシェレディアは気取った様子で茶を飲んでいる。

彼は薄い唇に得意げな笑いを乗せ、氷色の瞳を浮かべた目を細めた。

「私の魔力がイスハンに回っておる。よくよく抑えよ、我が王よ」

自分の王なのだから当然だと言いたげに、ロシェレディアは、まったく動じず、歪んだ皿から、ナイフを使って手際よくパンに薄切りの肉を何枚も載せる。

「これが……」

ロシェレディアの魔力だというのか。何の意図もしないのに、刃物を持てば炎が噴き出す。身体の中に、ロシェレディアの気配が巡っている。冷たいような熱いような、呼吸のたびに湧き上がる、覚えのない力が血液とともに全身を走っている。気をつけて抑え付けておかなければ、何を触っても火が噴きそうだ。

契約が成ったのだ。これから自分は彼の魔力の主だ。

ロシェレディアの魔力は自分に何倍もの炎を与え、この国を守るだろう。

大魔法使いを得るということはこういうことか、と、改めて心を震わせながら、愛しい我が妃――昨日、目が眩むまで深く契ったロシェレディアを息をうわずらせながら眺めた。

そのロシェレディアは、耳を覆う銀髪を軽く手で払いのけ、塩気の利いた肉の上からたっぷりの蜂蜜をかけて、かぶりついている。

イスハンの、皇帝の姿というのを初めて見た。儀式の姿ではなく、皇帝として一日を過ごす彼の姿だ。

金髪を含んだ赤い髪に、青い宝石の耳飾り。襟の詰まった服は、イスハンの胸元を余計逞《たくま》しく見せた。

たくさんの勲章、肩の帯。腰に佩《は》いた剣は、あの後大慌てで宝物庫に取りに行った逸品らしい。何しろ食事用のナイフであの通りだ。鞘に魔力を抑える呪文が彫り込まれた国宝の剣でなければ抑えきれない。

「……うん。いい」

椅子に座って、イスハンの着付けの様子を見ていたロシェレディアは、お気に入りの羽根を手に、足を組んだ姿勢で満足に頷いた。

イスハンの心も好きだが、顔も、身体も好きだ。そうして偉そうな衣装もよく似合うし、剣を吊した革のベルトもロシェレディアの好みだ。

ロシェレディアは、目を細めて彼に満足だと伝えた。

イスハンが嬉しそうだし、なにより彼がより格好よく見えるから、とてもいい。

次の春になって、後宮が閉じた。

通常は寵妃を十人くらい残して宮殿と繋げるものだが、全部解放したということだ。

五人の皇子たちは王宮へ、皇女を含めた他の皇子たちは四の宮殿という、子と母のための宮殿に移る。姫ならばアイデースのために他国と婚姻を結び、皇子は将来、大臣となって城に上がってくる者もいるそうだ。

†　†　†

夏のアイデース帝国は強い。

動けるのが雪解けから雪が降るまでと時間が決まっているから、アイデース軍は効率的に支配地域を確認し、雪とともに引き上げてゆく。春と共に山間から商人があふれ出し、冬の間に熟成させた酒を売り、その金でごっそり冬支度をして、冬という戸が閉まる前にと、慌ててアイデースに帰ってゆく。

アイデース領を狙う近隣国からすれば、冬ごもりのために引き上げる冬の初めが侵入の狙い目だが、最近、囁《ささや》かれる噂《うわさ》がある。

『雪の降りはじめたアイデースをけっして狙うな――』

――それは三十人ほどの隊だった。

とある国から差し向けられた潜入の隊で、冬がまだ浅いアイデースに入り込み、城下か、村で真冬になるのを待つ任務だ。村に紛れ込み、街に近づく。商人に身をやつし、あるいは下働き、あるいは密偵として城に忍び込む。

まともに戦争をしては勝てないアイデース帝国の王イスハンをあわよくば暗殺し、その力の源となる皇妃を攫《さら》う。叶《かな》わないなら殺す。

足首まで埋まる雪道だった。

薄曇りの空の下、枯れた林を右手に見ながら小隊が行軍していた。水際の薄氷を踏みながら川を遡り、谷から続く雪山を登る。林は遠いが人気《ひとけ》もない。一気にここを越えて、アイデースの城下街に山裏から侵入する。

「離れるな！　雪に巻かれるぞ？」

男は自分の後ろに二列で続く隊に声をかけた。潜入の作戦だ。密偵だから馬もない。装備は小さい武器ばかりで、村人に紛れるためのアイデースの服が背嚢《はいのう》に仕込まれている。

雪は積もっていたが、まだ植物の先端が出ている程度だ。

新しい雪に足を踏み出すたび、ぎゅ、ぎゅと音が鳴る。

アイデースの山中に続く山道は、夜になると雪が激しくなる。だがこの時期を逃せばあとは厳しくなるばかりだ。夜が明ける前にこの山を越え、村の端まで辿《たど》り着かなければならない。

「大丈夫です、隊長。風がありませんから」

背後から部下に囁かれて空を見上げる。

雪の浅い、天候の優しい日を選んだ。アイデースの寒さは厳格で堅牢だ。冬という扉が閉まる、その慌ただしい寸前を狙って城下に滑り込む。

夕暮れ前の鉛色の空から、時折綿毛のような雪が落ちていた。

この調子なら予定より早く、アイデースに入れるだろう。雪も心配したほどではない。

噂はやはり噂のままだ。その噂を立てた者は雪山を越えられなかったり、天候を選び間違えたり、寒さにくじけた言い訳をしただけだ。準備を怠らず、自然を甘く見ず、早めを心がけて挑めばどんな難所も越えられる。

口を覆った布ごしに、白い息が漏れる。

遠くに、雪に覆われた建造物が見えはじめた。昔、物見の櫓《やぐら》があったとされる建物だと地図上には記されている。雪が薄いところから赤褐色の煉瓦《れんが》が見えていた。今は古く朽ち果てて、根元の部分だけが残骸のように残っている。道は間違っていない。もうアイデースは目の前だ。

「進もう。今のうちだ。このあたりは狼《おおかみ》が出るというしな」

真っ白な雪野原を、蟻のように列を成して前進する部下たちを鼓舞し、ふと前を向いたときだ。

儚《はかな》く舞い落ちる雪の華たちが、不意にふわりと上に踊った。

何だろうと見上げると同時に、バン！　と音を立てて突風が叩《たた》きつけた。とっさに革手袋の手を額に翳《かざ》して身を守る。

ごうごうと風が鳴り、ふうと空気の温度が下がる。わずかに露出した肌が、ひりっとするほど冷たくなったのを感じた。

次に目を開けたときには、眠るようにやさしく舞い落ちていた雪は、円を描いて踊り狂い、男たちの目の前を暴力的に過《よ》ぎっていた。

「隊長」

部下が不安げに呼ぶ。

嵐か、それとも竜巻でも来るのか。

「く……っ……！　身体《からだ》を低くしろ。すぐに収ま――……」

なぜ前を見たのか。

偶然――いや、人の気配がしたからだった。

細めた目に映ったものは、遠い人影だった。

櫓の根元、冷えた石の手すりの上に、人影がある。

細い影だ。顔が見えなくても若く、美しい姿をしているのがわかった。一瞬彫像ではないか

と思ったが、彫像の裾は風になびいたりしないし、

「ふははははは……！」

と声を立てて笑ったりしない。

踊り狂う雪の、遙《はる》か向こうの人影は、長い銀髪を雪に嬲《なぶ》らせ、長い衣の裾を翻していた。その傍らには、馬より大きな獣が——銀狼がいる。

まさか、雪の魔物か——!?

やたら楽しそうな人影が空に手を伸ばすと、銀狼が応えるように空に吼《ほ》える。

二度、三度。

極寒に響き渡る狼の遠吠え。

歌うように長く、この冷気のように山一帯に染み渡る遠吠えだ。

ごう、と雪が巻く。目の前が一気に白く霞《かす》んだ。口元を覆う布が白く凍る。腿《もも》に雪がどんどん張りついてゆく。

「ま……魔物だ、逃げろ……！」

誰かが叫んだが、一瞬の間に粉雪は大粒の猛吹雪になって、身体に叩きつけてくる。とにかくここを離れなければと、足を上げようとしたが、雪に刺さった足は凍りついて持ち上げられない。

「ひぃ！」

一瞬にして死を意識した。逃げられない。そしてこの雪の山中で、動けなくなって夜を迎えるということがどういうことか。

あちこちで悲鳴が上がる。

雪の向こうから、人影がこちらを見ている。踊るように手足をばたつかせて逃げようとする自分たちを、愉快そうに眺めている。

魔物――いや、あれがアイデース皇妃か。

アイデース皇帝は雪の魔物を娶《めと》ったと評判だったが、あの、子どものような銀色の姿の、偉そうに、楽しそうに高らかな笑い声を上げるあれが、新皇妃――元エウェストルム第一王女、大魔法使いだというのか。

『偵察兵はけっして皇妃に見つかるな』という噂を笑い飛ばした自分を後悔した。

これは無理だ。逃げられない。このまま凍死する――。

人影は笑いながら、商人が通る道の方角を指差した。

「アイデースを訪れるときは、向こうの道だ」

うなりを上げて雪が逆巻く。ぼうぼうと鳴る風の音に耳を塞がれ、男は崩れるような息をついて、雪の中にうずくまった。

「――いこう、ゲルダ」

雪の間に無邪気な声が聞こえる。応えるように銀狼はまた吠えた。

そのまま引き返した偵察隊の男たちは、凍傷で足や指を切り落としただけで、命は奪われずに済んだと、のちに城の記録に書き残している。

王宮では、マルゴーが困った顔でロシェレディアに茶を差し出していた。

ゲルダが暖炉の前に長く寝そべっている。美しい銀色の背を長々と伸ばしている姿は、珍しい東の毛皮にも勝る艶と光があった。

ロシェレディアは、椅子に深く凭《もた》れかかって、アイデースの伝統品だという雫型《しずくがた》の人形を弄んでいた。

マルゴーは気鬱な調子で姿勢を正した。

「また、山の麓の村人が大勢の遭難者を助けたとか。……他国の軍服を着た」

「ふうん？　それは物騒だな。我が国の偵察兵はちゃんと働いているのだろうか？」

「ちなみに、昨夜はどちらへ？　妃殿下」

「私ではない」

椅子の肘掛けに肘をついて茶をすすると、マルゴーはため息を吐《つ》いた。ゲルダの尻尾が、ぱたりと一度床で音を立てた。

「見え透いておりますよ、大魔法使い」

イスハンから、ありがたいがあまりやり過ぎては悪者に見えるのでほどほどにせよと、伝言を聞いている。

† † †

『白原《はくげん》』と、アイデース軍の戦闘は呼ばれている。

元々が大帝国だ。兵の数、軍馬の数、行き渡った武器と大砲は十分で、行軍跡の草は踏みしだかれ、蹄《ひづめ》に掻《か》き起こされて泥の更地になるとされていた。

イスハンが皇帝として軍を率い始めてから、五年が過ぎようとしている。

一時は数ばかりと揶揄《やゆ》されていたアイデース帝国軍は、随分行き渡った戦闘をしはじめたと評判になっていた。軍隊が安定して訓練されてきた。忠誠が高まって士気も高い。

そして、百戦常勝を誇るアイデース軍のよりどころとなるのが、皇帝と、その妃《きさき》だ。

先頭の騎馬で皇帝自身が剣を振るい、その後方、輝く金色の毛並みの馬で出ているのがアイデース皇妃、大魔法使いだ。

「中央は、余が突破する。騎馬を両翼に広げよ！」

豪奢《ごうしゃ》な鎧《よろい》に身を包んだイスハンは、騎士団長イゴールに命じて馬の脇腹を蹴った。

アイデース皇帝夫婦は仲睦《なかむつ》まじく、大魔法使いである皇妃は、皇帝と共に戦場に出てくると勇名を轟《とどろ》かせている。その強さは象百頭分にも匹敵すると言われ、元々強力な帝国軍隊の力を盤石のものとしていた。

謀反による代替わりで皇帝として日が浅く、国が不安定なうちに攻め入れと、近隣の武強国が絶え間なく討ち入ってくるが、これをことごとく撥《は》ねのけ、返り討ちにする。

もう敵軍の騎馬が目で視える。かなりの数だが、あの程度の軍勢なら自分抜きでも戦えたのではないかとイスハンは目算する。だが戦は限りなく短く圧倒的であるに越したことはない。

軍馬の群れが地を踏み鳴らして突撃する。

イスハンは馬上で、腰に佩《は》いた長剣をすらりと抜いた。剣の側面に祈りの言葉が刻み込まれた、腕いっぱいの長さの磨き抜かれた宝剣だ。

炎とともに抜き出される刀身をかざすと、後方から自軍の兵士たちが興奮した雄叫《おたけ》びを上げる。

「帰りたくばいつでも帰れ！　攻め入って来ぬなら追いはせぬ！」

イスハンが吼えると、斜め前方から、ピ――――イイイ――――！　と笛が鳴る。

イスハンの前方を守っていた騎馬たちが左右に開きはじめる。

「――来い、ロシェレディア！」

イスハンが呼ぶと、途端に身体の中に魔力が満ち、強く握った柄《つか》から魔力が伝わって、刃が炎を噴く。赤毛に仕込まれた金髪が炎を受けて、火の粉のようにきらきら光る。

イスハンは、ビリビリするほど剣に満ちる魔力をいっぱいまで溜《た》めて、敵の先頭に向かって振り下ろした。

ドオン！　と火山から噴き出したような火の玉が剣から振り出され、前方に叩きつけられて、火の粉の飛沫《しぶき》を炸裂《さくれつ》させた。馬何頭分もの幅で地面を焼きながら膨らんだ炎の玉は猛烈な勢いで前に飛び、敵に当たって爆発した。

「崩れたぞ！　左右に広がれ！」

両翼の騎馬が勢いよく飛びだして行く。イスハンは、目の前に伸びる白い灰の道を馬に走らせながら、再び剣を握りしめて、炎の魔力を溜めはじめた。

身体が熱い。血管をロシェレディアの魔力が走り回って、心臓が弾《はじ》けそうだ。それを上手《うま》く剣に流して、破裂する直前で振り下ろす。

再び、ドオン！　と地響きを立てながら、イスハンが炎の塊を地に叩きつける。火の玉は飛ぶように地を走り、燃え上がる紅蓮《ぐれん》の道が、敵兵の騎馬を吹き飛ばす。

魔力を得たイスハンの炎は強く、ロシェレディアの魔力が注がれた攻撃を放つと、戦ったあとはほとんど焼け野原だ。

蹄で灰を巻き上げながら、炎の剣を振りかざして敵軍に向かって疾《はし》る。

これが魔法使いの妃を得た王の力、武装魔法と呼ばれる攻撃力だ。王の炎が地を焼き尽くし、白い灰が降り終わると、皇妃の雪が降る。『白原』たる由縁だ。地は灰になるまで焼き尽くされ、飛び散った皇妃の魔力が雪になって地に降り注ぐ。

「炎帝イスハン！　我が王よ！」

あちこちで兵たちの叫び声が上がる。

神話のようだと兵たちは言うらしい。

太古の昔に、炎の斧《おの》を使う皇帝がいた。その再来だと兵たちは信じ、戦意を上げている。そして大魔法使いの力がこれほどだとは、と一様に驚くのだった。喜び、そして目を瞠《みは》った。大陸中の恨みを買っても手に入れた甲斐《かい》があったと歓喜した。

「もう一息だ。来いロシェ！」

今日の相手はそれなりに大軍隊だが、中央を突破し、左右に分断してしまえば勢いは極端に削《そ》がれる。そうしたら炎の剣だけで戦える。味方は無傷だ。このまま一息に制圧できる。

「……ッ！」

身体中に、吹雪のように魔力が逆巻く。息を詰め、次の一撃を放とうと魔力を剣に流したときだ、カキィン！　と澄んだ音を立てて、剣がはじけ飛んだ。

「またか！」

柄のすぐ上で、折れた剣を握りしめて呆然《ぼうぜん》とするしかないが、馬は急には止まってくれない。

「お下がりください、王よ！」

イゴールが、イスハンの馬の前に割り込み守ってくれる。だがそれには及ばない。

「いいや、普通の剣がある！」

ロシェレディアの魔力を流すため、宝物庫にある特別に清められた宝剣を持ってきたが、これまでの例《ためし》もある。予備にと普通の剣も持ってきている。ここまでくればこれで十分だ。

行き場をなくして溢《あふ》れそうな魔力を、ぐっと力を込めて剣に流した。その途端だ。パン！とおもちゃのように刀身が弾け飛んだ。

さすがにイスハンは、馬の速度を緩めた。

柄の真上から粉々だ。

何本剣を抜いても同じだった。少々の名刀を持ちだしても、ロシェレディアの魔力に耐えられない。

イスハンをどんどん追い越してゆく兵が、前方で敵を制圧してゆく。

イスハンは馬上で長いため息をついた。前回のように、弾けた剣で怪我《けが》をしたものはどうやらいないようだ。

それにほっとしながら、ほとんど柄だけになってしまった剣を鞘《さや》に戻していると、退屈そうな顔のロシェレディアが追いついてきた。

†　†　†

女官に付き従われ、城の回廊を歩いていたロシェレディアはふと空を見上げた。チラチラと、甘えるように降ってくるのは幼い粉雪だ。

アイデースの冬は、北の平原から帝国を取り囲むようにやってくる。白く粉を振ったようになっていた遠い山も雪に厚く覆われ、なだらかな凹凸《おうとつ》の高低があるだけで、木の形も見えない。

もう冬が来るのか――。

一年とは早いものだ。エウェストルムで十二年、ここで六年。人生の半分にも満たないのに、アイデースで暮らした月日がエウェストルムでの時間より長く感じてしまう。

これで時間が稼げるな。

また国全体が雪に閉ざされるのは心配で、人物共《ひとともの》に外国《とつくに》との交流がなくなると思うと寂しいのだが、冬の間は戦がない。アイデースが打って出ることもないし、雪山を越えて他の国が攻め込んでくることもない。

雪の下で育つ花のように、白い褥《しとね》に包まれて、静かに眠って春を待つ。冬はアイデースにとって眠りの時間であり、癒やしの時間であり、熱い政策を練る時間でもある。

そしてもう一つ、ロシェレディアには大切な懸案がある。

冬の間に、イスハンの呪いを少しでも軽減しておきたい。

イスハンの呪いは婚礼翌日の儀式でだいぶん解呪した。自分と契って彼の身体にロシェレディアの魂《ラウフ》が巡るようになってからは、小さな呪いの影響もいくらか和らいだはずだ。

その後もずっと、呪いの解除に当たっている。

特に戦のない冬は、難解な呪いを読み解くいい時間だった。絡まり合った呪いを解くには、深い湖の底に潜るような集中と根気が重要だ。

古い呪いは腫瘍《しゅよう》のように、ひとつの肉に凝り固まり、理論が癒着して形も曖昧に爛《ただ》れている。じっくりと集中して魂の流れを読み解き、周りの術式から空白を推測で埋め、溶解した部分に新しい理《ことわり》を当て嵌《は》めて、繊維のように細い論理の糸を解きほぐしてゆく。

血ほどくっきりした穢《けが》れなら解きやすいが、茶の染みのようにぼんやりと薄い呪いは解呪しにくい。今のところイスハンに呪いの症状が出るたび一つ一つ対処して凌《しの》いでいる。これも冬、集中できるときに目を凝らし、想像から逆算して元の呪いの形を割り出して読み解きたい。

呪いとして成立していない半端な呪いも数多かった。かなり強烈な呪いの欠片《かけら》だが、何かが足りないために呪いが完成していない。これも偶然何かのきっかけで、呪いが完成してしまう前に、破片を読み解いて無効にしておきたい。他に、呪いの空白を埋める品物が隠されている場合もある。これまで呪いの元を二つ探しだして潰した。皇帝を呪うと言うからには通常国外にあると思うのが普通だが、そこはアイデースだ。元皇妃の住居の石床をはぐったところに埋められているのがひとつ見つかった。己の夫か、その父か、あるいはその子を呪ったものだ。もう一つは古いアイデース王自らが王家に掛けた呪いで、宮殿の瓦礫《がれき》と共に埋められていた古い玉座の、座面の裏に血文字で書かれた呪いが曖昧に発動していた。アイデースの玉座は、ロシェレディアの想像以上に血塗られているようだ。これらは運良く城内で見つかったから解呪できたが、これ以上、身の回りで偶然見つかる幸運は期待できない。

そして、イスハンの剣が折れる問題も解決していなかった。どんな丈夫な剣を、どんな祈りが込められた剣を、どんな分厚く重たい剣を持ってきても自分の魔力と、イスハンの炎の性がぶつかるのに耐えられない。力の性質が正反対な上に、イスハンにロシェレディアの魔力が流れすぎるのだ。

イスハンが炎の血脈であることは小さい頃から承知していた。ロシェレディアと契約すればその炎が甚だしく増大することもわかっていた。だが初夜の翌日にイスハンのナイフが火を噴いたことを魔法機関に報告すると、魔法機関が即座に不安を訴えてきた。検査をしたほうがいいと言って、ほとんど押しかけるようにやって来たのだ。

結果、イスハンの、魔力に対する適性が特異と言っていいほど高いということがわかった。魔術王は身体に魔力を通すだけだ。そうは言っても、人の肉体を持つ魔術王の身体を通る段階で、何割かが消費されてしまうのが普通だ。だがイスハンはロシェレディアが送った魔力を損なうことなく、ほとんどを純度の高い炎として出力してしまえるらしい。まったく摩擦なく、ただの筒のようにすっかり魔力を炎に変えるというのだ。

初めてイスハンの炎を見たときから才能があるのはわかっていたが、卓犖《たくらく》極まりなかったようだ。ロシェレディアと魂が溶け合いやすいのも原因だ。喜ばしいことだが、流れすぎる魔力は文字通り諸刃《もろは》の剣だった。

剣がはじけ飛んで、まわりの兵士に怪我をさせてしまった。イスハン自身も怪我をしたことがある。炎の主であるイスハンは、炎やロシェレディアの魔力では傷つかないが、はじけ飛んだ剣はただの鋼だ。人の身体を傷つける。

イスハンはあまり戦場に出られなくなった。炎の皇帝という性質上、後方にいては前方の味方を焼いてしまう。ロシェレディアが魔力の供給を加減することも試してみたが、それではそのあたりの魔法使いと同じだった。大魔法使いを娶った意味がない。

魔力を抑えると、ロシェレディアも息苦しい。魔力の内圧を発散させたいからといって、戦場に大雪を降らせるわけにもいかない。

せっかくの魔力を持て余し、誰もが苦しむなど馬鹿馬鹿しい事態だ。今までのように、剣が折れたら後方に下がると決めたとしても、もしも打ち合っているときに剣が折れてしまったら、それは直ちにイスハンの死を意味してしまう。

そしてアイデースが大魔法使いの力をきちんと使えていないことが隣国に知れたら、大規模な襲撃は免れないだろう。

今敵国は、何度か目にした炎帝イスハンの甚大な攻撃を基準にアイデースの兵力を測っている。その魔力が二度――下手をすれば一度しか使えないと知られたら、大きな遠征軍を送ってくるに違いない。隣接する帝国ガルイエトが、度々牽制《けんせい》してくるような戦を仕掛けてくるのも気にかかる。イスハンの剣が折れることに気づいたのではないのか、何度炎を放てるか、こちらを試しているのではないのか。ジョレスを中心に心配の声も上がっている。

憂鬱に俯《うつむ》くロシェレディアの肩を、粉のような雪が滑る。

今日の謁見でエウェストルムに、剣を献呈してくれないかと打診した。エウェストルムは魔法の国だ。魔力に強い剣や鋼が眠っていまいか――。

手頃なものがあればよいが、なければ春まで待たなければならないな、と思っていたとき、庭のほうから賑《にぎ》やかな子どもの声がした。

小さな皇子、そして皇女。そしてその母たち、それぞれの乳母たちが庭に出て、雪に手を伸ばしている。

皇子は雪を摑《つか》もうと跳ね、皇女たちは葉で掬《すく》おうとしている。きゃあきゃあ楽しそうな様子が微笑《ほほえ》ましい。

「――あっ。妃殿下」

母親の一人が気づいて、その場で深く身体をかがめた。他の二人も同じようにし、皇女の二人も見よう見まねでお辞儀をする。皇子たちは、ぽかんとこちらを見ていたり、雪とこちらを忙《せわ》しく見比べたりしている。そういえば皇太子は五歳になったと言ったか——。

乳母が、皇子を捕まえて礼をしろと言っている。

「よい。そのままで」

ロシェレディアが止めると、小さな皇女たちが目配せをしあって、お行儀良く礼をした。

「ごきげんよう、我が国の母よ」

「ごきげんよう」

舌っ足らずな声で挨拶をする。

満足にロシェレディアは頷《うなず》いた。

「よく過ごしておるか？　いたずらはしていないだろうな」

この庭の向こうにある西の宮殿はのどかだ。子どもたちと母たちが暮らし、のんびりとした様子がどこかエウェストルムを思い出させる。

「妃殿下、よろしかったらお茶を召し上がりませんか？」

「一昨日《おととい》採れた実を冬用に溜めておこうと、みんなで炒《い》ったのです」

母親たちも気のいい女ばかりだ。女たちはもはやイスハンよりも我が子が大事のようで、ロシェレディアが皆の母だと教育されていて、ロシェレディアもこのように慕われている。

イスハンと関係を持ち、彼の子を産んだと思うと複雑ではあるけれど、イスハンも女たちも国のため、子どものため、あるいは自身のためと割り切っているのだとジョレスは言う。

「今から用がある。またゆっくり顔を見に来よう。よく読み書きをして、乳母を困らせぬよう」

マルゴーが聞いたら絶対に一言何かを言うだろうことを子どもたちに言いつけて、茶を断った。

一番小さな、イスハンに似た金色の目をした皇女が、紅い葉を数枚広げて差し出してくる。

「妃殿下……。今、そこでミーシャと集めたの」

その後ろにいるのは、母ではなく、乳母だ。

「わかった。ありがとう」

この子の母は、この子を置いて城を出た。他にも母がいない皇子や皇女は少なくない。ロシエレディアが皆の母であり、皆の皇妃である必要はここにもある。

これも守らねばならぬ――。

イスハンの子、そしてこの国の未来だ。

「またね！　次はいつ来る!?」

赤毛の皇子が元気に手を振る。全部イスハンの子というのもなかなか面白く、気分は悪くない。

頬を赤く染めた茶色い髪の皇女が、小さな声で言う。

「わたし、妃殿下みたいになりたい。ユアンナはかあさまみたいに歳《とし》を取るのに、妃殿下は、ずっとお姫様みたい」

「も──申し訳ありません……！」

「いや。好き嫌いなく食べたらこうなる。肉も魚も、野菜も、スープも」

「に……肉も……？」

「そうだ」

皇女の口を押さえようとした乳母を視線で止めて、ロシェレディアは応えた。皇女は顔全体を赤く染めてはにかんだ。

子どもたちの目はごまかせぬか。ロシェレディアは子どもたちに見送られて王宮へ向かった。

ロシェレディアは手を軽く見下ろした。それとも気づかないのは自分だけで、周りの者は皆、違和感を持って気味悪く、自分を眺めているだろうか。

自分はもうすぐ十九だ。

なのになかなか大人になれない。輿入《こしい》れしてきた頃に比べればほとんど大人に近くなったと思うけれど、イスハンのように胸は厚くならず、腰回りも太くならず、筋肉もあまりつかず、ほっそりと、だが女のようではなく──少年と青年の間くらいの体つきだ。そもそもエウェストルムの国民は、他の武強国の国民に比べると身体が細く、背も低い。背が高く逞《たくま》しい体つきの者が多いアイデースの中でも、イスハンは高身長だ。イゴールを相手に常に剣の稽古をするせいか、腕も太く、胸回りも腰も厚く鍛えられている。

出会った頃は年齢なりの差があるくらいだったのに、いつの間にか見上げても足りず、踵《かかと》を上げなければ、イスハンに顔を近づけられなくなった。

それでもいずれ、とゆるやかに思っていたが、最近ロシェレディアも気づいたのだ。単に体格が小さいというのではない。鍛え方の差でもない。自分の成長が――歳の取りかたが遅いのだ。イスハンたちの年齢にしてみれば、せいぜい十六、どうにかすると十五歳前後くらいにしか見えないかもしれない。

はっきりしたのは最近だが、一番初めに気づいたのは、契ったあの日だ。肌も腕も、滾《たぎ》る雄の成熟も、イスハンのほうが大人になるのが早く、いつまで経《た》っても成長の差が縮まらなかった。

原因はわかっている。魔力の源となる魂が、常に肉体に回っているからだ。

エウェストルムに生まれ育った者は、王室の者でなくとも、ほんのわずかに魔法を使う。そのせいかエウェストルムの者は他国の者より若いと言われることが多く、寿命も長いと言われる。マルゴーも、アイデースに来てから年齢を尋ねられて、驚かれる場面を何度も見た。

そのエウェストルムの中でもさらに、王室の魔法使いは歳を取りにくい。先々代の王は百三十歳まで生きており、東の大国に嫁いだ叔母は、侍女たちが老齢で城を下がる頃になってもまだ馬に乗ると聞いている。

大魔法使いの自分はどのくらいだろうか――。

幼い頃はそれが得意で楽しみにしていたが、生い立つに従ってそれがどういうことかを悟ってしまった。十をすぎてからは怖くて、ロシェレディアは自分の寿命についてあまり深く考えたことがない。

エウェストルムにも、大魔法使いはめったに生まれない。生まれたら奪い合いになって、その行く末がわからない者、愛されても伴侶と死に別れてどこかへ消えてしまう者――聞くところによるとあまりに寿命が長すぎて、大魔法使いがどうなったか誰も記録を取れないというのだ。

震える指で、頬に触れてみた。

自分はどうなるのだろうか。どのくらい生きるのだろうか。イスハンが歳を取るのはいい。だが、イスハンがいなくなったら、この冬の国で、たった一人でどうやって生きればいいのか――。

古いものがたりを読んだことがある。王に先立たれ、国が消え、誰も自分を知るものがいなくなった大魔法使いの話だ。彼女は歴史からすら弾き出され、寂しさのあまり自分の胸に剣を突き立てて、泣きながら魂の流れに還《かえ》ったそうだ。

迎賓のための『明けの宮殿』から王宮である東の宮殿まではかなり距離がある。

アイデース城自体がとてつもなく広く、王族が老齢になると、宮殿同士の移動に馬や輿を使うという話だ。城が立派なのはいいが、ほどほどであるべきだと思いながら、ロシェレディアはよく均《なら》された土の道を歩いていた。

風がなく、陽《ひ》もやわらかだ。古い宮殿や新しい建物が入り交じって建ち並ぶ風情が、時間がわからなくなりそうな不思議な情景を生み出している。

いつの時代の皇妃がつくったものかはわからないが、明けの宮殿近くの噴水裏に魂《ラウフ》の通り道が見つかった。しかし女官を置き去りにするわけには行かないし、ロシェレディアにとっても城のあちこちを眺めながら歩くのは、いい気分転換になっている。

風で頬が冷えた頃、王宮に帰り着き、階段を上ってイスハンのいる王の間に入った。

イスハンは雪がちらつく窓を背に、広い椅子でくつろいでいた。側《そば》にはジョレスが心配そうな顔で立っている。

少し疲れた表情でイスハンが尋ねた。

「どうだった？」

「それなりだ」

エウェストルムに頼んであった薬草が到着した。すでに薬として加工された薬草を、魔法機関直々に届けに来たので、謁見を許して受け取った。魔法機関の薬はどれも紙と紐《ひも》で厳重に封をされているが、毒はどのようにしてでも入れられると知った今では、誰にでも預けるわけにはいかない。オリガに供をさせてそのまま託した。

薬草の内容は申しつけたとおりだ。魔法機関はいつも通り几帳面な仕事ぶりだったが、呪いに薬はない。呪いによる症状を抑えるのが主で、呪い自体を治す薬は存在しないと彼らも言った。

ロシェレディアは、イスハンの隣に腰を下ろした。腿に置かれた手の甲をそっと撫でる。

「大丈夫か、イスハン。吐き気は？」

「ああ。お前の氷のおかげで随分治まった」

笑うイスハンの頬にはいつもの生気がない。

「早速、オリガに薬湯を作らせている。飲めば少しは落ち着くはずだ」

エウェストルムから届いたばかりの、呪いの傷を宥《なだ》める薬草だ。

昼食の前、イスハンが吐いたものの中に、紐程度の、木の根のようなものがいくつも交じっていた。食べた覚えはなく、口から入れた毒でもない。身体に染み出た呪いのせいだ。呪いが胃の中に根を生やそうとしている。イスハンにロシェレディアがつくった氷を呑《の》ませた。冬だと勘違いすれば根の生長は止まる。根本的な解決にはならないが、呪いが解けるまで、こうして呪いの動きを抑えるしかない。

「薬湯を飲めば、夕方までには元通りだな」

「少しと言った」

呪いの傷独特の、じくじくと赤くなる腫れを鎮める薬だ。胃の中が腫れているはずだから少しは楽になるだろうが、呪いそのものに効くわけではないから、期待されすぎては困る。

ロシェレディアは、髭《ひげ》の感触がするイスハンの頬をそっと撫でた。

「……今日の会議にはどうしても出なければならないのか、イスハン。できれば根の部分だけでも呪いを解いておきたいのだが」

今ならまだ、腹の中に呪いの残骸があるはずだ。その根が再び悪さをしないよう、根の先のほうだけでも読み解いておきたい。

「ああ。明後日《あさって》からまた大陸側の会議だ。それまでにアイデースなりの方針を固めておかなければならないからな」

イスハンの身体に残った呪い全体を一つ一つ読み解きたいが、歯がゆいことに、当のイスハンが多忙だ。自分との婚姻——大陸の盟約を破った罪は重く、六年経った今でもアイデースは苦しい立場に置かれている。イル・ジャーナの権利の不当性を掲げながら、水面下で議会の重鎮を個人的に説得しているがなかなか聞き入れられない。またイル・ジャーナがアイデースから得た賠償金を、他国への侵略資金にしているのも問題になっていた。

——一言、あなたが王子だと口にできたら、どれほど楽でしょう。

ジョレスの愚痴も理解する。略奪したのは王女ではなく、王子だった。そう明らかにするだけで、アイデースは盟約違反の誹《そし》りを免れる。だがそうすれば再びイル・ジャーナが怒り、大陸を騙《だま》していたエウェストルムが糾弾され、どのような罰を負わされるかわからない。イスハンが秘密を肩代わりし、辛抱強く折衝をしてくれているから、エウェストルムは護《まも》られているのだ。

ロシェレディアはそっと、イスハンの膝にこめかみを預けた。

イスハンを少しでも楽にしてやりたい。呪いを軽減する方法があるなら何だってしてやりたかった。

「やめよう、イスハン。今夜くらい、私といればいいではないか」

「そういうわけにもいかぬ。余たちがへし折った宝物庫の由緒ある剣は、すでに半分以上に達していてな？　今後の戦で、より話し合いでの解決を迫られる本数まで迫っているのだ」

「そんなに？」

「ああ。け、、、けっこう」

そう言われては、ロシエレディアもため息しか出ない。

イスハンは戦闘に出るたび、アイデースの宝と言われる剣を数本粉々にした。いずれも由緒ある剣で、教会や、古い大臣たちからは嘆きの声が上がっているとも聞く。このままでは、国の権威と歴史の象徴とさえ言われる宝剣をほとんど失ってしまう。それをなんとか避けるべく、鍛冶屋たちや城の識者が新しい剣をつくろうと、素材や打ち方の検討と試作を重ねている。鋼の配合を変えてはどうか、エウェストルムから識者を招いて鞘に彫り込む呪文を増やしてはどうか。刃に呪文を彫り込めないだろうか。

だがイスハンの剣が折れるのは性質の問題だ。どんな工夫をしたところで、鋼が魔力に耐えきれなければ弾けてしまう。

そうは言っても戦は待ってくれない。仕方なく、なるべく魔力に耐えられそうな剣を選んで持ちだし続けるしかなかったが、宝物にも限度があって『宝石の国』と名高いアイデースにして、もはや節約しなければならない本数にまで減っているというのだ。

「慎重な根回しが必要なのだ。わかってくれ、ロシェ」

イスハンにそんな風に言われたら、自分に何が言えるというのだ。

眉根を寄せて俯くロシェレディアの頬を、イスハンがそっと包む。

暖炉でパチンと薪《まき》が爆《は》ぜた。オリガが、薬湯を入れた杯を持って入室してきた。

当面の方針は決まっている。イスハンの言うとおり一度きりの魔力を放ち、いくらでも魔法攻撃を使えるのだと見せかけて敵に獰猛《どうもう》な虚構を錯覚させる。一方で大戦力の武強帝国でありながら戦争回避主義だと慈悲深いふりをしつつ、できるだけ戦を避けるよう努力しなければならない。

ロシェレディアが力なく立ち上がろうとしたとき、イスハンがぼんやりとため息をついた。

「――……北の洞窟にある『神の心臓』が得られればいいのだがな」

「あるのか！」

顔を上げて叫ぶと同時に、オリガが「ひゃっ」っと声を上げて杯を落とした。こん！　と固い音がして杯が床に転がる。

「ある」

造作も無くイスハンは答える。

「本当に……？　あるのか？『神の心臓』が、このアイデースに？」

アイデースの国土は広大だから、『神の心臓』のひとつやふたつ、あっても不思議ではないのだが、人の手に扱える『神の心臓』が残っているとは聞いたことがない。

『神の心臓』というのは、その名の通り神の心臓だ。

古代、まだ人間がこれほど地上にはびこる前、地方ごとに神々が住んでいた。北の神は大地を凍らせ、雪を作り、南の神は風を吹かせて泉の神と仲睦まじくして果物を増やした。山の神は岩を切り立たせ、風を防いで人の住む石壁を与え、海の神は魚を増やし、ときどき嵐で掻き回しては宝物を陸に打ち上げ、人々に与えた。

古代の神は姿を持っていたという。

神の強い魂は、肉眼で見えるほど強靫《きょうじん》で、蛇の元だったり魚の元だったり、鳥の元だったり、獣の元だったりした。

神は気まぐれに人々に恵みを与え、人々はそれを受け取り、ときには怖れながら生きてきた。精霊たちが神と人との中間に立ち、神を宥め、人に諭してきたとだいたい建国の書には、それぞれの国の王の出自として記録されている。

やがて人が増え、自由に暮らしはじめたときだ。自然を通して荒ぶる厳しい神の仕打ちに不満を抱いた人間が、精霊を通さず、神たちをつくった魂の神に告げ口をした。

怒った魂の神は神々を打ち倒し、二度と魂の流れに戻れないよう神々の魂を流れから断絶した。その際神々の身体は破壊され、溶け残った心臓が砕け、花火のように飛び散った。それが世界中の地に落ち、今も自然の源となって、雪を降らせ、魚の子を生み出し、風を吹かせているという。

それは単なるおとぎ話や言い伝えではない。実際に『神の心臓』を得た人間がいる。どんな盾にもなり、どんな剣にもなるまさに神の金属、あるいは金属じみた液体、ときには宝石のようにも見えるという。だがその力ゆえ、手に取れる人間は限られている。そして手に取れる程度の小さな破片となった『神の心臓』はすでに誰かが持ち去ったはずだ。

「聞いていなかった」

「婚礼の後の歌に折り込まれているが、改めて話したことはなかったな」

そんなの聴くわけがない。婚礼のときは重くて寒くてつらくて、早朝から何も食べられなくてヘトヘトで、古くてくどくて音の籠もった長い婚礼の歌など聞く気になどなれなかった。

心の中で毒づきながらロシェレディアは、イスハンに手を引かれて椅子に座り直す。

「アイデースの北。氷が湧き出す場所と言われている。もはや土か氷の海かわからぬような北の果てだ。その北の洞窟に『神の心臓』のひとつが封じられている」

「早く言ってくれ、イスハン。取りに行こう。寒さなら私がなんとかする」

「まあ待て。あるとは言っても、たやすく手に入れられるものではない」

イスハンの曖昧な口ぶりに嫌な予感がした。

「アイデースの初代皇帝が『神の心臓』を得て剣を打ったが、剣から途方もない冷気が噴き出した。どんなことをしても冷気は止まらず、打った剣を破壊しようとしたが、洞窟に封じるだけで精いっぱいだったという話だ」

「随分無礼なことをしたな……？　神の了承を得ずに、剣を打ったのか」

「経緯《いきさつ》はわからぬ。まあ、昔のことだから」

イスハンは、ロシェレディアの肩を抱き寄せ、寝物語をするように髪を撫でた。

「その洞窟は北の果てにあり、今もアイデースの冷気を噴き出し続けている。夏でも人が近づけない場所だ」

「つまり、無礼を働かれ、怒《いか》れる『神の心臓』が、北の穴蔵に放置されているということだな？」

「平たく言えばそうだ」

ロシェレディアは天を仰いで、両手で頭を抱えた。イスハンの肩に身体を凭せてずるずると下に沈む。

「しかもそれ以外は、おおむね何もわからぬということか」

「冷たいということしか」

「なるほどな……」

それではどれほど剣が折れても困っても、話題に出さぬはずだ。

ロシェレディアに膝枕をしてやることになったイスハンは、愛《いと》おしそうにロシェレディアの銀髪を指で摘まむ。

「そなたの力を借りれば取りに行けようか？」

「簡単ではないと言っておく」

「今すぐ行こうと言ったではないか」

「イスハンがあまりに自信ありげに、『神の心臓』があると言うからだ」

「ある」

「……――もうわかった」

高い期待の空から絶望の底に打ち付けられたのだ。立ち直る時間が欲しい。

ロシェレディアは乱れた髪を直しもせずに、のろのろと起き上がった。事情がわからないどころか、神の心臓のなんたるかを理解していないイスハンに、順立てて説明してやらねばなるまい。

皇帝ともあろう者がなんたることかと思うがそれもそうか。小さな欠片は拾われ尽くし、大きな心臓はアイデースの北の物のように人が近づけない。もはや『自然の脅威』として険しい場所にあり続け、神の怒りとして認識されていない。それほど神話は古く、人と遠く隔てられている。この百年、新たに『神の心臓』を手に入れた者はいないはずだ。だから持てる者の詳しいことはなかなか後世に伝わらないのだ。

「まず――。本当に『神の心臓』が本物だとしたら、それがどのようなものか、どれくらいの大きさか、どれほどの力を秘めているかを知らなければならない。もしも手に負えないほど大きな心臓だったとしたら、迂闊《うかつ》に洞窟から取り出せば、アイデースが再び凍りつく」

イスハンの話も鵜呑《うの》みにしてはならない。それほど『神の心臓』の扱いは厳格だ。得られればまさに神の恵みがもたらされ、間違えば神の鉄槌《てっつい》が下る。

「初代皇帝の努力は水の泡ということか」

「努力というか無謀というか。ただ初代皇帝が手にして剣を打ったと言ったが、打てたからには神の了承を得たのかもしれない。あるいはその程度の魂しか持たない塊だったのかも」

「ということは」

「安心するな。その上で、剣の形にしても持て余すほど『神の心臓』が大きいとしたら、本当に手に負えないかもしれない。そしてイスハン、『神の心臓』についてどのくらい知っている？」

「その言い伝えくらいだな」

「ならばもう一つ慎重にすべき理由を話しておく」

確かに『神の心臓』は欲しい。それがすでに剣の形をしているなら今すぐにでも、喉から手が出るくらい欲しかった。だが迂闊に手を伸ばせない理由がある。

「神の心でもある心臓は、おおむねどれも、砕かれたときの悲しみを呪いに変えて抱えている。つまり『神の心臓』は持ち主を呪う。それが受け入れられる呪いか否かが重要だ」

「また呪いか」

イスハンはうんざりした顔をするけれど、神の呪いは破格だ。

「しかも人の呪いと違って、神の呪いは解呪できたためしがない。妥協できる呪いならいいが」

「妥協できる呪いとは？」

「ゲルダのような髭が生えたり、長い耳が生えたり、尻尾が生えたり。尿が青くなったり、屁が途方もなく臭くなったり」

「それを妥協と言うのか……？」

「ああ。だがイスハンの命を奪う、あるいはアイデースを根こそぎ呪うような呪いだったら諦めるしかない。力と呪いは欠片の大きさに比例する。呪いを見極めずに軽率に『神の心臓』を得て、永遠に土が腐り続ける国、美しい川が硫黄が湧く泉となって人が住めなくなった土地もある」

「想像よりも大事《おおごと》だ」

「だから調べなければならないと言っているんだ。初代皇帝と『神の心臓』の間で話がついていて、北の洞窟に安置しているだけならいいが、様子を聞くにそうではないようだ。取りに行くにしたって今のままでは手がかりがなさ過ぎる。せめて魔力を和らげる紋様の布を――それも神の名もわからないのでは用意ができない。……まあ、『神の心臓』の前まで近づけたとして、取れそうなら取る、いざとなったら剣を手に取らなければいいだけの話ではあるがな。それに――」

ふと、口を突きかけた言葉をロシェレディアは呑んだ。

「……『それに』？」

「何でもない。オリガの薬湯を飲んで、会議の時間までよく休んでくれ。私は書庫に行ってみる」

「そうか」

頬で軽くふれあったあと、イスハンに見送られて部屋を出るときに、新しい杯を持ってきたオリガとすれ違った。一瞬、オリガがつま先立ちになって耳打ちしてくる。

「夫婦喧嘩《げんか》は一緒に褥に入ったら直るんです。早いほうがいいです」

訳知り顔のオリガに答えてやる気にもなれず、ロシェレディアは部屋を出た。

城の中の書庫も大きかった。婚礼後、暇つぶしに見て回ったが、ほとんどが儀式の様式を記録したものや、ありふれた物語、歴史書、といった実用的な本しかなかった。何とも面白みのない書庫だ。歴史書もありきたりで、装丁ばかりがやたら立派ではあったが、中身はただ闇雲《やみくも》に文字が書き綴《つづ》られ、絢爛《けんらん》な修辞ばかりが長々としていて役に立ちそうにない。

歌に仕込まれていた神の心臓の詩だけでも確認しておくべきだろう。

廊下に踏み出すと、部屋の外に控えていたマルゴーが、影のようにロシェレディアの背後に付き従う。

「夫婦喧嘩は――」

「聞いた」

耳打ちを切り捨て、ロシェレディアはため息をついた。

ぬか喜びをさせたくなくて、イスハンに言わなかったことがある。

もし、その『神の心臓』があれば、イスハンの呪いが抑えられるかもしれない。イスハンが『神の心臓』の主となれば、心臓の魂も彼に巡る。弱い呪いなどイスハンの身体の中に存在することができない。今、イスハンの身体に残っている呪いのほとんどが消えてなくなるのではないかと、ロシェレディアは予想している。それも、手に入れられたらの話だが。

「マルゴー」

「はい」

「女官に、今宵の褥はよく整えてくれと伝えてくれ」

「あ……、はい。はい、そうします」

だからこそ慎重に見極めなければならないのだ。イスハンにとって、アイデースにとって、その『神の心臓』が毒か、薬か。守護か、呪いか。欲を張って判断を誤れば、取り返しがつかないほどアイデースは呪われる。

とにかく手がかりがなければどうにもならない。

その日の真夜中に、国に伝わる古い詩と、イスハンからの情報で最後かと考えていてふと、
ロシェレディアは思い当たったことがあった。

「この宮殿の書庫にあるものより古い書物はどうなっている？　ジョレス」

「……は。書物、でございますか？」

イスハンに、朝食の給仕をしていたジョレスは、奇妙そうな表情でロシェレディアを見た。

ロシェレディアは、一晩だけ乾かされた白身の魚に、とろみのある若葉色の野菜のソースを
かけたものを大きく一口口に入れて、こくん、と頷いた。呑み込み終わってから口を開く。

「書庫はあれで終わりではないはずだ。どこか別に書庫があるのではないか？」

ロシェレディアが知る限り、アイデースは有史以来、壊滅的に攻め込まれたことはない。書物を失うような戦禍を被ったこともないはずだった。

ジョレスはまず、困ったようにイスハンを見た。イスハンも言葉を考えているようだ。

ジョレスは、鼻髭と眉を同時に上げ下げしたあと、イスハンの様子を目の端で窺《うかが》いながら口を開いた。

「城の東側に大書庫の宮殿がございました」

「どこだ？　見たことがない」

活用されていないということか。宮殿の書庫だというのに？

怪訝《けげん》な顔をするロシェレディアに、ジョレスは戸惑うような表情を向けた。

「そう。エウェストルム城よりも大きな建物に、はち切れんほどの蔵書が溢れていたのです」

なぜ過去形なのか。ロシェレディアが問う前にジョレスが答えた。イスハンも決まりが悪そうな顔だ。

「そのアイデースが誇る大書庫は、先帝ご乱心のときに焼かれ、焼け残った部分も損傷が激しく、救い出した蔵書も、どの程度修復できるかわかりません」

「書庫を……焼いたというのか⁉」

国にとって書物はかけがえのない宝だとよく言われる。戦争で焼けたならまだしも、自分の手で焼いたというのか。

ジョレスは窓辺に向かった。カーテンを大きく開くから、ロシェレディアもナイフを置いて席を立った。

ジョレスは城の東側、ここから見ても黒々と焼け残った半壊の廃墟《はいきょ》を指さした。

「あちらをご覧ください。斜めに崩れている黒い建物です」

「まさか……アレか……」

黒く半焼したまま放置された建物。昔から何だろうと思っていたが、あれが書庫だというのか。

一際巨大な宮殿だった。屋根は焼け落ち、建物は屋根から右斜め下に崩れ、中から黒い雪崩のようなものが滝のように溢れている。

「建物が大きすぎて打ち壊せないままです。流れ落ちている黒いものは、焼けてどうにもならない本たちです。無事な部分は掬い出して、優先して別の建物に入れておりますが、残ったのは元の量の三割……いえ、二割程かと。それも本を開いてみるまでどうなっているか」

「信じがたい。前皇帝は書庫を焼いたのか⁉　何のために⁉」

書物というのは国の歴史だ。書き付けられている内容が歴史でなくとも、本そのものが歴史を示す。

イスハンは、苦い顔だ。

「わかるなら、苦労はせぬ」

わからないからこんなことになっているのだ。弟たちを虐げてまで安泰を得たはずなのに、自ら城を焼き、書庫を焼き、弟と家族を殺して皇帝の座を潰したも同然だ。その結果イスハンが玉座に座り、イル・ジャーナに行くはずだった自分がここにいる。

経緯はわかっても、「なぜ兄がこのようなことをしたか俺にはわからぬ」と、酔ったイスハンが零《こぼ》したことがある。

絶望で手が震えた。背中が動いて呼吸が大きくなる。望みが絶たれたかもしれない。焼け残った二割に『神の心臓』についての記述がある確率はどれくらいだろう——。

怒りに震えるロシェレディアにジョレスは重ねた。

「……古い方の書庫ならございますが」

それはそれで謎だと、ロシェレディアは呆然とジョレスを振り返った。

午後からその書庫を開けてみようということになった。

その日はよく晴れた日で、アイデースの淡い緑たちが葉を伸ばして控えめに光っていた。

ロシェレディアは長い石の回廊を伝い、城の奥まった建物に向かっていた。イスハンは謁見のあと、そのままこちらへ来るそうだ。

マルゴーとタチアナを連れ、迷路のように入り組んだ宮殿の合間を縫って歩く。回廊が切れたところで石畳に下りた。

ロシェレディアが遠くから人影を認めたとき、丁度、その錠前が開けられようとしているところだった。

建物の前には、番人らしい老人とイスハン、ジョレスとイゴールが立っている。遅れてくると言っていたのに、彼らのほうが早かったようだ。

古い建物だった。大きいには大きいが、宮殿と呼べるほどの大きさもない。造りも古く、そもそも二階建てですらない。イスハンは、塀を組んでいる石の角は丸く、いかにも昔風で、間を苔《こけ》が埋めている。隣まで行くと、入り口を絶妙な釣り合いで支え合う岩壁を見上げた。

「幼い頃、一度中を見たことがある。その頃にもだいぶん古い様子だった」

アイデースには、書庫が二つあったというのだ。新しい書庫は先の動乱で打ち壊されて火が放たれたが、この古いほうの書庫は忘れ去られていたかのように——実際そうなのだろうが——無傷だ。

『神の心臓』について詳しい記録があるとするならここしかない。そしてイスハンの呪いの内の、古すぎて手が付けられないものの手がかりがあるかもしれない。

ジョレスが、みすぼらしい、廃墟と言って差し支えないような建物を見上げながら説明をする。

「七代前の皇帝の御代に、こちらの書庫が満杯となり、新しく書庫が建てられました。六代前の皇帝は大変書物にご興味をお持ちで、大陸中から最新の本や物語を集められ、あの書庫の本の価値だけでも、大陸中の国を何年も養えるほどの値打ちでございましたが、無惨にもあのように」

「まあ、運命とはそういうものだ」

イスハンが腕を組んで嘆息する。その、世界に誇る贅《ぜい》と知に飽かせた書庫が焼け、この古びすぎて物置然とした、誰も顧みない書庫のほうが残ったというわけだ。

「だがイスハン——我が王よ。お前にとっては幸運だったかもしれないぞ？」

焼け残ったのがこちらでよかった。

新しい技術でつくられた、最近流行《はや》りの話や、贅沢な本ならまたいつか手に入るかもしれないが、もはや誰が記したかもわからない、誰にも書き写されていない、この国だけに積もった歴史など、焼けてしまえば二度と手に入らぬものだ。

「そうだといいのだが」

老人に案内されて中に入った。

中はひんやりとしていて古い石と埃《ほこり》、そして酸化した皮とインク、書庫独特のにおいがする。

老人が内側から木製の窓を外すと室内に陽が差し、光の筒の中がキラキラと輝いている。

ロシェレディアは腰に手を当て、ふう、と息をついた。

「見応えがありそうだ」

大帝国の書庫の面目躍如というところか。

菱形《ひしがた》になるように、板を斜めに組み合わせた棚が壁一面に作りつけられ、ぎっしりと巻物が詰められている。部屋の中央には何列もの棚があり、そこには紙や皮が目いっぱい積み上げられていた。

小さい書庫だと思ったが、中は書物自慢で有名なエウェストルムの書庫にも匹敵する広さと量だ。

イスハンが途方に暮れた顔で訊《き》いた。

「どのあたりにあるか、わかるのか?」

こういうときの顔は、幼い頃と同じだ。ロシェレディアはイスハンより先に踏み出した。

「わかるわけがない。全部中を見て確かめる」

「正気か?」

「当たり前だ」

書庫の佇《たたず》まいからして難敵の香りがひしひしとする。見るからに書物が古い。そして整理されていない。つまり人の手が入っていない。

どこまで遡れるか。古く権威のある書物として新しい書庫に移されていなければ、『神の心臓』の手がかりはここにあるはずだ。

早速奥に進みながら、ロシェレディアは左右の棚に積まれた書物を見回した。

「なるほどな……。これはいい」

豪華な革張りの本もなければ、金糸でかがられた本もない。箔《はく》がついた本もなければ、権威を示すようにやたら分厚い本もない。今の本の様式が確立したのはイスハンの祖父の時代だ。粗末な紙が無造作に重ねられ、巻かれた皮が、棚にぎっしり詰められている。かなり古いようだが、このくらい遡らなければ古い呪いには──そして目的の伝説には辿り着けないだろう。『神の心臓』の大きさ、神の名、そしてどんな呪いを持っているのか。最低でもそれがわからなければ迂闊に手は出せない。

イスハンの話によると、『神の心臓』が北の崖に封印されたあと、再び手に入れようとする動きはあったそうだ。『神の心臓』が今ここにないということは、つまり失敗に終わったということだが、その記録だけでも手に入れたい。何をしたのか、どこまで行けたのか。

主たる大書庫が焼けたと聞いたときには目眩《めまい》がして倒れそうになったが、本当に必要だったのはこちらだ。ここにはアイデースが帝国になる前からの文献が残っているという。大帝国の記録だ。誰にも紐解かれることなくただ積まれてゆくばかりで満杯を迎えたというこの書庫は、この国やイスハンにとって値千金の価値がある。

「どうだ、ロシェ」

「イスハンの祖先の筆まめを、ありがたがればいいのか、恨めばいいのかよくわからぬ」

正直天を仰ぎそうだ。

古い書庫とは大抵このようなものだが、イスハンから聞いたとおり、まともに整理されずにやたら詰め込まれている。この中から、『神の心臓』の伝説を探し出すのは、書を苦にしないロシェレディアにとってもかなり骨が折れそうだ。

どんなことが書いてあるのだろう。劣化して端が零れている皮紙をそっと指先で持ち上げてみた。

古い文字だ。だが皮がよく、インクもいいから文字は新しいもののようによく残っている。めくったところの行には『石を炙《あぶ》って焼いた魚が美味《おい》しかった』と書いてあった。

なんとなく見覚えがある気がして、ロシェレディアは皮をそっと戻した。

「筆まめは、血筋であったのだな」

「え?」

代々アイデースの皇帝は、他愛ないことを書き付けるのが得意らしい。

「いいや。時間がかかりそうだと思って」

さすらい人だった頃のイスハンの手紙は、どんな手練れの詩人の歌よりクセになるような妙な趣があった。中身を暗記してしまってもなぜか本物を読みたくなるので、初めてエウェストルムに帰郷したとき真っ先に持ってきてしまって、今も大切に衣装入れの奥にしまっている。

† † †

アイデースのせいで大陸北の会議が頻繁に開かれすぎると文句を言《う》うのなら、そちらが難癖を付《ち》けるのをやめればいいのにと常々イスハンは思っている。

とはいえ、思っても口に出してはいけないと、ジョレスに口酸っぱく言われているし、そんなことをしてもより面倒ごとが増え、会議が増えるだけなのがわかっているから堪《こら》えているが、そろそろ我慢も底をつく。

会議が多すぎる。否、会議という名のアイデースへの糾弾だ。

会議から帰ってイスハンは、執務室の椅子に身体《からだ》を預けていた。

馬上で随分風に冷やされた。呪いが絡んだ肌がひりつく。身体が重いのは疲労だろうか、徒労感だろうか、やるせなさだろうか。腹は減っているが立ち上がる気力がない。口を利くのもおっくうだった。

ロシェレディアを娶《めと》ってから早六年の月日が経《た》った。この婚姻は、イル・ジャーナが引き下がったからにはそこで話は終わったはずなのに、大陸からの苦情が未だ止《や》まない。卑怯《ひきょう》、秩序の破壊者、暴虐、横槍《よこやり》。おおむねその罵声には甘んじるが、エウェストルムの王女の輿入《こしい》れの順番に関わらない第三国に、いつまでもそれに対しての対応を要求されても応える謂《いわ》れはない。

大陸の同盟は、表向きにも四海兄弟を誓った仲のはずだった。それが、一度悪者に身を堕《お》とすと、一生許されることはないらしい。

弱った罪人は永劫《えいごう》に元の地位を取り戻すことなく、罪という傷口から食い破られ、死ぬまで食い物にされるということだ。

理不尽に補助を要求されても、意味なく戦を仕掛けられても、「本を正せばアイデースが悪い」と済んだことをあげつらわれて、当然だと主張してくる。どれほど理不尽な仕打ちをしても、アイデースが犯した罪と利益に比べれば、造作もないことなのだから堪えよと、平然と言い渡す。

目の前に置かれた書面を眺め、イスハンはため息をついた。

「これが、大陸の総意か」

読むにも馬鹿馬鹿しい、身勝手な言い分が堂々と書き付けられている。未だロシェレディアとの婚礼を不服と訴えてくるのだ。それも無関係な第三国が、いくつも名を連ねて。

机を挟んで離れた場所に立っているジョレスが、鼻白んだ顔で答える。

「いくら大国とはいえ、横暴は許さないということでしょうね」

「初めは横暴であったかもしれんが、金は払った。二割も上乗せしてな」

ロシェレディアを略奪した。だがイル・ジャーナにも咎《とが》があった。赤子の王子の名を上げながら、年老いた現王と事実婚をさせようとしていたのだ。エウェストルムから得た魔法使いを妾姫《しょうき》にしてはならないと盟約で決まっている。現王妃を廃しての再婚は、大陸の多くの教会が認めていない。

そしてそれはすでに解決したはずだ。

帝国の足場を揺るがすほどの『相場』にさらに大きく上乗せをして賠償金を支払った。戴冠式と婚礼、大魔法使いの任命式。それに国が冬を越えるための最低限の輸入、兄が壊した城の修復と重なり、あの瞬間は本当に、帝国史上最も金を使った皇帝となったはずだ。婚礼の前夜、財務大臣が血の気の引いた土気色の顔で『計算と予定にひとつでも、そしてわずかにでも、間違いがあったら我が国は終わりです』と言った声は生涯忘れない。

「魔法使いを金で買ったと、どこへ行っても評判です」

「そうだ。悪いか？　金なら支払っ、た、の、だ、ぞ？」

金を支払い、次に王妃を娶る順番を一度抜かすことを承諾した。

「それでかたはついたはずだ。イル・ジャーナは金を受け取ったのだから」

「大陸の均衡が壊れると言っているのはガルイエトです」

「お前の国の婚礼とは無縁なのだから、口を出すなと手紙を書いておけ」

「イル・ジャーナがあまりにも哀れであると」

「盗人猛々《たけだけ》しいとはこのことだ」

ちゃっかり賠償金は受け取ったくせに、ガルイエトに哀れみを乞うているのだ。それを口実にガルイエトがアイデースに難癖を付け、他の帝国が結託して貿易の金利を上げ、不利な立場に追いやり、決定権から外そうとする。ことあるごとに金を出せと言ってくる。わかりやすい帝国潰しだ。

「……ロシェレディア様とのご結婚は失敗でした」

ジョレスが青い顔で唇を噛《か》みしめる。さすがに堪えきれずにイスハンは額を抱えた。

「勘弁してくれ、ジョレス。お前から説得を始めなければならないと思うとさすがに吐きそうだ。いいと言ってくれたはずだ。少なくともお前だけは」

誰もが不安を口にする中、ジョレスだけは自分が望むのならそれでいいと言ってくれた。それだけのことを――崩壊の最中《さなか》にあるアイデースを抱える代償に、それくらいの喜びはあっていいと、励ますようにはっきりと手を握って言ってくれたはずだった。

「ええ。しかし考えを改めました。今は私の不明を恥じるばかりです。目先の利益に囚《とら》われて、我が国は大陸の不興を買ってしまった。初めはあなたが喜ぶなら、皇帝となったあなたの伴侶としてロシェレディア様ほどふさわしい宝石はないと思っておりました。真《しん》に、あなたがただの第五皇子で、妃殿下がよその国の、ただの王女であれば何に代えてもイスハン様のご希望を、この身を賭しても叶《かな》えたはずです」

「感謝している」

「だが、あなたはもう皇帝だ」

ジョレスは足を引きずるようにして机の前まで歩み寄ってきた。

「ご覧ください、この春の、我が国を。先々代の王の――あなたの御父君の頃のアイデースを見ているようだ。名君と名高い先々代の皇帝の御代。人々が笑い、冬になっても小さな灯《あか》りが消えない。夏は働き、山を越えて多くの商人がやってくる。果てが見えないくらい、大きな大きな市場が立つ。私は昔から、いつかこのような日が来ると思っておりました。オレーグ様ではなく、あなたが皇帝にお立ちになれば必ず、と」

「ジョレス……?」

「あなたはやはり、皇帝に生まれついたかただ。あなたが生まれる明け方、私は青く燃える星を見たのです。予言者より早く。今もその眩《まぶ》しさがはっきりと目に焼きついている。すると大臣であった我が父が、あなたがお生まれになったと朝日と共に知らせに来た」

「……もう戯れ言はやめよ、ジョレス。お前も疲れておるのだ」

ジョレスに、誓約書を差し返した。

「とにかく、この条件は受け入れられない。必要なら今一度議会の招集を」

「お体に障ります。オレーグ様など、一度もご自分で議会に参加なさったことはない。呪いを抱えた身で、ご無理をなさるなどもうおやめください」

「戦はしたくない。話し合いと金で解決できるならそうするつもりだ」

戦は最後の手段だ。向こうが理不尽を突きつけてきても、言い返せるだけのことはしてきたはずだ。なのにその足元を見ているつもりか、大陸側はなぜか好戦的だった。だんだん要求も酷《ひど》くなってくる。今回も繰り返し終わった話だ。突き返せば戦をする気かとまた詰めてくるだろう。むしろ彼らはアイデースと戦をしたそうだ。昔の、遠征の浪費で弱った古びた大国ではなく、大魔法使いを得た今のアイデースとだ。

剣の秘密が漏れている可能性がある。だがそれゆえにいくらでも、何度でも話す。『もうこの話は終わったのだ』とはっきりと繰り返してやる。

ジョレスは、議会に出席していた他国の首長のように、歪《ゆが》んだ顔でイスハンと書類を見比べた。不可解そうだった。

「往古来今、あなた様の惨苦の苦労も、これにご署名をして送り返せば済むのですよ？　すべてが。この無理難題も、賠償金も、謂れのない誹《そし》りも」

「ロシェレディアを無条件でイル・ジャーナ、イル・ジャーナが拒否した場合は次の権利を持っているタハール・マジマへ。それも嫌なら賠償金をさらに積んだ上に、ロシェレディアの魔法円を焼きごてで消して、エウェストルムに返却せよと？　ロシェは鳥か犬か何かか」

「もしくは、亡骸《なきがら》を大陸に引き渡せと」

「馬鹿馬鹿しい」

ジョレスは机に両手をついて身を乗り出した。

「それだけで済むのですよ？　たったそれだけで」

「落ち着け、ジョレス。自分が何を言っているか、わかっているか?」

「ええ、もちろんです。元々妃殿下は、あなたが手に入れるべき方ではありませんでした。それさえなければあなたは皇帝として完璧なのです。王妃さえ、強奪してきた姫君でなければ」

「ロシェレディア抜きでは、今のアイデースは存在しない。そして俺もだ、ジョレス」

ロシェレディアがいなければ、どこかで折れていた。兄を死なせた罪悪感でおかしくなっていたかも、呪いを受けきれず二度と起き上がれなかったかも、手に入るなどと想像したこともない玉座の重さ、がんじがらめの苦しさに、心が潰れていたかもしれない。

ロシェレディアやマルゴーは、自分に命を救われたと言うけれど、救われたのは自分だ。ロシェレディアが共に生きてくれるだけで、無理にでも嚙み砕けたものが無数にある。

「しかし、このままでは」

「ジョレス」

言いつのるジョレスを止めた。

「怒るぞ?」

ジョレスのつらさはわかる。方々からの軋轢《あつれき》に耐えかねて一番楽な方法を採りたいと考えるのも、ロシェレディアを捨てればいいともたやすくイスハンの未来が明るくなると言いたいのもわかっているが、普段の彼ならそんな愚蒙《ぐもう》を一顧だにしないだろう。疲れすぎているのだ。だが許すのにも限度がある。

視線で下がれと命じた。

「二度と口にいたすな。余に処刑ができぬと思っているなら大間違いだ」

ジョレスは家族も同然だ。けっしてそのようなことにはさせないが、だからこそ、これ以上彼に対して怒りを抱きたくなかった。


皇帝がいない謁見の間には人の気配もなく、乾いた風の音がするばかりだ。広く、薄暗く、物音がすればいつまでも響いている。

宙に差し出したつま先から靴を落とすと、ぽとん、という音が波紋のようにどこまでも広がってゆく。

分厚いイスハンのローブにくるまれ、玉座でまどろみながらイスハンの帰りを待つ。彼の香り、ぬくもり。イスハンの膝と、玉座の抱かれ心地はよく似ているとロシェレディアは思っている。

大陸の会議から帰ってきたイスハンはもう丸一日忙しく、城内のあちこちで会議を行っている。戦術のときは呼ばれるが、政治的な会議になるとロシェレディアは蚊帳の外だ。皇妃となって早六年というのに、台所には入れてくれないらしい。

ローブの中に足先を戻し、玉座の上で、もそりと寝返りを打った。

イスハンが出かけてからというもの、もう五日以上も逢《あ》っていない。今日も、朝には帰城しているはずなのに、会議が続いてまだ部屋に戻ってこない。

孤独と虚《むな》しさで胸に石綿を詰められたようだった。何を食べても味気ない。書庫の探索は空振りばかりで、イスハンは会議ばかりだ。

今のままでは『神の心臓』は得られる気がしない。博打《ばくち》で近づける相手ではないし、目の前にあったとしても、どんな呪いを孕《はら》んでいるかわからない。

このままやって行けるのではないか——……。

ぽつりと、昏《くら》い考えが心に染みを打つ。

『神の心臓』を得るためにイスハンを命の危機に晒《さら》したり、手ひどい呪いを受けるより、もう『神の心臓』は忘れたほうがいい。今までこれでやって来たのだ。イスハンの呪いが減るならと、あのときは藁《わら》にも縋《すが》りつきたい気持ちだったが、今は危険を受ける可能性ばかりが胸に渦巻く。だが諦められるかと言われればそうでもない。少しでも呪いが解けるなら、そうしてやりたい。……少しでも長く、イスハンと共にいたいのだ。

たった五日の外出に耐えられないほど、イスハンを心の糧にしている自分がいる。イスハンをちぎり取られた傷口から血が流れ続けているようだ。

いつかイスハンを失い、一人になる。

ロシェレディアは叫びだしそうな唇をぎゅっと噤《つぐ》んで、ローブの中で身体を丸めた。

繭のようなローブの中で、イスハンとの間に流れる時間の差を埋められればいいのに――。そんな物思いがずっと頭の中にある。あるいはイスハンがいなくなってしまったら、ずっとこうして眠っていようか。

延々と糸車のような思案を繰っていると扉が開く気配がした。歩いてくる、せっかちそうな足音だけで、それが誰かわかる。

「ロシェレディア様。またそのようなところに。玉座に上がってはなりませぬとあれほど――」

「よい。余が許しておる。それに我が妃は大魔法使いだ」

ジョレスの声を制する低い声が、王の間に響く。

大魔法使いはどこの国でもけっして王にはなれないと決まっている。村人が何かの間違いで皇帝になることはあっても、大魔法使いが王にはなり得ない。玉座に座っていても、あくまで戯れでしかない。慣習的に許されたことだ。

ゆったりとした靴音。緋色《ひいろ》の段を上り、ローブを開くのは皇帝だけに許された仕業だ。

真上から覗《のぞ》く、金の瞳。

「待たせたな、ロシェレディア」

イスハンはローブを花びらのように開くと、腕を差し込んで、深く抱きしめてきた。生まれたての花のように、彼の首筋に、差し出した腕を絡める。

「……遅かった。食事でもしてきたのか」

「まさか。そなたを先に食べに来た。来い。行き先は食堂がいいか、褥《しとね》がいいか」

「褥。終わったあとに熱いニギータが食べたい」

ニギータは、動物の乳に燻製《くんせい》にした肉と、根菜を入れて煮込んだものだ。いぶした肉のにおいが香ばしかった。香辛料が利いていて身体が温まる。ロシェレディアがアイデースに来て一番初めに気に入った食べものだ。これがあったらパンはいらないと言ったらオリガに子どものようだと笑われた。

手を引かれて玉座を下り、居室までの廊下をイスハンと寄り添って歩いた。後ろにはジョレスがついている。ジョレスは扉の前で立ち止まった。

「――夜分でも構いませんので、お出ましをお願いいたします。陛下」

ジョレスは難しい顔だ。扉が閉まる音を聞いてからイスハンを見上げた。

「調停がうまく行かないのか、イスハン」

「まあ、何十年と揉《も》めてきたのだ。簡単に片付くはずはない」

「私のせいで」

隣国であり、一番近い帝国ガルイエトとは、以前から犬猿の仲だ。一部国境が隣接しており小さな衝突が頻発している。

折衝は常に行われているが、最近アイデース側が譲歩することが増えたとジョレスが言っていた。条約の関係で、アイデースが譲らざるを得ないのだそうだ。ガルイエト側が無茶な要求を出してくることが増えたとも言う。

　イスハンが自分を娶ったせいだ。どの国も隙あらば盟約違反をあげつらい、アイデースに並々ならぬ譲歩を迫ってくるという。

「確かにまったくなくはない。ただ、元々の争いからすれば香辛料程度のものだ」

　二国間の因縁は根深いらしく、百年以上も前から国境を取り合って泥沼らしい。アイデースがロシェレディアを強奪したことで険悪になったのはイル・ジャーナとだけではない。アイデースが大魔法使いを得ることで、力の天秤《てんびん》が傾くことになったガルイエトが、もっぱら立腹という話だ。自分の輿入れが、二国の拮抗《きっこう》を大きく刺激してしまったとジョレスが嘆いていた。だがその『白原』に大きな問題が生じていることをガルイエトは知らないだろう。そしてそれをガルイエトに知られることは、アイデースにとって致命傷になるかもしれない。

　ロシェレディアは窓辺に向かった。イスハンは、褥の横の棚に向かい、小さな瓶を拾ってからこちらにやってくる。

「それで？　食事の前に余が食べたいという妃《きさき》の願いを叶えに来たのだが？」

「うん。おなかがすいた」

　挑むように見上げると、イスハンの腕がロシェレディアを抱き包んだ。ローブの残り香ではなく、毛皮のぬくもりではなく、彼の肌のにおいと鮮やかな体温がロシェレディアを包む。

　ああ、やはり駄目だ。

目を閉じながら、ロシェレディアは軽く絶望した。

背伸びをしなければ回せない腕、胸の厚さには目が眩《くら》むほどだ。せいぜい今の自分は、初めて出会った頃のイスハンと同じくらいの体格だ。どうしてだろうかと呟《つぶや》くと、イスハンは『余は剣の稽古をするからだ』と言って笑っていたが、もう決定的だった。身体の中の時間の流れが違うのだ。年齢以上に自分が大人の身体になるのが遅い。

「イスハン……？」

イスハンは、ロシェレディアを抱き包んだままそっと壁を向かせて押し込んだ。イスハンの唇が、背後から首筋に触れる。

「そうしていよ。まずは腹を満たしたいだろう？」

背中のボタンを外されて、壁に手をつけと促される。肩から衣装が外れて落ちて、腕に引っかかる。イスハンが瓶から油を手に垂らすと、独特の甘い香りがした。

イスハンは丁度尻まで開いた衣装に手を差し込んで、ロシェレディアのやわらかい谷間に油を塗りつけた。

「腹を空《す》かせているだろうと思ったが、まだここは甘いようだ」

「イスハン」

イスハンの愛撫《あいぶ》は長い。前戯だけでくたびれてしまうと訴えたら、お前がかわいらしいのが悪いと笑っていた。

「わかっておる。さみしいのはそなただけではない。なぜ余たちの身体は二つに分かれておるのか、理不尽なほどだ。ロシェレディア」

耳に熱い囁《ささや》きが注がれるのに、ぞくぞくと背筋を震わせていると、下腹部を押さえるように撫《な》でられた。

「だがひとつになったら、合わさる悦《よろこ》びがなくなるな――」

「あ」

イスハンの指が身体の中を探る。

「ん……んん……」

乾いた入り口も、油で撫でられると目覚めたように濡《ぬ》れて息をするようになる。内側の粘膜を撫でられるだけで腰がビクビクと震える。指を咥《くわ》えさせられるだけで、イスハンの感触を思い出した。早くいつものように、自分を押し開き、奥まで広げて満たしてほしい。

下腹を抱えられる。イスハンの肉の槍が、綻びを探すようにロシェレディアの尾ていを辿《たど》り、その終わりにあるやわらかい肉と粘膜の境目をなぞった。イスハンの剛直は、ロシェレディアの入り口を見逃さない。大きな肉の珠《たま》が油で濡れたきつい輪をこじ開け、ゆっくりとロシェレディアの中に侵入《はい》ってくる。

「あ――……！」

「キツイか？　油を足そうか？」

「い……早……く。う。——あ！」

「いいのか？　まだ半分しか入っておらぬが？」

襟足に、むき出しになった肩に、口づけながらイスハンが言う。彼の手がロシェレディアの小さな尻を揉み、左右に広げる。薄く張り詰めた綻びに、彼の肉槍が静かに、そして一息に沈み込んだ。

「あ。アア——……！　あ！」

自分の体重を使って奥までみっしり埋められると、目尻に涙が浮かんだ。存分に開かれた身体がイスハンの魂《ラウフ》を喜ぶのがわかる。ぞくりと快感が首をもたげた瞬間、ふっと背中に熱が走った。

「あ……。あ！」

熱は円を辿り、古い神の言葉をなぞってロシェレディアを震えさせた。何度繫《つな》がっても、背中の魔法円が熱くなる。鍵のようにイスハンの魂を差し込まれて世界が開く。

イスハンが言うには微《かす》かに光るのだという。鏡で映して見せてやろうと言っていたが、身体を合わせてしまうとそんな余裕はない。

「ん……！　あ、は……ッ！　く——……！」

イスハンが、ロシェレディアの身体を搔《か》き抱いた。

焦って壁に縋るが、彼の身体に押しつけられ、繫がりは深くなるばかりだ。

「や。あ。あう。あ！」

苦しさに、爪が壁を掻く。突き上げられるたび、踵《かかと》が浮き、たった数回揺らされるだけでつま先が宙に浮いてしまった。

あまりの衝撃に、開いたままの唇からは涎《よだれ》が落ちた。脚は震えているのに、身体の中は早くも慣れきった快楽を思い出しはじめている。

「んんう……ッ！」

滑るように、どすんとイスハンの杭《くい》が深く身体を突いて、ロシェレディアは目を瞠《みは》った。視界がプチプチ白く弾《はじ》ける。衝撃で半分勃《だ》ちの性器から、ぽとぽとと絨毯《じゅうたん》に雫《しずく》が落ちた。

「あ……う」

その先にあったのは痺《しび》れるような快楽だった。イスハンが深い場所で擦《す》るところから、震えるような快感が湧き上がってくる。それはやがて緩やかな波となって、ロシェレディアを揺らし始めた。

「イス……ハン……。い、い……」

下腹が開かれた形を覚えている。もう二度と忘れないのだろうと確信している。鍵のように、何年経っても、イスハンがいなくなっても。

左手首を摑《つか》んでいるイスハンの手に力がこもる。手の甲から指を絡めて握り込まれた手の熱が上がってくる。

「あああ、ん。……い……あ」

衣装を纏《まと》ったまま、背後から攻められると不安と淫らさで背筋が震えた。イスハンのローブの中で淫らに交わった。

背中に、襟足にイスハンの唇が押しつけられると、逃げるようにつま先ばかりが宙を掻く。ズキズキと脈打つロシェレディアの性器の先から、床に重たい雫が滴る音がする。

なぜか、昔のことを思い出した。

イスハンは若い頃から背が高かった。年上の皇子と王女、その立場にふさわしい体格差だった。

「深……あ、ッ――……！」

なのにいつの間に、これほど時が離れてしまったのだろう。

身体の中を、一度イスハンの精液に焼かれたあと、褥に移された。乳首が充血すると、すり切れそうに愛された小さな粒が、つきつきと切なく疼《うず》いて快楽を訴える。

望みは叶っているはずだ。満たされているはずだ。大切にされ、甘やかされて何でも願いは叶っているはずだ。身体は快楽を訴えているのに、どうしても不安が去らない。

イスハンの腰に乗って、彼を食べ尽くそうとしても歯がゆいくらいに思うとおりにならない。

「ん……ん、あ……」

イスハンの強い腰と、首筋。身体はおかしくなるくらいに熱く、神経が焼け切れそうなくらい快楽も得ている。

「あ……あ。ふ」

手をつく硬い胸の広さも、身体を奥底まで貫く彼の性器も、触れているのに現実感がない。彼の左腕や、胸元に広がる、茨《いばら》の痣《あざ》を撫でた。イスハンの命に絡んでいるようで憎らしい。

「どうした。いいか？」

イスハンが寝台に肘をつき、身体を起こした。腰を抱いて浮かせ、入り口の輪に細かい動きで彼の屹立《きつりつ》を擦りつけながら囁く。

「『星の間《ま》』をつくろうと思う」

「な……に？　……あ、んう」

涎に濡れたロシェレディアの口元を、親指で拭いながらイスハンは囁いた。

「夏の間しか使えないが、ロシェの慰みにもなるだろう？」

そのまま頬を撫で、大きな口でたっぷりと奥まで口を吸う。

「覚えているか？　エウェストルムのあの塔で、お前と夢を語り合った」

唇を濡らし、うっとりとした声音でイスハンが言った。

その声に、驚くほど鮮やかに、ロシェレディアの胸の中に現実感が去来した。自然と目が潤む。答えは呻《うめ》きとなった。

「忘れる……わけがない」

青い星を指さしながら、叶わぬことばかりを話した。イスハンと旅に出て、彼が食べた珍しい果物を食べる。イスハンが焼いた魚を食べる。イル・ジャーナに嫁いだ自分と、南の島に逃げたあとも、月が巡るたび二人でこうして逢って、離れていた間に起こったおもしろい話をする。絶対に叶わない未来を、そうと知りつつ話し合った。重すぎる定めを耐えるための重要な嘘《うそ》で、相手がイスハンだったから耐えられた。

大切な時間だった。二人で紡いだ譫言《うわごと》をイスハンが全部本当に——本当以上にした。だから余計怖いのだ。あの頃は手に入るはずのないものの夢を見て、目覚めの時間が来たら見送ればいいだけだった。夢を見たと、諦めて寂しがればいいだけだった。なのに時間という、今度こそ逆らいようのない運命に見舞われたとき、自分が耐えられる気がしない。

——行かなければならない。

七年前、魂を引き裂くようにして手を離したあのときでさえ堪えられていた、塔の中で自分の喉を握り、噛み殺した言葉が不意に口を突いた。

「——置いていかないで」

イスハンの胸に涙が落ちた。

あの場所から、あの時間から。

自分と寿命を分け合えるならそれがいい。

自分から二度と、イスハンを奪わないでほしかった。


あれからずっと、イスハンを失ったら、というぼんやりした不安が頭を離れない。差し迫ってはいないが、点にも満たない泥跳ねのように、思考のどこかにこびりついて消えてしまうことがない。だが深く思い悩む暇がないのがアイデースという国だ。

エウェストルムにいた頃、魔法国が、戦争もできない『畑』と揶揄《やゆ》され、他国の都合と利権に蹂躙《じゅうりん》される立場であることを、ロシェレディアは悲しく思っていた。まわりの国から無造作に乱暴な手を伸ばされ、魔法という羽を無遠慮に毟《むし》られてゆく。悲鳴を上げながら生きるために身を丸めて痛みに耐える我が国を、生贄《いけにえ》の国だと考えていたが、今となっては武強国とどちらがいいかと言われれば、ロシェレディアは言葉に窮する。

武強国は、武力で自らの命を護《まも》らなければならない。国が、民が生きるため、生きる領土を護るために。

ある日、イスハンと書庫に籠もっていたら、ジョレスが駆け込んできた。西の丘が襲われていると言う。林しかない田舎だ。城からはかなり遠い。それでも領土は領土だった。

本隊は先に出た。それを追ってイスハンも出撃することになった。ロシェレディアも供をし、馬を換えながら長く走った。西の丘に近づくと、激しく馬が行き交いはじめた。戦場が近い。

皇帝の旗を見つけて、先に出ていたイゴールがこちらに馬を返してきた。

「布告文では、『我が正当な利権としてデカルの丘を治める』と」

「寝言は寝て言えと返せ」

面倒くさそうに、馬上でイスハンが吐き捨てた。

近年、戦闘の理由はほとんどこれだ。大陸の盟約を犯したアイデースの土地を、少しなら奪っていいだろう、イル・ジャーナが大金を得たのだから、自分たちだってこれくらい奪ってしかるべきである。尻馬に乗るだけの言いがかりで、相手にはまったくこの権利はないのだが、放置すると国境からじわじわ蝕《むしば》まれて野火になる。小国の常套手段だ。虫のように縁から囓《かじ》る。手がつけられなくなる前に、見つけたほど叩《たた》き潰していかなければならない。

「それで、陣はどうなっている」

「揃《そろ》いました。陛下のお出ましを待たず、昨日からすでに戦闘状態です」

「よし」

何しろ西の端だ。あちこちからバラバラ騎馬隊が集まってきて臨時の隊を組まざるを得ない。

そんな辺鄙《へんぴ》な場所にイスハンが出てきたのには理由がある。どれほど小さな占領でも許さないという意思表明と、もしアイデースの領地を少しでも犯す者には、炎帝イスハンが立ち向かうと見せつけるためだ。

「行こう」

ロシェレディアに目配せをし、イゴールを連れてイスハンは馬を走らせた。馬の速度がどんどん上がる。ロシェレディアの馬はそれに難なく添って走った。イスハンに気づいた兵たちが、河の流れのように列に合流してくる。

イスハンの前方を駆ける馬が喇叭《らっぱ》を鳴らす。混戦状態の兵の間から歓声が上がった。

続いて甲高い笛が鳴り響く。

ピ――――イイ、ピ――――！

イスハンの攻撃を避けよという合図だ。

イスハンは、腰から宝剣を抜いた。精霊の加護を乞う言葉が、みっしりと彫り込まれた剣だ。

今日は、イスハンの合図が耳で聞こえるほど側《そば》をロシェレディアは走っていた。イスハンに魔力を呼ばれた背中が熱い。身体の奥から湧き出た魂《ラウフ》が魔法円を駆け抜けて、イスハンに供給されている。

イスハンの宝剣が、ごう、と音を上げて紅蓮《ぐれん》の火を噴いた。それをすぐに放たずに、限界まで剣先に溜《た》めて、溶岩の珠のようにして振り下ろす。

ドオン！　と地響きがし、馬何頭分もの幅がある火の玉が地面に打ち付けられた。火の玉は溶岩のように、火の粉をまき散らして疾走する。地面を焼き尽くしながら敵兵が逃げ惑う中心に向かって滑り、狙ったところで爆音を上げて破裂した。イスハンの攻撃を見たことがなかった兵は、驚きの顔のまま大きく弾け飛んだ。悲鳴を上げる者、地面で溺れたように藻掻《もが》く者、這《は》いずって逃げようとする者もいる。

兜《かぶと》や剣を地面に捨てて逃げ惑う者、馬から飛び降りる者。炎が弾けた辺りは阿鼻叫喚《あびきようかん》だ。倒れた馬がバタついている。混乱して味方に斬りつけている者もいた。

イスハンはこれを見せに来たのだ。二度と軽率な戦を仕掛けてこないように、アイデースから些細《ささい》な何かを奪うつもりなら、この炎と戦うことを覚悟して襲ってこいと言い渡すつもりで。

敵は恐慌状態だ。そこにイスハンの攻撃を避けていたアイデースの騎馬隊が戻ってくる。

「正面、開きました！　あとはおまかせください、イスハン様」

「わかった。ロシェレディア」

呼びかけられてロシェレディアも馬上で頷《うなず》いた。イスハンと共に後方に下がらなければならない。

馬に足踏みをさせながら、前方を見やる。イスハンの金色の瞳に、炎が映って揺らめいていた。

「……『神の心臓』が欲しいな」

「そうだな。何か確かなことがわかったら」

悔しそうにイスハンが呟くのを、ロシェレディアは胸を痛めて聞くしかない。はっきりしたことがわからない限り、こうするのが一番いいのだ。上手く凌《しの》げている。もし『神の心臓』に辿り着けても呪いがある。軽率に手を出すべきではない。

「どうしても駄目か？」

「慎重に頼む。我が王よ」

小さな戦だ。もうあと二撃もあればこの戦を制圧できる。だがイスハンの剣がもう、魔法の負荷に耐えられない。剣の品質は折るたびどんどん下がってゆく。初めの頃使っていた剣のように、二度までは確実に耐えられるというものではなくなっていた。戦に出るたび粗末になってゆく剣は、ゆくゆくたった一度も全力の攻撃を放てなくなるのではないか。

悔しく心残りも甚だしいが、今回はここで終わりだ。先陣さえ押し破れば軍隊だけで勝てる戦だ。兵たちには苦労をかけるが任せるしかない。敵軍は、二撃目を食らいたくなければ逃げるしかないと思い知ったはずだ。

アデリナとマルゴーの馬が、自分たちの背後に回る。イスハンの馬に添ってロシェレディアが後退を始めたときだ。

わあっと、先頭に再び大きな叫び声が上がった。歩兵の奥から騎馬隊が現れたのだ。

敵の騎馬隊は歩兵の左側を大きく迂回《うかい》して、炎が焼いた道を逆走するように、まっすぐこちらに突進してくる。

「左翼引け！」

勢いに押されてアイデースの騎馬隊が乱れる。そこを押しのけるようにして、無傷の騎馬隊が、まるでこのときを待っていたかのように——イスハンに二撃目がないことを知っているかのように突撃してくる。

「アデリナ！」

イゴールが叫んで前方に馬で駆け出した。アデリナはそれに頷き、イスハンを振り返る。

「引きましょう、イスハン様！　ロシェレディア様！　なんだか様子がおかしい」

彼らはイスハンの攻撃に怯《おび》えないのだ。先ほどの火の玉を正面からぶつけられたらどうなるか、想像もしていないようにまっすぐ突っ込んでくる。

新しい騎馬隊の出現に歩兵が慌てていた。おろおろと騎馬の間をうろついて、敵騎馬の槍に叩《たた》かれている。

「放っておけるか！」

アデリナの馬を押しのけるようにして、馬を返したイスハンをロシェレディアは追った。予想外の反撃だ。寄せ集めの隊で、統率も取れずにうろたえている。立て直すまで、わずかな時間だけでも稼いでやらなければならない。

揉み合いに飛び込んだイスハンが、味方の兵の頭上に剣を翳して敵から庇《かば》う。兵の身体を刺した槍をたたき切り、間に入る。

斬り合い、火花を散らして剣を跳ね上げる。炎がなくともイスハンの剣技は一級だ。だが数が多すぎる。

マルゴーが斬り合いに飛び込んだが、イスハンを庇うに到らない。ロシェレディアは斬りかかってくる兵の腕を凍らせながら、馬にしがみつくのに必死だ。

「イスハン様、離れて!」

アデリナの悲鳴が聞こえる。馬の後ろを囲まれる。退路がなくなる。

「くっ――……!」

敵兵の槍を弾くイスハンの剣の腹が、赤くぬめった。

「――イスハン!　魔法を使うな!」

無意識になると炎を抑えられない。敵兵と斬り合った剣の腹に紅蓮が揺らめき、ぶわっと炎が膨らんだ。間に合わない。

「イスハンッ!」

ロシェレディアは叫んで馬を飛び降りた。

魂の抜け道に飛び込み、イスハンの馬の前へ飛び出しながら両手を広げる。

身体の奥の魂から、地面の土から、空気から、氷の粒を掻き集めた。

イスハンの剣が魔力で弾けた。そして敵兵の剣は、ロシェレディアが立てた氷の壁を途中まで斬り下ろす。

バンッ！　と破裂音がして氷の壁が白く吹き飛んだ。前足を上げた馬の横から、アデリナが騎馬兵の脇腹を貫く。

「ロシェレディア！」

崩れるロシェレディアを、イスハンの腕が馬上に掬いあげた。

すぐにアデリナが割り込んでくる。

「お下がりください、陛下！」

アデリナが庇う前方に、さらに味方の兵が流れ込んできて壁をつくる。イスハンへの襲撃は失敗だ。

「ロシェ……ロシェレディア……！」

馬の上に横抱きにされて呼ばれるが、驚いただけでたいしたことはない。

「大丈夫……だ」

イスハンの胸を摑もうと上げた手に血が伝っている。顔や腕が、風に吹かれてヒリヒリと痛み出した。砕けた剣か、弾けた氷で怪我《けが》をしたようだ。イスハンの眉の上にも血が流れている。

「イスハン様！」

後方で待機していたジョレスが、飛び出してきていた。

「ロシェレディアを降ろしたい」

「こちらへ」

戦自体は押している。後陣に入れば、傷を見る余裕くらいある。

ジョレスに支えられながら、馬を降ろされたとき、ぱたぱたと地面に血が落ちた。腕の辺りと、右頬だ。

馬から下りたイスハンは、ジョレスから布を受け取り、ロシェレディアの頬に当ててきた。イスハンの手が震えている。

「すまない。やはり『神の心臓』を取りにいこう。このままでは……」

「早計だ。偶然かもしれない。指揮が……乱れただけかも」

口ではそう言ってみたが、ロシェレディアも感じるところがある。敵はイスハンの攻撃に二回目がないことを知っていた。むしろこんなところにまでイスハンをおびき出し、囮《おとり》の兵にイスハンの攻撃を放たせて、それを見届けた本隊がイスハンの命を狙いに来たと思うほうが自然だ。

「――ジョレス……」

イスハンの背後を警戒しながら立っているジョレスを呼んだ。

「軍備の増強は、あとどれくらい、できる……?」

イスハンの炎は無駄にはならない。一撃しか放てなくても自分たちがそう承知すればいいだけだ。それ以降は兵がまかなえば十分だ。アイデース軍は、強いのだから。

「ロシェレディア」

「『神の心臓』は……、慎重に求めなければならない。急がないで、我が王よ」

イスハンが優しいのを知っていた。イスハンは、アイデースが好きで皇帝になった。国民を護り、ロシェレディアを護る道を選んだ。そのためには簡単に自分の身を差し出す男だ。

イスハンはロシェレディアの手のひらに頬を擦りつけるようにして首を振った。整った形の唇を結び、金色の瞳を潤ませている。

「もう限界だ。取りに行って駄目なら引き返す。わからないことは、どうせ誰かが突き止めに行くしかないのだから」

「それはお前でなくてもいいはずだ、イスハン。やめよう……」

どうしてこうも『神の心臓』に手を伸ばすのが怖いのか、ロシェレディア自身にもわからない。否、――ああ、そうだ。自分は怖いのだ。

ロシェレディアは、自分の血で汚れた手のひらを眺め、それでも我慢できずに銀色の前髪に指を差し込んで額を抱えた。

「私はこれ以上……」

言いかけた言葉を、ロシェレディアは呑んだ。

「ロシェ」

「イスハンが呪いを抱えるのが怖いのだ」

本当は、『神の心臓』の呪いを受けて、今よりもイスハンの寿命が短くなったら――今より早く、イスハンを失うのが怖い。

先の戦から、天体の月が半分傾いた。

ロシェレディアの傷は切り傷で、どれも縫うほどではなく、あのあと後方の陣地まで下がって休み、しばらくしてから戦勝の報告を聞いて引き上げた。

帰城した途端、マルゴーが倒れてしまった。

——私は、あなたがまだ赤子の頃、あなたのお側に上がってからというもの、一度たりとも、このような血の流れるお怪我をさせたことがないというのに。

いささか元気が過ぎたとは思うものの、一応マルゴーには王女として育てられた身だ。枝で指先を刺したと言えば痺れるくらいに洗い、熱を出したと言えば、眠れぬくらい額を冷やす布を換えて、徹夜で看病してくれたマルゴーだ。流血に目が眩んだらしい。

今も変わらず妃の身ではあるが、肌を少々切っただけだし、武強国に嫁いできたのだから当たり前だと諭した。彼は青い顔で、胃を押さえながら祈りに行った。

魂《ラウフ》を回せば傷の治癒は早い。イスハンがいるときは褥で、いないときはイスハンの一番上等なローブにくるまって眠ったら、あっという間に傷は埋まった。

ただイスハンが心配して身体を休めろと言うから、それ以来、療養がてら書庫通いだ。

その後は戦を仕掛けられることもなく、イスハンも書庫に来られる日々が続いているが、それはそれでどうやら飽きてきたらしい。毎日「もう半分も見ただろうか」と尋ねてくる。

残念ながら蔵書の量は夥《おびただ》しい。総量の半分を開くにはまだしばらくかかるだろう。

書物の内容は、本当に恨めしくなるような、茫漠《ぼうばく》で膨大な日常の嵐だった。渉猟《しょうりょう》というにも雑然としていて、日頃の経理、覚え書き、日記、献立、会議の下案、遊戯盤の勝ち負け、献上品の記録、献呈品の目録、日用品の記録、従者の名簿、水路の水量の記録、一部王族の筆によるものということ以外、歴史的だったり貴重な文献は何一つない。エウェストルムの学者に見せれば、これこそが歴史なのだと飛び上がって喜ぶのだろうが、あいにくロシェレディアにはそんな趣味もない。

イスハンも、退屈そうに次々と書をめくっている。関係なさそうな書は読み込まずにめくってみるだけだが、何しろ量がとんでもなく、めくるだけで指紋がなくなりそうだ。この頃の皮紙は貴重なはずだが、それに駄文を書き付けるところが贅沢というか、王族らしい無駄遣いというか。

ロシェレディアがめくっている書は、王宮を建設したときの記録だ。久しぶりに珍しい書だ。もはやこの宮殿は取り壊されて存在しないが、アイデースの建設技術が優れているのがわかる。

イスハンは、なるべく気温が高いうちに洞窟を訪れたいと言っている。ロシェレディアは、急ぐべきではないと応えている。内心、調べてはいるがよほど決定的な朗報でも見つからない限り、行くべきではないと考えている。

『神の心臓』に関する記述は、結局あれからほとんどと言っていいほど見つからなかった。調査隊の記録は残っているが、肝心の『神の心臓』に関する情報がない。

氷の神であることはわかっている。在《あ》り処《か》もわかる。『神の心臓』がそこにあるせいで、アイデースの冬が特別に冷たくなったのは明らかだった。だが『神の心臓』自体がどのようであるのか、まったく謎のままだ。何も記述が出てこない。大きさも、神の名も、形も、呪いも、何の記録も残っていない。北の凍原がなければ、『神の心臓』は本当にあるのかと疑いたくなるくらいだ。

このまま冬まで軍を主力に凌いで、冬の間よくよく調べ物をしてから、春に調査に行くのではどうかとイスハンに提案した。ジョレスもロシェレディアの案に賛成した。皇帝を危険に晒すべきではないと慎重で強固な彼の意見は、ロシェレディアの心強い盾となった。

イスハンは少しでも早く、『神の心臓』を手に入れたいようだ。イスハンがどれほど北の洞窟に行きたがっても、自分が首を縦に振らなければいい話だ。だが今日にも手がかりが見つかってしまったら――。

頭に別の思案を巡らせながら、書物をめくっていると、イスハンが不意に呟いた。

「炎の血脈である余が、氷を吐く『神の心臓』を握っていいものだろうか」

今更か、と思ったが、小さいながらも『神の心臓』を持った国、エウェストルムで育った自分と、縁遠かった国では、それに対する知識も違う。

「現状何とも言えないが、神さえ納得すれば問題ない。元が氷の神であっても、神の魂が抜けてしまえばただの鋼だ」

『神の心臓』は、魂の流れから切り離されているから、自身の中の魂を吐き出してしまえば、ただ無限に魂を通す神の鋼が残る。人が近づけないほど強大な、自然の中にある『神の心臓』も、時が経てばやがて魂が抜け、大岩や水になって自然の一部になると言われている。

「そこに炎を通そうが雷《かみなり》を通そうが問題ない」

「そんなものなのか」

「ああ。問題は、『神の心臓』に魂がどれほど残っているかで」

アイデース建国以来、ずっと冷気を吐き出し続けているなら、そろそろ使い果たしてもいい頃だ。だが『神の心臓』がとてつもなく強く、大きかったらこの限りではない。

どの程度のものなのか――。

ぼんやりした情報でも噂《うわさ》でもいい。少しでも手がかりが欲しくてこの海のような書庫に、イスハンと浸っている。

それに、と、新しい巻物を手に取りながら、ロシェレディアは考えていることがある。

アイデースは古い大国だ。現存する王室で、いちばん古くエウェストルムから魔法使いを娶ったのがアイデースだった。今は盟約があるからだいぶんマシだが、昔は力が強い国が王女を強奪することが多かったらしい。自然、アイデースにはエウェストルムから娶られた皇妃たちの記録も残っている。

これもエウェストルムから嫁いだ皇妃の記録だ。皇子を一人生んだが、毒殺されている。皇妃の子でも、皇太子でも隙を見せれば殺されるのは昔からのことのようだ。

また一人、エウェストルムからの皇妃の記録があった。やがて皇帝が崩御し、皇妃は血の繋がらない新皇帝の御代を、控えめな宮殿で生きていたらしいが、この皇妃もやはりそのあたりから記録が途絶えるのだった。崩御の記録も、葬送の記録も、生活の記録もない。川の流れを見失うように、遺された皇妃の行方は記録から消えてしまう。

「ロシェレディア？　どうした」

「いいや、何でも」

イスハンの隣で書をめくっていたイスハンは、ロシェレディアの手許《てもと》を軽く覗きこんだ。

「……そなたのことは、余がいなくなっても大切にするようにと、厳重に言い残してある」

思わず息を呑んだ。

心臓が音を立て始める。どうしてイスハンが知っているのだ。何か言ってしまったか。それとも自分の魂が、彼に夢でも見せたのか。彼に知られたくない。知られてしまったら本当になりそうで怖いのだ。

「イスハン」

「最近、塞いでおったのはこのことだろう？　余の読んだ書物の中にも混ざっておった。そなたが歳《とし》を取らない理由も」

もう駄目だ。諦めと決心が同時にやって来て、ロシェレディアは静かに手を重ねてくるイスハンの手を強く握り返した。

「聞いてくれ、イスハン。もし、私を遺してイスハンが死ぬようなことがあれば、私は——私は……！」

「それは余の望むところではない。聞き分けよ、ロシェレディア」

イスハンも気づいていたのだ。自分が歳を取りにくいこと、イスハンが先に寿命を迎えることと、そして自分と同じように書物の中から理由と皇妃たちの最期を探し出して、——ロシェレディアが気づいたら多分、そう言うだろうことも。

縋るようにイスハンの目を見た。

「イスハンが歳を取っても愛している」

「光栄だ」

「本当だ」

「わかっている」

「わかっていない！」

ロシェレディアは席を立った。

ロシェレディアもイスハンがそう言うだろうとわかっていた。聞きたくない。わかりたくもない。

棚の間を駆け抜けて書庫を出る。石畳を走って、ささやかな植木が枝を差し出すところで立ち止まった。

息が上がっていた。涙が零れそうだった。

「薄情はどちらだ」

悔しくて、冷たい外の空気に吐き捨てた。こんな寒いところまで自分を連れてきたくせに、自分を置いていなくなっても生きよと、残酷なことをイスハンは言う。

イスハンのいいところは、喧嘩《けんか》をいつまでも引きずらないところだ。

引きずらないというか、聞かなかったことにされている気がするが、その善し悪しを今判断する気持ちの余裕がない。気まずく、ふてくされた顔をしていても、イスハンにいつも通りに明るく話しかけられてなし崩しになる。「この間は言い過ぎた」としょげた子狼《こおおかみ》のような顔で言われると、怒る自分のほうが大人げない気がしてくる。

惚《ほ》れた弱みというのだと、マルゴーが感慨深そうに言った。だがイスハンのこの魔力のようなものには、従者たちもやられている。中でもジョレスが——否、一番威力を受けているのは自分か。

『神の心臓』については、ともかく一旦結論を出すべきだとロシェレディアは思っていた。手がかりがなければ行かない。手がかりがあれば慎重に検討する。まずはそこまで辿り着かなければ、イスハンは納得してくれないだろう。

書庫の中から見つけ出した記録と歴史書をまとめるとこうだ。

アイデースの北の果て、山脈の麓に『紅蓮の洞窟』と呼ばれる亀裂がある。

どのくらい深いか、どのくらい長いか、誰も知らない。

山は氷河に囲まれ、アイデースの領地ではあるが、実際は誰も住んでいない未開の地だ。一年を通して吹雪が吹き荒れ、農作物は愚か雑木すら育たず、馬を歩かせれば蹄《ひづめ》が凍りつく。歴史上何回も、洞窟に向けて調査の者が向かったけれど、辿り着いて帰ってきた者はいない。

イスハンは、丹念に書物を繰っている。昔「商人で失敗したら俺は詩人になるしかない」と言っていた。詩の才能はどうあれ、さすがに根気強く書を読むのは得意なようだ。

イスハンは、机の上の最後の巻物から手を離して、ため息をついた。

「これで終わりだな。これ以降、調査団は出ていない」

数年に一度襲い来る超寒波を止めようとアイデースは何度も調査団を出したが、八代前の皇帝のときに、もはや命の無駄にしかならないとして諦めたそうだ。

もちろん残念だったが、ほっとした気持ちも大きかった。これでしばらくは『神の心臓』を取りに行けない。

最も古い記録の者たちが、いちばん洞窟に近づけたようだった。調査団は犬を何頭も連れて行った。十匹以上連れてゆく犬に、要所要所で手紙を持たせ、その習性を利用して城に帰らせる手法を採っていた。

それによると、洞窟の前には炎と氷の世界があるそうだ。炎が凍り、氷が焼かれる。冷たすぎて熱いのだそうだ。皮膚を爆《は》ぜさせ、焼け爛《ただ》れさせる風は、もはや冷気か灼熱《しゃくねつ》かわからないという。

調査団が「洞窟を見たが、そこまでは辿り着けないだろう」と書き記したのが、洞窟にいちばん近づけた記録だった。その後の調査で、それ以上進めた者はいない。

「どう思う？　ロシェレディア？」

「やはり、かなり大きな心臓があると思う」

人が所有できる心臓は、少なくとも人が近づける程度のものだ。心臓の欠片《かけら》が大きいか、心臓の持ち主だった神が強い場合、このように存在する場所が禁足地として立ち入れない場所となる。地図上で確認してみたが、立ち入れない場所はかなり広いようだ。夏になってもわずかに表面に苔《こけ》が生えるにとどまる凍原だけでも、小国くらいはありそうだ。その周りの森も立ち入れる季節はごく限られ、夏の間も夜になれば動物は凍えてしまう。

剣として打たれ、洞窟に封じられているというのにこれほど影響力を持つならば、かなり強力な心臓ということになるだろう。

イスハンと自分が作業をやめたのを見計らってジョレスがやって来た。

「書物をお取り替えしましょうか？」

「いや。今日はここまでにしよう。仕舞ってくれ」

ロシェレディアも異論は唱えなかった。文献は残っているが、イスハンの言うとおり、調査隊が出ていないのだからこれ以上辿っても何も出ない。

イスハンが思案げなため息をついた。

「神とは何か。神の心とは何か――……」

各地に残る伝説やここに残る文献を紐解《ひもと》いても、大した情報は得られない。ただ、自分がもし神だったらと想像するに、見知らぬ誰かに触れられるのは嫌だし、道具にすると言っても納得できないだろう。

問題が寒さであるとするならば、自分一人で行ける。だが神が契約するのはイスハンだ。代理人が契約を持ちかければ、こんどこそ激怒は免れない。

「……本当に得る必要が、あるだろうか」

「ロシェレディア？」

「やめよう、イスハン」

確かにイスハンの呪いを払う方法は欲しい。だが呪いは今のところ抑えられている。それほどの危険を冒してまで、アイデースは今以上強くなる必要があるだろうか？

アイデースは大国だ。ここのところ順調に冬を越え、軍備は強《したた》かに拡大している。そして戦の先頭に立つイスハンを国民は慕っており、英雄、名君と呼んで憚《はばか》らない。

もちろん剣は折れないに越したことはない。ロシェレディアの魔力を供給することも吝《やぶさ》かではないが、全力で彼に注がなくとも十分なはずだし、それならば自分が加減を覚えればいい。剣がないというなら打たせればいい。祈りが足りないと言えば祈らせればいい。エウェストルムにだって依頼している。

「我が国は安定した大国だ。もはや正面から戦争を挑む国もない。なのに無理をしてまで、これ以上強くなる必要があるだろうか？」

「ある」

簡単にイスハンは答えた。

「民は一人も死なぬがよい。戦は一瞬でも早く終わるがいい。何より」

イスハンは、遠くを眺めて、蜂蜜色の目を細めた。

「余は得るべきでないものをたくさん得た。命を、国民を、この国を、皇帝の座を。故に、兄の罪は俺の罪だ」

「それは違う、イスハン」

「余自身に罪がなくとも、得た者が償わなければ、他の兄たちは、その家臣は、兄皇帝のせいで死んだ民は浮かばれない。国を背負う覚悟とはそういうものだ。そしてロシェレディア」

イスハンの手が、机の上に置いたロシェレディアの手に重ねられた。

「お前を奪ったのは余の罪だが、余が罪を背負って歩く隣を、お前は歩いてくれると信じている。余はどれほどでも強くなって、国と民を守らなければならない。そのために揺るぎない力を。そのためなら何だってする。そうすることでしか、贖《あがな》えないのだ」

王の定めとはこれほどまでに重いものか——。イスハンが皇帝になった経緯《いきさつ》は聞いた。選ぶしかなかった。自分が逃げれば国が死ぬ。その岐路だったのだ。

「……わかった、イスハン。もう少し考えてみよう。ただ、イスハンが思うほど簡単にはいかないから、しばらく時間を——」

「わあ！」

入り口に近い場所で、ジョレスが声を上げた。同時にがちゃん！　と陶器が割れた音がする。

「ジョレス殿！　下がって！」

声に振り返るとアデリナが剣を抜くのが見えた。アデリナは両手で剣を握り、地面に突き立てようとしている。

ロシェレディアの身体を、ぞわっと悪寒が撫でた。壺《つぼ》の中身——床に零れる黒い液体は——、

「下がれ！　呪いだ！」

ロシェレディアはとっさに床を踏み鳴らし、床に氷を走らせた。アデリナがジョレスに飛び

かかり、勢いよく床に押し倒して起き上がる黒い液体から逃れる。

探していた呪いの半身だ。あれがあれば、イスハンの身体の中の呪いと合わせて、全部を打ち消せる。

液体なのだから、凍らせて叩き割ろうと思った瞬間、液体が消えた。とっさに床を凍らせたけれど何の手応えもない。

床の隙間から下に落ちた。地面に吸われたのだ。はっと息を呑んで、イスハンを振り返った。

イスハンが腕を押さえて俯《うつむ》いている。左腕は真っ赤で、手のひらの下には血だまりができていた。

「イスハン！」

あれが解き放たれたということは、イスハンの呪いが完全になったということだ。

「急に、血が噴き出した。……痛い」

ロシェレディアは、こちらに走ってきたアデリナの腰から短剣を抜いた。袖の上のほうを短剣で裂く。二の腕に大きな裂傷があった。傷から、どくどくと血が溢《あふ》れている。アデリナはうろたえた様子で腰の革袋から何かを取り出そうとしている。

「ジョレス殿が落とした箱に、小さな壺が入っておりました。それが割れて――あんなに多くのインクが――いいえ、あれほどの水、入るはずがない……！」

「入る。呪いだからな」

背中を向けたままロシェレディアは応えた。ここにあったのか、と悔やんでも遅い。壺に入れて封じられていた――あるいは隠されていた呪いの壺が割れ、中から呪いが逃げ出した。呪いは見た目の大きさと比例しない。国を滅ぼす呪いが針に込められていたり、他愛のない嫌がらせが山の大岩に込められていたりするのだ。

「イスハン、大丈夫か？」

「ああ」

「呪いが発動して傷ができたのだ。手当てをしよう」

壺の中身が解放され、イスハンの身体の中の呪《のろ》いと反応して、イスハンに傷をつくった。よくある仕掛けだ。

ロシェレディアは、アデリナが差し出した手当て用の布をイスハンの傷に押し当てて血を吸わせた。再びめくって息を呑む。

傷口が腐ったように黒ずんでいる。骨まで見えそうな深い傷だ。傷の表面でぐずぐず煮える黒い傷口は、じりじりと傷の奥、イスハンの身体に入ろうとしている。

ロシェレディアは、イスハンの腕を掴み、傷口に吸いついた。

「ロシェ⁉」

「動くな。早くしないと傷から腐る！」

傷口から血を吸い出し、口の中で固形にしてカツン！　と床に吐く。床に落ちるのは真っ黒な塊だ。凍らされてもなお、ぶくぶく煮えては歪《いびつ》な形で膨らんでは凍るを繰り返し、床でこと こと音を立てて転がっている。

三度、吸い出したところで、ロシェレディアは、指先に細心の神経を尖《とが》らせて、イスハンの傷口を凍らせた。

「妃殿下」

口元を汚したロシェレディアに、アデリナが新しい布を差し出してくる。

「これで大丈夫だ。さしあたりな」

「ロシェレディア……」

「お前の思い通りになりそうだ、イスハン」

呪いの正体がひとつわかった。目眩《めまい》がしそうなのを堪えて、戸惑っているようなイスハンの瞳を見つめた。

「『神の心臓』を取りに行くしかないかもしれない。最善は尽くしてみるが」

「何か、まずいのか。今は……痺れておるが」

「ああ。呪いを放置すると傷口からどんどん身体が腐る。今は魔法で呪いを凍らせて傷の進みは止まっているが、凍らせたままだと、今度は私の氷がイスハンの肉を蝕むだろう」

「何だと……？」

「人の身体を部分的に長く凍らせるのは無理がある。呪いにせよ、氷にせよ、いずれ腕が落ち、身体が蝕まれる。……ああ、嫌だ」

考えるだに面倒くさく、苦痛でたまらない結果に、ロシェレディアは両手に顔を埋めた。

イスハンは不安げだ。

「どうすればいいのだ」

「もし『神の心臓』からつくられた剣を得て、『神の心臓』と契約すれば、その程度の呪いはイスハンの身体を蝕めなくなる。もしくは、大きな池を掘り、内側を粘土で隙間なく埋めて、さっき床下に落ちて土に吸われて、地下に散らばった呪いの汁を、床を剝ぎ、土ごと掘り返して集めて、土に呪いが嫌う薬草を混ぜて土から離れて溶け出すのを集め、封じて取りだして、呪いの種類を解析し、土の水分で薄まっていたら煮凝《にこご》らせ、魔法の壺を新しくつくらせて、その中に入れて封印するか」

「面倒くさいな」

やっとロシェレディアの嘆きを理解してくれたらしいイスハンがうんざりした顔をするのに、ロシェレディアはイスハンを凝視した。

「いちばん簡単なのはイスハン、お前をまるごと凍らせることだが」

「そういう選択肢はあるのか？」

「ないから困っている」

「よかった――」

今度はイスハンが天を仰ぐ。

一口に言えば簡単だ。

北の洞窟から剣を取りだしてくる。これだけで解決する。簡単だ。——だが、それのどれほど難しいことか——。

虹色に輝く氷の鏡を抜けると、見慣れた部屋の絨毯が見える。

ぐっと身体が重くなるのを堪えて、ロシェレディアは吹雪の巻く飛び地の鏡を抜け、アイデースの居間に戻った。

そこにはイスハンとジョレス、マルゴー、イゴールが待ち構えている。

イスハンが心配そうにこちらに手を伸べてくる。

「どうだった」

「予想以上のことは何も」

ロシェレディアは、イスハンの手を取って弱々しく首を振った。飛び地を使ってエウェストルムに戻っていた。父王と、魔法機関にこの一件を相談しに行ったのだ。

イスハンの呪いのこと、『神の心臓』のこと。エウェストルムの書庫も漁《あさ》ってきた。エウェストルムは量こそアイデースに及ばないが、古さでは引けを取らない。そしてエウェストルム近辺は『神の心臓』の宝庫だ。虹色の神がかなり小さく砕けたらしく、あちこちで魔力が立ち上り、地下水を呼んだり、緑を増やしたりしている。『神の心臓』の欠片《かけら》は宝石として王室に納められたり、杖《つえ》となって魔法使いを守護している。大きな欠片はそのまま安置され、辺りは森になっていた。ロシェレディアがお気に入りの、鳥の住み処もその山だ。

ロシェレディアが相談を持ちかけると、父王は首を振り、魔法機関の研究員たちはみんな眉をひそめた。

──あなたさまのお力をもってしても、難しいと思われます、月光様。

──剣になるほど大きな心臓など、我々も見たことがありません。

エウェストルムにあるいちばん大きな『神の心臓』は、国王の杖に嵌《は》められている宝石だ。鳥のたまごほどの大きさだが、王の魔力を支えるのに十分だった。

文献にはいくらか残っているが、それも剣や錫《しゃくじょう》杖に嵌めて使う程度のもので、それ以上大きなものは北の洞窟のように禁足地として近づけなくなっている。

それでは小さな神の心臓はどうやって手に入れるかというのも、『神が納得するしかない』としかわからない。父の王錫に嵌まっている『神の心臓』は『王との長き対話の末に、エウェストルムの守護者たることを神が選んだ』という言い伝えがあるだけだ。

「そうか」

「傷はどうだ？　イスハン」

アデリナに看病を任せたが、誰もイスハンの傷には触《さわ》れない。オリガを閉め出したのも、これを毒だと思って触れたら危険だからだ。ロシェレディアが契約し、魂が回っている身体を凍らせているからこの程度だ。普通の人間が呪われたら、三回呼吸する間に身体が腐って手足が落ちる。

——呪いの傷の腫れを抑え、痛みを止めることはできますが、治療は難しいかと……。

呪いの傷の治療技術がいちばん進んでいると言われているエウェストルムの魔法機関でも、イスハンの傷は治癒できないと言われた。

「少し痛むかな」

「そうか……」

思ったよりも時間がないようだ。かなり強めに傷を凍らせていったが、昼下がりから日暮れまでの時間でこれだ。少しも氷を緩められないとしたら、イスハンの腕にかかる負担が大きい。

「なんとかならぬのですか、妃殿下」

ジョレスが青い顔で詰め寄る。

「理屈による呪いならその場で解けもするが、触媒という『物』が存在する呪いは複雑で、解くのにも時間がかかる。触媒をたたき壊せばなんとかなるが、液体ではそうも行かぬしな」

いくつもの心臓を腐らせた汁か、混ぜ合わせたあらゆる動物の血液か。呪いの触媒の中でも並々ならぬ執念を感じさせる。ジョレスが真っ青な顔で身を乗り出した。

「何のために、大魔法使いを娶ったと思うのです⁉　あなたを護るためにどれほどイスハン様が——我が国の皇帝が……イスハン様に呪いの傷ができたというのに何もできないとは！」

「あなたが壺を割ったのだと聞いていますが？」

無遠慮に割って入るのはマルゴーだ。

「やめよ、マルゴー。ここで喧嘩をしても始まらぬ」

ジョレスが割らなくとも何かのきっかけで発動していたはずの呪いだ。先の皇帝が新しい書庫ではなく、古い書庫を壊していたらその時点であの呪いは発動し、長く見積もっても、石がまろんでズレ始めている石壁が、嵐で瓦解したらその時点でイスハンは呪われていた。

イスハンはうんざりした顔で軽く息をついた。

「退路がないということだな？」

「不本意だが、そういうことだ」

血が止まらないイスハンの腕を手で包み、静かにその肩に額を押し当てる。

『神の心臓』を取りに行くしかない。神を相手に行き当たりばったりで、そこに何が待ち受けていようとも。


準備が整えられたのは、その翌々日のことだ。深夜まで手段を話し合い、今までに得た情報を洗い直して少しでも手がかりを得ようとしたが、大した進展はない。

どうやってその洞窟にゆくか。

捜索隊の記録に倣えば、城から寒冷装備を調えた隊を出し、進めなくなったところで、ロシェレディアの護《まも》りを得て二人で洞窟まで進むことになるが、正直それは無意味だ。大勢を引き連れて長旅をする時間もない。

「まずは私が飛び地でどのような場所か見てくる」

ロシェレディアが出した結論はこうだ。

飛び地で、イスハンを連れて飛べるところまで飛ぶ。だが、そこは神の顎《あぎと》の中かもしれず、一瞬で肺が凍る極寒の地獄かもしれない。ロシェレディアがまずその場所を確かめて、すぐに戻る。行けそうだったらもう一度イスハンを連れて飛ぶ。対策が必要なら一旦中止する。

もし万が一、ロシェレディアの手で『神の心臓』が砕けそうだったらそうする。イスハンは武器を欲しがるが、さしあたり腕の呪いが弾《はじ》き出せればいいのだ。小さな欠片《かけら》があればいい。呪いも軽いに越したことはない。

「けっして無理をいたすな。本当に帰れるんだろうな」

「大丈夫だ。隠れ鬼は得意でね」

背後について、振り返って見つけられたことがない。見るなら一瞬でいい。身体《からだ》を魂で厚く守って一瞬だけ彼《か》の地に下りる。イスハンがそこで生きられるかどうかを確認したらすぐに戻る。それだけだ。たとえ神だって見咎《みとが》められる時間はない。

「イスハン、お前はその格好でいいのか？」

「ああ。お前を見送ったらすぐに甲冑《かっちゅう》を着ける。これ以上着込むと身動きが取れぬ」

「熊のようだ。ゲルダが呆《あき》れる」

「まったくだ」

イスハンには最大限の厚着をさせた。この上から自分の魔力で護る。それで生きられないほどの寒さなら、諦めるしかないということだ。

「妃殿下はそれでよろしいのですか？」

ジョレスが心配そうな顔をする。

「ああ。これでも重い。飛べなかったらどうしてくれるのだ」

いちばん軽い甲冑だ。ほとんど胸当てだけだが、上着が厚い。エウェストルムではこんなに重ね着をしたことがないし、そもそも甲冑など着けたこともない。飛び地に重さは関係ないが、質量は関わる。重量はどうでもいいが、すべての物質は魂《ラウフ》でできている。モノを持てば魂が重くなる。これに剣まで持たせようとするからやめてくれと断った。とにかく何でもと持たせたがるから、お気に入りの羽根と短い杖《つえ》だけ持った。魔石が嵌《は》まっているから、多少足しにはなるかもしれない。

「それでは、ご成功を祈って」

アデリナが、あたたかい茶の入った椀《わん》を差し出した。

気休めだが、いくらかでも体温は欲しい。神の結界がどこにあるか。どこまで飛び地で近づけるか。洞窟から離れていたらことだ。二頭の馬を連れて飛ぶとなると、多少覚悟がいる。あまりに遠ければ再度検討するしかない。

歩いて行ける場所なら決行というところか——。

最後の思案をしつつ、小さな椀を摘まんで、くっとあおった。

ロシェレディアは一度まばたきをして天井を見た。青空を模した天井に、精緻な神話の世界の絵が描かれている。

ああ、そうだった、と思い出した。

「——オリガはどうした」

オリガの姿がない。ただの薬役である彼女が重要な政務の場であるこの場にいないのは不自然ではないが、だとしたらなおおかしい。

「ロシェ……？」

ロシェレディアは絨毯《じゅうたん》に、タン、と黒い塊を吐きつけた。

「毒だ」

「毒!?」

アデリナの驚きかたにはわざとらしさがない。イスハンが入れるわけもない。

そこに焦った様子のイゴールが戸を叩いて入室してきた。

「王よ！　イスハン陛下！　ガルイエト軍が国境を越えました！」

「何だと？」

ジョレスが不可解そうな顔で身を乗り出した。イゴールが鎧を鳴らして大股で近寄ってくる。

「報告したように、例年通り集結の気配はあったのですが、山はもう雪です。戦を仕掛けてくるにはあまりにも遅い」

ガルイエト軍に集結の気配を察知していたが、いつもの牽制《けんせい》だと捉えていた。アイデースが冬間際に出陣し、ガルイエトに侵攻してすぐに冬山に逃げ込む騎兵突撃を防ぐ目論見《もくろみ》だ。

だがガルイエトも、それなりに長期戦になることがわかっていて、冬間近のアイデースを本格的に襲撃してくることはない。同じ戦力では戦い方も地理的にも、圧倒的にガルイエトが不利だからだ。

「……今頃、何をしに来たの――？」

アデリナが呆然《ぼうぜん》と呟《つぶや》いたとき、ロシェレディアの耳に金属が擦《こす》れる短い音が飛び込んだ。

ジョレスが短剣を抜いた。切っ先がこちらなのが見えた。顔に脂汗を掻《か》いていた。目が血走ってうわずっている。

毒を入れたのはこいつか。

イスハンを――いや、自分を殺すために？

マルゴーが剣を抜いたが間に合わない。

「ロシェ！」

イスハンの腕が自分を乱暴に払った。手から椀が弾かれた。目の前が見えなくなる。イスハンの背に覆われて、何も——何も。

「イスハンッ！」

イスハンの手は剣を押さえていたが、切っ先は脇腹を貫通している。

ジョレスは、金切り声で叫んだ。

「大魔法使いなど、初めからいなかったと思えば何と言うことはない！　皇妃、あなたのせいで——我が国がどれほど難しい立場に追いやられたか、おわかりか！」

叫び声とともに、数名の剣士が部屋に入ってきた。ロシェレディアを殺すためだ。アデリナが自分たちを護るように剣を構える。部屋に控えていた剣士も続けて剣を抜く。

「この——！」

マルゴーが、ジョレスに摑《つか》みかかり一瞬で床に押さえ込んだ。ジョレスはそれでも叫び続ける。

「あなたの亡骸《なきがら》を差し出せば、侵攻はせぬとガルイエトが。今、戦争になってしまったら、またあの飢饉《ききん》の繰り返しだ！　せっかくイスハン様が立て直されたというのに——せっかくイスハン様が皇帝にお立ちになったというのに！　我が星の第五皇子が！　イスハン様があッ！」

イスハンは、血が流れる脇腹から短剣を抜き捨てた。花のように血が広がるからロシェレディアはとっさに服に空いた穴を手で押さえた。

イスハンはジョレスを睨《にら》んで唸《うな》った。

「落ち着いてくれ、ジョレス。余が帰るまで軍隊で持ちこたえよ。責任を持ってなんとかしていろ。――ロシェレディア」

「覚えていろ……！」

手を伸ばしてくるイスハンの手を取り、ロシェレディアは恨みの言葉を吐き捨てた。

怒りで彼を凍らせたくなるが、今はここを離れるしかない。

イスハンを巻き込み、魔力で発生させた鏡の中に飛び込む。ロシェレディアを捕らえに来た兵は十人ほどだ。あの場にいたらアイデース兵同士の戦いになる。ロシェレディアがいなければすることがない。飛び地では追うこともできない。

通過は一瞬だった。

吐き出された白い世界だ。見渡す限り何もない。白く光って何も目に映らない。

地に降り立ち、ロシェレディアは自分の目を疑った。

寂滅《じゃくめつ》の凍土だ。

何も見えない。――いや、魂《ラウフ》の渦から出られなくなってしまったのかと思う世界は、一面の吹雪だった。薄く積もった雪。空に小粒の雪が荒れ狂う。

風の音がする。永遠にこの景色の気がする。

何かが襲ってくる様子はなかった。地上に吹き荒れるものと同じ吹雪だ。雪からはアイデースと同じにおいがしていた。冷気を生み出す魂のにおいだ。

自分の手がイスハンを摑んだままだったのにほっとした。見上げるとイスハンは驚いたように自分と周りを見比べている。飛び地が初めてなのだ。鏡を抜けるときの独特の感覚には皆驚く。

さしあたり魔力で護った。吹きさらしの吹雪野だ。人の身体などあっという間に凍る。魂でつくった冷気で自分とイスハンを囲って、本物の冷気を避けるのだ。

「イスハン……」

脇腹を押さえ、ゆっくりと地面に膝をついたイスハンに寄り添った。イスハンの脇腹は赤く染まっているが、どんどん広がる様子はない。イスハンは服を緩めて、上着をめくった。下着が赤く染まっている。急いで手を伸ばす。

「なぜ大人になってまで殺されそうになっているのだ」

「厚着がよかった。皮だけだ」

ロシェレディアはまだ血を流す傷口に、手を当てて薄く傷の表面を凍らせた。イスハンの言うとおり、皮を裂いただけのようだ。血も氷で止血すれば一度で止まるだろう。

目は冷静にイスハンの傷を見るが、頭は混乱したままだ。

信じられない。ジョレスが裏切るなどと。イスハンが自分の側近から身を挺《てい》してロシェレディアを庇《かば》うなど——。

「馬鹿なのか、……イスハン。私が怪我《けが》を負うのとお前が怪我を負うのではわけが違う」

どちらかと言えば、自分を盾にすべきだった。ロシェレディアの怪我なら、魂を回して癒やすことができるが、イスハンの怪我ともなるとそうはいかない。自分の魔力は癒やしの力にはならない。血管を縮ませ、裂けた傷の表面を凍らせるのがせいぜいだ。がんばっても魂を沸き立たせてイスハン自身の治癒力を高めるくらいのことしかできない。

「そういうものではない。……だがそうか……。ジョレスが、なあ……」

謀略は網でなければ錐《きり》のようだ。外殻を頑強にすればするほど、錐のように弱いところを一点突かれる。

ジョレスは昔からイスハンに忠誠を捧げ続けてきた。彼の真面目な心根を、信仰に似た忠誠心を、妥協で埋め切れないわずかな不満を敵に突かれた。進軍を止める代わりに——もしかすると他の交渉を有利に進めさせてやるから皇妃を殺せと、唆されたのだ。

「すまない。だが許してやってくれ。アイツは馬鹿だが、俺と、アイデースを思ってのことだ」

ガルイエトとの折衝が随分荒れているのを知っていた。ロシェレディアの遺体を敵国に引き渡す。それだけで条約をいくつも重ねるよりも確かな解決方法となる。大魔法使いを失ったと諸外国に知らしめることで、アイデースが避けられる問題や、起こらずに済む戦争がいくつもあるのだ。

「戻るか？　殺されてはやれぬが」

「いいや。今俺が戻ったら、ジョレスが自害するだろう。ガルイエトが仕掛けて来たというが、お前の亡骸を引き取りに来た程度の軍隊だ。しばらくなら軍隊で保つ。オリガが心配だが、アデリナがなんとかするだろう」

「それにしても飛び地の準備があとしばらく早かったら、どうするつもりだったのだろう。誰も居ないアイデースを脅してジョレスはどうするつもりだったのか」

ロシェレディアを殺し、ガルイエトが亡骸を引き取りに来るという手はずだったのだろう。だが、結局ガルイエトがロシェレディアの暗殺を知らせに来たようなものだ。

「ここへ来る予定だったから、タチアナが、何日か前から城中の時計をだいぶんずらしていた。計画が崩れたのだろうな」

「なるほど、そうしてイスハンは護られてきたというわけか——」

第五皇子が生き延びるのは至難だと言っていた。実際イスハンの兄たちは全部殺害されている。

それぞれが、暗殺の罠を避ける手間を惜しまない。信じるなどと甘いことを言わず、ただイスハンの命を守るためにそれぞれの手段を講じ、それを互いに裏切られたと思わないだけだ。

ジョレスはたぶんそれに慣れすぎた。こんなふうにしてオリガが、アデリナがタチアナが、ジョレスがそれぞれ裏切りの汚名を着てまで、ずっと身を挺してイスハンを護ってきたのだ。

「すまなかった。ロシェレディア。帰ったらジョレスはきつく叱《しか》る」

「今度こそ、アイデースの皇妃になるというのがどういうことか、わかったよ」

イスハンと自分の――いや、アイデースとエウェストルムの間にある認識の差が、そして、イスハンがどれだけ愛されてきたか、身に染みてよくわかった。

ふう、と、ロシェレディアは息をついた。

魂で護っていても息が白い。正直ここに長居するのも危険だ。

改めてあたりを見た。凍原といえど、夏の間はいくらか草も生えようものだが、まだ本格的な冬を迎えていないこの季節に植物の気配が見えない。雪が地面にこびりつき、目をこらすと、ところどころ土が凍って岩のようになったものが黒く浮き出ている。

地図で見た場所から、かなり近い場所に飛んだはずだが、ここはどのあたりだろう。

吹雪の向こうに崖があった。亀裂が見える。洞窟はあれだ。

「どうする、我が王よ」

とっさに鎧《よろい》と剣と上着までもを摑んでくるところがいかにも逃亡慣れしていて逞《たくま》しいが、何の予測も相談もできないままここに来ることになってしまった。

イスハンは、鎧の留め具を留めながら答えた。

「今か、今でないかというだけの話だ。行くか、死ぬしかない。昔、そなたが言った」

「私たちはいつもこうだな」

堪《こら》えていないと頭を抱えてしまいそうだ。

ずっとずっと、運命に追い立てられて生きている。燃え落ちようとする命運という名の綱を、命がけで渡り歩いている。

イスハンが、そっとロシェレディアを抱き寄せた。

「だが今度は、そなたを離さぬ」

「……うん」

イスハンと見つめ合って、口づけを交わした。

自分たちの運命はどこから縒《よ》り合っていたのだろう。だがあのとき——イスハンが自分を攫《さら》いにエウェストルムに来た日、自分たちは自らの手で、運命の糸を強く結びあった。

「私が守る。イスハン」


本当は、どのくらいの温度なのだろう。

動物はいない。樹木はなく、草も生えない。

氷結の世界とはこのことか。これほどの寒さは自然に存在しない。ロシェレディアが識《し》る、どの魂《ラウフ》より厳しい冷たさだ。

あれからすぐに吹雪が収まった。かわりにキラキラした雪の粒が舞い落ちてくる。ここに来たのを神の心臓に悟られたのだろうか。温度がぐんと下がった気がする。空気が凍って氷の粉になっているのだ。

気温は吹雪の頃より低いだろう。白い粉がさらさらと凍原を撫《な》でながら駆け抜けてゆく。一面輝きながらうねるさまは、光る海原を眺めているようだ。

「見ているだけなら美しいな」

歩きながら、イスハンが眩《まぶ》しそうに目を細めた。

純白の世界に、光の破片が降り落ちてくる。問題はこれが極寒だということだ。人間がこの冷気を吸えば肺が凍りつく。靴裏が地面に張りついて、数歩歩けば動けなくなるだろう。

息を吐くと、キラキラした氷の欠片《かけら》になって落ちてゆく。

イスハンの身体に自分の魔力が流れ、自分がまわりに魂の冷気をつくっているから生きていられる。大魔法使いの中でも、自分しか駄目だ。『氷の力を持った大魔法使い』その存在自体が稀少《きしょう》で、それがアイデース王家に嫁ぐとなると、ここにやってこられたのはまさしく運命に呼ばれたと思うしかなかった。

底なしに気温は下がり続ける。

冷たすぎて鼓膜が痛い。呼吸で零《こぼ》れる体温すら惜しい。

見渡す限り、輝く白だ。左右どころか、上下も見失いそうな雪原だった。

これではどれほど捜査隊を出しても無駄だなと、厳しい視線で景色を眺める。帰ってこなかった調査隊は、自分たちのずっと背後で凍っているのだろう。

意外なことに、飛び地で洞窟のすぐ側まで近づけた。てっきり洞窟のまわりの魔力が強すぎて、近づけないだろうと思っていたが、幸運と思うべきか、罠と考えるべきなのか。

洞窟は自然のものだった。岩の割れ目から奥へ続いている。冷気や呪いが噴き出してこない目測通りの距離で、岩の割れ目まで辿《たど》り着いた。歩ける距離なのが幸いだった。

ことを確認して、静かに洞窟の入り口に踏み込む。

古いはずだが角が鋭い。割れたままの岩壁が、刃物のようにそそり立っている。

「文字がある。イスハン」

石壁に、炭のようなもので書き付けられている。掠《かす》れた文字が読める。古い古いカンチャーナ文字だ。

『神の心臓をここに封ずるものなり
ア・イアデースに栄光あれ
ミハイル』

イスハンは、文字を指で辿って息を呑《の》んだ。

「信じがたい……。初代皇帝か。人の身でよくここまで来られたものだ。――いや、ここに剣を収めたからこうなったのか」

そう考えるのが妥当だ。

冷気は奥から湧いてくる。この奥にあるのは間違いないようだ。

イスハンと頷《うなず》き合って、奥へと進んだ。絞られるように、さらに温度が下がる。すべてが粉になりそうなくらい冷える。

殺風景な洞窟だった。鋭い岩壁が、割れたままの姿でそこにある。

まだ光が届く場所に、何か、地面に突き立っているのが見えた。斜めに突き刺された刃こぼれした剣。初代皇帝ミハイルのものだろうか。

イスハンが柄に布を巻いて引き抜いた。時すら凍りつくこの洞窟で、一人風化した鋼だ。引き抜くとイスハンの手に柄だけを遺し、刃の部分はぼろぼろの粉になって地面に零れた。その瞬間だ。

ふっと、洞窟の奥が青白く染まった。深い場所から手許《てもと》の壁まで光が走る。

苔《こけ》だ。苔が『神の心臓』の神気を吸って光っている。

「城に帰ってガルイエトを相手にしていたほうがいいような気がしてきた」

この威圧のなかで軽口が叩《たた》けるイスハンの胆力は大したものだが、正直、ロシェレディアも同意だ。

壁に身を寄せながら、慎重に中に踏み込んで思わず立ちすくんだ。洞窟は入り口の簡素さからは信じられないくらい奥が深い。

中は苔と氷柱《ひょうちゅう》の世界だった。人の三倍くらいの高さの天井までびっしりと苔で光り、皿をずらして重ねたような階段が遠く奥の方まであちこちに重なっている。

呑まれるくらい、美しい。

いわば氷の鍾乳洞だ。

アイデース城の広間を思わせる深さの洞窟を、氷柱がまさに大理石の柱のように天と地を繋いでいる。氷柱にも壁にも地面にも、まだらに生える苔は明るく、青白く発光して昼間のようだ。光はだんだん幅を狭めながら、彼方奥まで続いている。洞窟はかなり深いようだった。

イスハンが先に立ってゆっくりと進む。ロシェレディアも息を詰めて、いつでもイスハンを魔法の氷で包めるよう、静かに魂を身体に溜め込んでいた。

いくらも進まないうちに、イスハンが厳しい視線の目配せを後ろに寄越した。

身体を包む魂ごしに、奥のものが発する気がビリビリと伝わってくる。とてつもなく大きなものを見上げるときに感じる畏怖だ。果ての見えない谷底を覗《のぞ》くときのように身が竦《すく》む。何か圧倒的なものに心臓を握られているようだ。気をしっかり保っていないと、視線を上げることができない。

洞窟はかなり深いが、気配は目の前だ。皇帝ミハイルが『神の心臓』を抱えて奥のほうまで進んだとは考えられない。あるいは入ってすぐに剣を投げ出し、そのあと洞窟が広がったと考えるのが自然だろうか。

少し奥まった場所、奥の天井から氷柱の間に流れてきたような段差があった。その一番手前の段に、一際光る場所がある。

突然、光は音声となって脳を焼いた。

——何をしに来た、人間め。

「——ッ⁉」

声の——意識があるところに、青白い炎が燃え立っている。洞窟の、浅い場所にある光る棚。人ほどの高さの光の奥に何かがいる。あれだ。——あれが『神の心臓』——。

イスハンは圧力を振り払うように、大声で言った。

「力を貸してほしい、神よ！」

——また余を連れ出しに来たのか！

嚙《か》みつくように神は吼《ほ》えた。頭の中が軋《きし》む。声がするたびに脳が沸騰しそうだ。

光るこけの間に何かがいる。その異形に背筋が凍り付いた。

眼《め》が見ているのか、脳が視《み》ているのか。あれが『神の心臓』だ。大きく裂けた口、もたげた細く、長い首。岩の縁にかかる爪の生えた長い指。『神の心臓』は、手の生えた、青く燃え立つ蛇のような形をしていた。

「イスハン！」

イスハンに最大の魔力を送る。イスハン自身も目の前に剣を構えていた。イスハンの前に氷を撒《ま》いたが、神気をぶつけられてこちらまでビリビリとする。

「く――……！」

最大限硬くした氷にたやすくヒビが入った。魔力を注ぎ続けなければ今にも粉々に破裂してしまいそうだ。

全身に鳥肌が立つ。ロシェレディアは内心青くなった。こんなもの、何度も耐えられるものではない。

イスハンはひるみもせずに呼びかけ続ける。

「話を聞いてくれ、神よ。力を貸してくれるなら、安寧を約束する。あなたの元あるべき姿のように、祭壇に収めよう！」

――余を砕きよって。余を引き裂きよって！

――ああ、憎らしい。憎らしい、魂を司るものよ！

「伝わっていない、イスハン！」

頭蓋が破裂しそうな大声とともに、氷柱の間から矢のようなつららが飛んできた。

「下がれ、ロシェレディア！」

イスハンが剣を打ち振るい、つららを払い落とした。

――自由であった。明るかった。ここは寂しい。暗い！　何ということだ！　何ということだ！　何という無礼！　何という屈辱！

声と共に発せられる冷気の衝撃。無数に飛んでくるつらら。ロシェレディアが護り、イスハンがつららを剣でたたき落とす。常軌を逸した冷気だ。一方的に叩きつけられる精神と、矢のように放たれる魂に激しく打たれる。だが意外なことに、全くの絶望ではなかった。強烈ではあるが、手が付けられないというほどではない。怒りはあてどなく放たれている。声は虚空に叫ぶ。憎しみはつららに注がれている。憎悪は強いが散漫で、イスハンや自分に直接向けられるものではない。

爆風のような叫びを氷の壁で防ぎ、つららはイスハンが剣でなぎ払える。これなら近づけるのではないか。『神の心臓』は自分たちに集中していない。ただ目を覚まして、見境なく忿怒《ふんぬ》を発散させているだけだ。説得しながら、このつららを弾き続ければ手が届くのではないか。だがそう思ったのもつかの間だった。

冷たさがおかしい――？

違和感は突然やって来た。氷の壁が、立てた端から粉に砕けて真下に落ちる。ロシェレディアが、魂でつくった氷が凍らされている。

空気が冷えている。先ほどまでは、これほどではなかったはずだ。

神が叫び、つららをイスハンが砕く。砕けて飛び散る。そのたびにどんどん空気が冷えてゆく。冷えて——寒くて動けなくなる。いつの間にか、腕に血が滲《にじ》んでいた。飛んできたつららの欠片で裂いたのか。手足が冷えすぎて感覚がない。苔が白く凍りはじめている。身体の血のめぐりが、魂のめぐりまでが遅くなる。ロシェレディアが魂でイスハンを護っていても、それごと凍らされる。下がりすぎた気温が彼を蝕《むしば》む。

そうか、と思ったがもう遅い。

イスハンがつららを砕くたび、温度が下がっている。そして呼吸をするたび肺から——身体の内側から冷気が染み通っていくのだ。

靴裏が地に張りつく。肌から少しでも離れた袖口が凍る。呼吸をする胸が痛い。

「イスハン、つららを砕くな！　折るんだ！」

「え!?」

つららは小さく砕くほど冷気を放つ。弾くか、折るか。気休めとわかっていても微差を稼ぐしかない。魂を身体いっぱいに回している自分でもこうだ。イスハンが先に駄目になる。

「ぐっ！」

イスハンの肩口を、つららが掠った。袖が凍って動きが阻まれている。

「イスハン！」

炎を使えと、イスハンに魔力を送った。イスハンは国王——祭司として、最大の敬意を『神の心臓』に払うと言った。ロシェレディアはイスハンを護ってくれるものとなるならそれでいいと思っていたが、イスハンを殺すつもりならもう駄目だ。

温度は下がり続ける。洞窟全体が白く煙りはじめている。氷柱が濁り、苔が凍る。腕が、脚が、息が、魂までが凍る。

——まずい。

こんなときなのに、ふっと眠気が来る。興奮しているはずの脳が強制的に眠らされる。あらゆるものが生きられない寒さだ。終わりが来る。

動けるのは短い間だ。何より一度炎を使いはじめたら、いつ剣が折れるかわからない。

「退《ひ》こう、イスハン！」

勝機が無いとロシェレディアは判断した。

『神の心臓』を甘く見過ぎていた。これ以上気温が下がったら自分だってどうなるかわからない。魂をどれほど引き出しても足りない。魂までが凍って流れなくなる。足元が凍る。氷が足首まで這《は》い上がってくる。イスハンの剣の柄尻が白かった。たてがみのような彼の赤毛の毛先も、銅色の睫《まつげ》も。どれほど護っても、神の冷気はロシェレディアの魂を突き通るのだ。

神は吼え続ける。

あの欠片に、どれほどの魂を抱え込んでいるのだろうか。しかし魂の流れから断絶した神の心臓が、己の魂を使って攻撃をしてくるなら、無尽蔵ではないはずだ。だが、自分たちは、多分そこまで保たない。

——ゆるすまじ、魂の代行者め、人間め！

爆風のような冷気が襲いかかってくる。ロシェレディアが魂を限界まで引き出してイスハンを護ったが、イスハンの凍りかたが酷《ひど》い。

出口はすぐそこだ。

出直すしかない。だが判断が遅かったかもしれない。

毛先に白く霜を纏ったイスハンが、前を睨んだまま唸った。

「……下がれ、ロシェ……。お前だけでも逃げるんだ」

はっとして、洞窟の出口を振り返ると、左右から伸びた氷が通路を塞ごうとしている。花のような氷が鉄線のように蔓《つる》を伸ばし、絡み合い、網のように出口を塞ぐ。

「駄目だ、イスハン」

引くなら彼が先だ。イスハンを先に退かせなければ、彼一人では氷の中で生きられない。

身体の力を振り絞り、イスハンに魔力を送り続けるが、魂の流れの中から一度に取り出せる魔力と、『神の心臓』の神気では『神の心臓』のほうが多い。頬のあたりの髪が凍る。爪が、睫が凍る。イスハンを護りたくても、自分が凍らないだけで必死だ。

「イスハン、逃げて！」

判断を誤った。密かに身体を蝕む神気を甘く見すぎた。

もう駄目だと思った。今ここを出なければもう逃げられない。

今なら炎の剣で出口の氷が砕ける。その瞬間だけでも護ってみせる。無限に繰り出される氷の攻撃は、もうあと何度も受けきれるものではない。

どこまで、と気が遠くなるほど温度は下がり続ける。

腰から羽根を引き出した。白い世界で鮮やかな翡翠《ひすい》色が脳を揺さぶる。

「早く、イスハン！」

叫んだとき、イスハンの剣が弾け折れた。

弾けた剣先は、激しく回転し、澄んだ音で壁に当たって落ちた。

焦りすぎた――。後悔しても遅い。

「駄目だ、イスハン、逃げて……！」

ロシェレディアは、魂の流れから魔力を引き出してイスハンに送る。彼に力を、魔力を、ぬくもりを。

「イスハン！」

折れた剣を手に、自分を庇おうとするイスハンに背中から飛びついた。

イスハンはもう髪が凍り、睫も白く、耳の縁も、服も霜で白く凍っている。

「逃げ……、ろ。ロシェ……」

自分たちは間違ったのか。

　ここに来なければよかったのか。呪いに病みながら、軍勢の一番奥で戦を見守るべきだったのか。ああ、それでよかったはずだ。ジョレスが言うとおり、元々イスハンが自分さえ娶《めと》らなければ、そうした国として――それで十分な大国として、その皇帝として生きていたはずなのに。

　後悔でくずおれそうになるロシェレディアの鼓膜に、記憶の声が囁《ささや》く。

　まだ何も知らない頃の、そして初夜の褥《しとね》の、イスハンの声だ。

――叶《かな》うなら妃はロシェがよかった。

――もう誰にも渡さない。

　飾らない、彼の本心。彼の真心。目の前で見ているかのように、呼吸をする彼の唇を、彼の表情の隅々までを思い出した。

　彼は生きる道をくれたのだ。イル・ジャーナに送られ、魔力を搾り取られる屈辱的な一生を送るはずだった自分を、困難と苦難とともに攫ってくれた。一生お前だけだと誓ってくれた。

「間違い……なんかじゃない。……イスハン」

　イスハンに魔力を送りすぎて、ロシェレディアの身体も凍りかけていた。髪が凍り、唇も凍ってうまく動かない。

　魔法円が鈍る。背中ごと魔法円が凍らされつつある。流れから得た魂を魔法円で変換するのがやっとで、イスハンに供給する力がない。

「――……ッ！」

凍った衣を砕くようにして足を踏み出す。もう立っているのがやっとのようなイスハンに手を伸べた。

「イス、ハン……！」

彼の首に腕を巻きつける。朦朧《もうろう》とした金色の瞳が驚いて自分を振り返った。

魂の流れから、最後の力を振り絞って魔力を集めた。途切れそうな魔法円を無理に回して魂を魔力に変える。今の身体ではもうこれが精一杯だ。

「逃げて、イス……ハ……。生き――」

肺に思い切り魔力を溜《た》め、重ねた唇から彼の身体の中に、思い切り魔力を吹き込む。短い間なら身体が動くはずだ。少しなら走れるはずだ。氷の柵を打ち破り、外に出られれば――万が一――万が一にも助かるかもしれない。城から助けも出ているはずだ。間に合うかどうかは、わからないけれど。

「――……」

唇が離れた。彼の服を摑もうとしたがもう指が動かず、イスハンの足元に崩れ落ちた。

無視してほしい。彼の国民の元に帰ってほしい。

彼は王だ。自分が認めた唯一の――。

イスハンが、鞘《さや》から柄を抜くのが見えた。初代ミハイル王が突き立てたあの剣の柄だ。

「おおおお！」

イスハンは、神の心臓へ駆け出した。柄から炎が噴き出す。凍りついた世界を、ごう！と炎の音が焼く。輝く氷の壁に炎が照り返される。イスハン自身が火に投げ込んだ黄金のようだった。

鋭く飛ぶつららをなぎ払い、氷柱を斬り払う。氷の段を駆け上がって、青白い光を放つ神の心臓に炎を振り下ろした。

有効だろうが、一度だけでは無理だと思っていた。その一撃をなぜ逃走に使わなかったのか。なぜ逃げなかったのかと、声が出たらなじりたかった。もう魔力で護ってはやれないのに、次に攻撃されたら二人とも氷の彫像となって、永遠にここにいることになるだろう。それなのに──。

イスハンの剣が、ガッ、と神の心臓に食い込んだ。ロシェレディアの魔力が消えて、炎が消える。凍った地面で、カラカラと柄が滑った。これで終わりだ。イスハンも自分も、もう何も出ない。

「イ……ス、ハン……」

地面の氷にほとんど取り込まれるように跪《ひざまず》きながら、ロシェレディアはイスハンに手を伸ばした。

爪の先に、氷の結晶がつく。睫が白くなっていた。目を閉じたらもう、まぶたが凍りついて開かないかもしれない。

凍るなら、少しでも近い場所で。もしいつか誰かが助けに来てくれたとき、イスハンの身体を魂で満たしておけば、魔法使いの助けを得られれば、イスハンだけでも蘇《よみがえ》れるかもしれない——。

「——……」

だが、いつまで経《た》っても次のつららは飛んでこなかった。氷の刃物のような絶叫も、あれきり聞こえない。

——……明るいところに行きたい。

神の心臓は力なくそう言った。泣きわめきすぎて呆然とした子どものような声だった。

——赤い炎を眺めたい。……人々の笑い声、木々のざわめきを。

——空の下で眠りたいのだ。ああ。どれほどのあいだ雲を見ていないのか、星を見ていないのか。

言葉のたびに、しゃらん、と氷が吹き上げるが、もうつららになるような量ではなく、星を撒くような光る、氷の粉を吹き上げるだけだ。

この神は、もう魂の流れに戻ることはない。『神の心臓』に残った神力を使い切り、自然の中に佇《たたず》むものになろうとしている。

——思い出した。人の子よ。……炎を生む人の子よ。

――……約束したのだったな。お前が余を刃に変え、国が続く限り余を労《いたわ》ると。神が言うのはミハイルのことだ。やはり約束はあったのか。途中で何か、不測の事態が起こったのだろう。

イスハンが口を開く前に、神が切なそうに呟いた。

――否……。お前はアレではない。そうか、よく似ておる。……そうか。

――お前にこの身を預けよう。

――間違いなく使え。そして花の咲くところに連れていってくれ。

「……約束……しよう」

イスハンが応えると、『神の心臓』はうずくまるように蛇の姿を消し去った。蛇がいた場所に、青い光に囲まれた長刀が見える。

金の柄の、銀色の偃月刀《えんげつとう》だ。

美しい偃月刀を囲む光に、古代の文字が浮き上がる。柄と刃にイスハンの所有を認める炎の紋様が走った。光の中に文字が見える。

『スヴェントヴィト』。それが神の名だ。

イスハンは青い光の中に手を伸ばした。

凌《しの》ぎきったのか。イスハンは、本当に『神の心臓』を得られるのか――。

その様子を呆然と見ていたロシェレディアは、光に浮かぶ文字を見て、とっさに叫んだ。

「取るな、イスハン！」

イスハンがこちらを振り返る。凍った唇を動かして、ロシェレディアは必死で声を絞り出した。

「呪いがかかっている」

そうだ、『神の心臓』はそれ自体が呪いだ。神が納得しても、存在自体が力と引き換えに人を呪う。

振り返るイスハンに、光の中に立ち上る契約の言葉を、凍った唇でそのまま読み上げた。

「主《あるじ》になれば、時の流れが十倍遅くなる。傷の治りも遅くなる」

それは即ち不死身ではない。怪我はする。その怪我が人の十倍治らない。

「……歳《とし》を取るのが遅くなるということか」

イスハンはそう言ってロシェレディアを見た。その明るい表情にはっとしたが遅かった。

「好都合だ」

「イスハン！」

偃月刀を摑むと、ごう、と音を立てて炎を纏《まと》った。ロシェレディアの魔力が引き出されているのを感じるが、偃月刀を通る魔力はあまりにもなめらかだ。少しも引っかかりがなく、折れるどころか軋む気配すらない。

イスハンは、うっとりした表情で炎を吹く偃月刀を眺めた。

炎で頬を赤く染め、昔のような、無邪気で得意そうな笑顔を浮かべ、ロシェレディアに笑いかけた。

スヴェントヴィトを手にしたイスハンが、よろよろとこちらに歩いてくる。身体中に氷の欠片を纏っていて、髪も白い霜がついたままだ。踏み出すごとに、身体についた霜や氷が剝がれ落ちて、かしゃんかしゃんと地面で澄んだ音を立てている。

「ロシェ」

「信じ……られ、な……い、イスハン。なぜ、『神の心臓』を、手に……取った」

痺《しび》れて感覚のない手でイスハンに手を伸ばすと、イスハンがそれを握り止めてくれる。

イスハンの手は温かかった。イスハンの身体と『神の心臓』に、魔力が巡って炎が噴いたからだ。それでも冷気の残った洞窟は寒く、イスハンに与える魔力も限界だ。

帰らなければ。アイデースへ。

皇妃として、大魔法使いの意地にかけても、王を帰還させなければ。

「来い……イス……ハン」

氷の中にへたり込んだまま、ロシェレディアはイスハンに両手を差し伸べた。

失敗したら二人とも魂《ラウフ》の流れから出られなくなってしまう。そのまま七色の魂の渦に呑まれ、溶けて消えてしまうかもしれない。

空になった魔力を絞りきるようにして、ロシェレディアは飛び地のための鏡を張った。凍った身体を抱きしめ合い、ほとんど身投げのようにして鏡の中に飛び込む。

魂の渦が長い。普段は本当に鏡を通過するくらい一瞬の魂の空間が、大きな部屋のように幅広く感じる。

ロシェレディアはイスハンを抱いた腕に力を込めた。身体が吹き飛びそうな魂の渦だ。自分の身体が消えても、イスハンを摑むこの腕だけは残してみせる。最後まで──イスハンだけでも──！

「！」

ふっと夢から覚める感覚があって、ロシェレディアは鋭く息を吞んだ。

ガシャアッ！　と音がする。イスハンの鎧とスヴェントヴィト、身体に纏った氷が床で砕け散る音だ。

「──……。……う──……？」

投げ出されるようにアイデース城の床に吐き出された。

「……」

薄青くなった自分の手が見えた。イスハンの手がロシェレディアの脇腹のあたりを摑んでいる。床には氷と雪が飛び散っている。二人とも吹雪を歩いてきた人のように、氷と霜まみれだ。

スヴェントヴィットは無惨に床に落ちていた。イスハンは自業自得だが、スヴェントヴィットには気の毒だった。祭壇に祀《まつ》る前に、粗末な皿のように床に投げ出されたわけだから。

「妃殿下！」

「王よ！」

「ロシェレディア様！」

マルゴーやアデリナが駆け寄ってくる。

空気が熱い。喉が焼けるくらいだ。イスハンが咳《せ》き込んでいた。あまりの気温差で息ができないのだろう。

「――戦は、どう……なっている」

床に這いつくばっていたイスハンが、身体を起こしながら呻《うめ》く。ロシェレディアもマルゴーに抱え起こされながらあたりを窺《うかが》ったが、到底落ち着いた様子には見えなかった。

侵入してきた兵たちはいなくなっていた。ジョレスの姿もない。だが扉の外を人が走り回り、大声で戦の準備をしろと言い合っている。城の中は大混乱のようだ。逃げたときより物音や話し声が酷い。

ソファがすぐ側《そば》に引き寄せられ、マルゴーがロシェレディアをその上に抱え上げた。イスハンに駆け寄った護衛たちが、数人がかりでイスハンの鎧を解く。

アデリナが早口で言った。

「妃殿下を襲った一団は捕らえております。ジョレスは手と首に縄をかけ、我が夫が連れて戦場に出しております。いざというときは彼の首を敵に突きつけて宣戦布告をいたします」

イスハンは顔をしかめて頭を抱えた。

「戦況は……？」

「ガルイエト軍に二陣の気配がございます。ジョレスが言う妃殿下の亡骸を引き取りに来たのとは別に、山陰に本隊が控えていたようです」

つらい顔をしたイスハンは、アデリナや控えていた文官たちに支えられて立ち上がった。

「アイツはいつも見誤る。元々切れる男だ。なのに俺を好きすぎて判断を誤る。馬鹿だ……」

結局、ガルイエトは初めからジョレスを裏切るつもりだった。皇妃の亡骸が取れればしめたもので、もし亡骸を手に入れても入れられなくとも、どのみち襲撃してくる予定であったのだ。ご丁寧に前衛隊を見よとばかりに晒《さら》して、いつもの威嚇だろうとこちらを油断させる手はずまでとって。

「兵を集めよ。正式に出陣いたす。相手はガルイエト本隊だ。宣戦布告の鏑矢《かぶらや》を放て」

「はい」

目を真っ赤にしたアデリナが、厳しい顔をして部屋を出ていった。

アイデース軍は冬の準備のために、大きく武装を解いている。兵は街に戻り、馬は鞍《くら》を外す。斧《おの》を研ぐために柄から外し、弓に括《くく》るための羽根を干す。干した農作物を溜め込み、冬眠する動物のように家暮らしを楽しむエウェストルムとは、暮らしそのものが違うと言うと、「魔法国と武強国の差だ」と、少し悲しそうにイスハンは答えた。

床に投げ出されたスヴェントヴィトを、文官たちが遠巻きにしている。口元を布で塞いでいる者もいる。もうそれはイスハンのものだ。イスハンが意志を通さない限り、むやみに人を傷つけない。

「イ――イスハン様、ロシェレディア様……！」

まわりで慌ただしく着替えや布の用意をしている女官たちの間から覗くのはオリガだ。

「無事だったか、オリガ」

「は……はい。厨房に、行こう……とした、ら……っ、部屋に閉じ込められて……！」

悔しそうにオリガは泣いていた。片眼鏡も嵌めていない。

ロシェレディアは、オリガに囁いた。

「……薬湯をくれるか、オリガ。身体が温まるものを」

囁きかけるとオリガは顔をこわばらせた。自分に毒が出されたと聞いているはずだ。だがオリガへの信用は揺るがない。イスハンのためにもこれからも側にいてほしかった。

オリガは袖で涙を拭い、決心したようにしっかりした表情で「はい」と答えて側を去った。

「イスハン……」

ソファの上から、椅子に座ったイスハンに手を伸ばした。

上半身の鎧を外したイスハンが手を伸ばしてくる。

「無事か。我が愛《いと》しの妃。ロシェレディアよ」

抱きしめられて、抱き返す。イスハンが息をしている。イスハンの鼓動が身体に伝わる。彼の身体の奥底に燃える体温もこの身に染みてくる。知らずため息が零れた。

「このままずっと抱き合っていたいが、我が王よ。傷を見せてくれ」

「傷?」

「呪いの傷と、刺された傷だ」

「ああ、そういえば」

気をつけていないとこの男は、興奮で傷の痛みを忘れる質《たち》だ。私がしっかりしていないと死んでしまう。憂鬱に考えながら内着をめくったイスハンの肌を見る。

脇腹の傷は最初の見立て通り皮だけだ。凍りかけたせいで傷の出血も止まっている。

「間に合った――が良かったのか悪かったのか」

布で縛った呪いの傷は、傷口の爛れも止まり、滲むのもただ《・・》の血になって赤黒く固まりかけていた。腕に巻いていた茨《いばら》のような痣《あざ》も消えている。『神の心臓』の所有者となったせいで腕の呪いを弾き出したのだ。

「『神の心臓』の呪いを心配したが、なんとかなりそうだ。だが、今回だけだ、イスハン。次は血が止まらぬかもしれない。この傷も凍ったから血が止まっただけで、動けばまた出血する」

「わかった。厳重に縛って出よう。――誰か。鎧を整えよ。新しい内着を寄越せ」

「――……なんだって？」

さすがのロシェレディアも耳を疑った。

「余が出ぬことには戦が始まらぬ。兵たちも待っておる」

「私の話を聞いていたか？　自分の身体がどうなっているか、わかっているのか？　イスハン」

昔と変わらぬ金色の目を覗きながら、彼の正気を問いかける。

「怪我をしている。呪いも受けている。身体の力は限界まで振り絞ったはずだ。私が最後の魂を送り込まなければ心臓まで凍りついていたのだぞ？」

思い出すだけでぞっとする。あと一度、あと一呼吸、『神の心臓』に宿った魂があとわずかにでも多かったら、二人とも死んでいた。

あの修羅場を忘れるとは脳まで凍ったか、それとも身体が冷えすぎておかしくなったか。

イスハンは、弱々しい笑いで「ああ」と、自分の腕を軽く撫《な》でた。

「確かに凍りつきそうだった。いまだ腕も動かぬ。息もなかなか」

はあ、とつらそうな息をつく。そうだろうと頷いた。それでなくとも身体中、砕けたつらで負った傷だらけだ。それでも戦場に出るというなら湯で身体を温め、身体の具合を見てからなのが当然だ。それでなくとも、新たに受けた『神の心臓』の呪いがどんな影響を及ぼすか見定めてから――。

イスハンは困ったような笑顔で言った。

「身体を動かし、暖まってくる。スヴェントヴィトも使ってみなければどうしてよいか、わからぬし」

ああ、そうであった。と、マルゴーの腕に支えられながら思い出した。皇帝となっていくらか慎重になった気がしたが、イスハンとはそういう男だ。あっけらかんと無茶をする。やってみないとわからないと言う。皇子の身でありながら、何度も塔をよじ登ったあのときのように。

「そなたはここにいよ、愛しいロシェレディア。城からでも魔力は届く。それも無理なら無理はするな。話したとおり、ガルイエトの遠征軍など軍隊だけで事足りる」

謳《うた》うようにイスハンはロシェレディアの唇を吸うが、さすがに聞き流してやることはできない。確かに離れていても魔力は送れる。極端に言えば褥の中からだって魔力は送れるし、本音を言えばそうしたい。ロシェレディアだって、身体に魂を通しすぎてフラフラだ。ロシェレディアはイスハンの腕を掴んだ。

「それはお前が『神の心臓』を初めて使うのでなければの話だ！」

スヴェントヴィトは、今はおとなしく偃月刀の形をしているが、何しろ素材は『神の心臓』だ。契約は済んだが鵜呑みにはできない。炎に起因するイスハンと、氷に起因する『神の心臓』の相性もわからないし、そもそも丸々『神の心臓』でつくられた武器など、今まで誰も持ったことがない。何が起こるかわからない。『神の心臓』が暴発したとき、イスハンを助け出せるのは自分だけだ。しかもイスハンが偃月刀を使っているところを見たことがない。いくらイスハンが武芸に優れていると言っても、稽古もなしに、剣からたやすく持ち替えられるだろうか？

「摑んだ感触はいい。やけにしっくりくる。そう、今までのどの剣よりも」

「魔力の通りがいいからだ。私が保証してやる。桁違いだ」

「ならば問題ない。大事にいたせ、ロシェレディア。魔力は頼んだぞ？　だが無理はいたすな。なるべくでいい」

「――陛下。新しい鎧のご用意ができました」

兵が離れた場所から告げる。

イスハンはくすぐるようにロシェレディアの頤《おとがい》に手をかけ、唇を吸った。

「今宵は二人で、暖炉に炙《あぶ》られながらゆっくりとニギータを楽しもう」

兵に護られながら部屋を出て行くイスハンを、ソファにしがみついたまま呆然と見送った。

「ロ……ロシェレディア様……」

お茶を用意してきたオリガが、心配そうに声をかけてきた。差し出される椀を摘まみ、気付けのように、くっと呷《あお》る。

オリガの出したお茶は、ほどよく熱く、飲んだあと胸のところに心地よい熱が広がった。

ロシェレディアは息をついた。

「……馬を用意してくれ」

「お出になるのですか？　おやめになったほうが」

マルゴーが嫌そうな顔で止めるが、自分だって本当は嫌だ。疲れているし、まだ手足にまともに体温が戻らず、魔力を使いすぎて身体中だるい。集中しすぎて頭も痛い。緊張と冷えで背骨はまだ震えているし、手足の継ぎ目は外れそうだし、働きすぎて腹は減っているし、一山越えて眠気も差してきた。

「我が王が出るというのだからしかたがないだろう……！」

なぜか思い出すのは、出会ったあの夜のことだ。

――匿《かくま》ってくれ。殺されそうなんだ。

あのときからイスハンに振り回されてばかりだ。

もうここまで来たら、死ぬまで――魂が溶けて消えてしまうその瞬間まで、彼と運命を共にするしかないのだ。

もう無理だと思う。皇妃になどならなければよかった。あのとき――最後だと言って塔を訪れ、口づけを遺して去ったイスハンのあとを追い、一緒に南に逃げればよかった。南の海で、香ばしく炙った、身が生焼けでほんのり透き通った魚を食べ、イスハンがつま弾く下手くそな楽器に耳を傾け、飲んだことがない風味の酒を片手に星を眺めて、波音を聴きながら明日訪れる国を、賽《さい》を投げて決める日々はどれだけ楽しいだろう。どれほど自由だろう――。

「来い、ロシェレディア！」

魂《ラウフ》ごしに聞こえるイスハンの声にはっと目を瞠《みは》った次の瞬間、背中がかっと熱くなる。

魂の扉がこじ開けられる。容赦ない魂が、背中の魔法円に注がれる。猛烈な勢いで血管を駆け巡り、純度の高い魔力がイスハンの手に握られたスヴェントヴィトに集められる。魂を魔法円で増幅し、身体で漉《こ》してイスハンに送る循環が間に合わない。

「加減を……しろ、イスハン……ッ！」

元々イスハンは魔力を呼ぶ力が大きく、武器に流すときの魔力の損失がほとんどない。昔嫁いだ王妃の影響か、炎の精霊の血脈が濃すぎるのか。魔術王《ソーサラー》としての才能が傑出していたが、それにしたって酷すぎる。魔力の流通量が甚だしいのだ。大魔法使いであるロシェレディアの魔力を与えて、なお引きずり出そうとする彼の魂の太さ、彼が扱える魔力の量は、ロシェレディアにして手に負えない。

背骨が抜き出されそうだ。この間までの武装魔法に比べ、威力は七倍、いや、十倍以上だろうか。それを続けざまに放てるのだ。イスハンに元々体力があり、また彼が身体に魔法を通すのを苦痛としないためだ。

「妃殿下ッ！」

添わせた隣の馬から手を伸ばし、身体を支えてくれるのはアデリナだ。

次の瞬間、前方で、どう、と音がして赤い爆炎が見える。巨大な炎の塊が敵軍のただ中に向かって放たれた。

地を焼き、空気を巻き込み爆風を巻き上げながら、膨らんだ火球は驀進《ばくしん》する。見たこともないような激しい爆撃だ。離れていても頬が熱い。ここまで爆風が返り、花弁のような真紅の火の粉が飛んでくる。

「手綱をしっかりお持ちください、妃殿下。馬から下ろしてさしあげたいところですが、まだ隊が動く様子ですから、今しばらくご辛抱を――！」

「イスハンは……アイデース軍は――どう、なっている……」

馬の上に覆い被《かぶ》さりそうになりながら、ロシェレディアは呻いた。

身体も記憶も、虫食いだらけのぼろ布のようだ。

あのあと、仕方なくロシェレディアも馬で出ることにした。最後方でも軍隊だ。軍馬での移動はつらく、だからといってもう飛び地で移動できる体力が残っていない。めったに騎馬の前に姿を見せないゲルダまでが、心配そうにロシェレディアの馬に添っている。そしてスヴェントヴィトを得たイスハンの、鬼神の働きを後方から見ている。

初めは心配でイスハンの側に添っていた。だが初めて魔力を与えた瞬間から、彼が使いこなすのがわかってしまった。身のうちに抱えきれない魔力が、指の隙間から、呼気から、炎となって漏れ出ていた。氷の魔力が炎の気配に焼かれて、スヴェントヴィトの刃先でチリチリと音を立てている。

自分が出る幕はなさそうだ。好きにしてこいと、イスハンを先陣へと送った。

「随分敵軍を押しやっております。もはや我が軍の勝利は間違いありません。もうしばらくご辛抱なされば決着かと」

「もういやだ……。私は、北西の丘に草滑りに行くのだ……」

「妃殿下。御気を確かに」

泣きそうに心配そうな顔をしたアデリナが、ロシェレディアの腕をさすった。その間にもイスハンから魔力が呼ばれ、背中の魔法円が強く回っている。

身体が絞られるくらい、魔力を要求される。滞りなくあまりにもなめらかにイスハンの偃月刀に注がれているのがわかる。

戦闘がぶつかる場所では、火山でも爆発したのではないかと思うほどの爆炎が上がっている。アイデースかガルイエトかが、とてつもない爆薬を投入したわけではない。あれはイスハンの炎だ。『神の心臓』を得て、存分にロシェレディアの魔力を使う炎帝の実力なのだった。

「皮が炭でこんがりと焼けた、とびきりの岩塩をふった白身の甘い海魚と、熟れた果実のような甘い貝に、香りのいい柑橘《かんきつ》を搾って、イスハンと……」

「妃殿下」

「そういう約束をしたはずだ、イスハン――」

ほとんど譫言《うわごと》のように恨み言を吐くロシェレディアの背中から、また大きな魔力が搾り取られる。


気がつくと、暗くあたたかい褥の中に寝かせられていた。

窓のカーテンが厚く引かれ、ところどころにランプの灯《あか》りが見える。

嗅ぎ慣れた香水の香り、イスハンの寝台だ。

もそりと身じろぎをすると、ランプの灯りで何かを書いていたイスハンは、顔を上げて羽根ペンを置いた。

「気がついたか？　ロシェレディア」

「あ……ああ。ここは……？　戦はどうなったのだ」

アイデース軍の勝利だと聞いたあと、戦況を窺うのをやめた。もうすぐ先頭も引いてくるだろうと報告を受けた後から記憶がない。

カーテンの外からは、遠く賑《にぎ》やかな声が聞こえていた。馬の嘶《いなな》きが交じっている。森の奥に戻ったのだろうゲルダの、勝鬨《かちどき》のような、細く微《かす》かな遠吠《とおぼ》えが聞こえる。

褥の中から手を伸ばすと、イスハンは、こちらに来て寝台の縁に腰掛けた。あちこち包帯だらけだ。耳の縁にも凍傷の黒い傷がある。

「ガルイエトはすぐに引いた。元々運が良ければ攻め込むくらいのつもりであっただろうし、こちらに『神の心臓』があるとは思いもしなかっただろうしな」

「だから、イスハンは……」

「ああ。無理をした甲斐《かい》があった。これでけっして春までは襲ってこないだろう。目の前で、『神の心臓』の炎を見たのだからな」

見える肌は傷だらけだ。出撃前はイスハンの馬鹿げた体力を呪ったが、彼もかなり無理をしたようだ。

「兵たちも、皆無事に引いておる。安心せよ」

賑やかなのはそのせいのようだ。カーテンの隙間から漏れ聞こえてくる笑い声が、のんびりと明るい。

見上げるイスハンの瞳がランプの炎に揺れて、溶けた金をかき混ぜたようだ。

鉛を詰めたように重い手を、その頰に伸ばす。

「傷は……？　呪いの……傷」

腕の傷。出撃前だったからよく検分する間もなかった。呪いは本当に消えたのか。消えていないのなら傷口を凍らせなければ。褥で暢気《のんき》に休んでいないで、呪いを解く方法を考えなければ――。

温かい手がロシェレディアの頬を包む。

「呪いが消えて、ただの傷となった。いずれ治る」

ロシェレディアは、大きな手に手を重ね、眉根を寄せて目を閉じた。

間違いない。『神の心臓』の気配がする。イスハンは『神の心臓』を手に入れた――契約して呪われたのだ。

「血は――止まったのか、イスハン」

「……ああ。なんとか」

イスハンは静かに微笑んだ。

人の十倍治らない傷だ。呪いが消えても傷が残る。

「これで長くお前といられる」

「だからといって、……馬鹿だ――」

自分はイスハンのようには笑えない。

一度『神の心臓』と契約をしたら、スヴェントヴィトが滅びるまで呪いは解けない。自分と生きる時間に差があるからと言って――自分がそれを不安がっていると知って――自ら呪われるとは、短絡的にもほどがある。

何を間違えたのか。どうすればよかったのか。後悔と焦燥ばかりがロシェレディアの胸を焼くが、今となってはわからない。どこに戻ればいいのか、何が正解だったのかも。

イスハンは、ロシェレディアの左頬に零れた涙の雫《しずく》を吸った。大きな手で頬を包んだまま、唇に口づけを押し当ててくる。目の前で赤く光る睫を伏せ、甘えるように囁く。

「歳を取っても側にいてくれるか?」

「ああ」

彼の親指が、右頬の涙を拭う。口づけをするイスハンは微笑《ほほえ》んでいた。

「勃《た》たなくなっても同じ褥で寝てくれるか」

「凍らせてやるから安心しろ――……」

イスハンが、胸に深くロシェレディアを抱きしめ、嚙《か》みしめるように呟いた。

「お前に会えてよかった。ロシェレディア」

あの夜、イスハンが刺客に追われて、城の外れにある暗い茂みに逃げ込まなかったら。たまたま自分がバルコニーから外を眺めていなかったら。イスハンが見上げた瞬間に、目が合わなかったら。あの一瞬がなかったら――。

「……刹那を惜しんで共に生きよう。我が唯一の王よ」

「ああ。最後の最後の一呼吸の、その瞬間まで」

イスハンに抱きついて少し泣いた。

イスハンが再びこの腕の中に戻ってきてくれた。今はただ、彼の体温が、鼓動が嬉しくてならなかった。

アイデースの最奥に冬が来るまで、わずかに時間があった。

祝いが振る舞われた民たちは、ここぞとばかりに冬のための品物を買い込み、戦勝を聞きつけた商人たちが冬山を越えて抜かりなく物を売りに来て、このじきには珍しく街は賑わっている。城もだいぶん落ち着きを取り戻し、大臣たちに、祭祀《さいし》に詳しいマルゴーが加わって、スヴェントヴィトを安置する部屋が整えられていた。戦の処理も順調に進められていて、イスハンのまわりは何かと慌ただしく、会議が多く、他国からの謁見もひっきりなしだ。いよいよ武力で勝てないと見たのか、ばたばたとこちらに寝返る国も増えたと聞いている。

ロシェレディアはロシェレディアで忙しく、イスハンの身体に残る呪いの整理をしなければならない。

昼食のあとだった。イスハンが執務室に向かったのを見送って、ロシェレディアも部屋を出た。

誰もついてくるなと、マルゴーさえも遠ざけて、ロシェレディアは城の中を歩いていた。石の階段を降り、地下室へと向かう。仮の祭壇は地下にあった。

地下とは思えない豪華な扉を開け、緋色《ひいろ》の絨毯が敷かれた室内に入る。奥には金色の祭壇があり、金色の台座にスヴェントヴィトが安置されている。専用の部屋と祭壇ができるまで、用心を込めてここにいることになった。

イスハンの身体の中に、無数に存在していた弱い呪いは、スヴェントヴィトとの契約を身体に入れたことで消し飛んだ。

残った呪いは四つ。王国に掛けられた呪いが二つと、王室に掛けられた呪いだ。個人的なものではないからやたら複雑で、しかしこれらはイスハンの治世が長くならないと発動しない呪いだ。大魔法使いの名にかけて、イスハンの代でこれを解いてやろうと考えている。

そして、一番強い呪いがこのスヴェントヴィト、それ自身だった。

ロシェレディアは、スヴェントヴィトに、まだ微かに魂《ラウフ》が残っているのに気がついた。イスハンのために魔力を流したとき、誰にも感知できない程度の神の魂を感じたのだ。

イスハンにも言わずにここに来た。スヴェントヴィトの言いたいことはだいたいわかっていたからだ。

ロシェレディアが祭壇に近づくと、魂を揺らした音声がした。呪いの残滓《ざんし》、神の心臓・スヴェントヴィトの声だ。

——余の呪いを遮ったな？　忌まわしき魂の友人よ。憎き大魔法使い。

イスハンがスヴェントヴィトを手に取る刹那に、ロシェレディアはスヴェントヴィトの呪いを解こうとした。少しでも呪いに齟齬《そご》を起こさせ、イスハンに起こる呪いを和らげようと、誤謬《ごびゅう》に誘導する理論を無数に挟んだ。

「焼け石に水。いや……気休め、気分、まじない。そんなところだろう？」

何しろ相手は『神の心臓』だ。はなから解呪できるとは思っていない。呪いに対して挟めた齟齬は栞《しおり》か、枯れ葉か、草か、糸か、灰か、その程度だ。百万日の呪いが、九十九万九千九百九十九日に減ったところで、体感は無いに等しい。それでもイスハンを護る気持ちは少しも緩まない。

ロシェレディアはスヴェントヴィトの刀身をそっと指先で撫でた。

「その代償か。呪うなら呪え。望むところだ」

契約のとき口を挟んだ。その代償なら甘んじて受ける。イスハンの呪いがひとかけらでも減るのならそれがいい。

髪でも目でもくれてやると思ったとき、目の前にふっと崩落する石壁が見えた。だが音は何も聞こえない。振動もない。

壁から繋がる無数の茨の中心には、誰かの背中が——イスハンの背中が見える。とっさに手を伸ばそうとするが、自分の手が見えない。イスハンがこちらを振り返り、何かを叫んでいるが声は聞こえない。軋む茨の音もせず、壁が崩落する揺れもない。目に映るだけだ。においも、埃《ほこり》も、温度も、魂さえ変質していない。

ここはどこだ。あれはイスハン――に見えるが鎧が違う。髪型も違う。

「――……」

ロシェレディアは目を眇《すが》めた。目の前に指をかざすまでもない。これは本物の景色ではない。

これは――幻か――？

戸惑うロシェレディアにスヴェントヴィトが語りかける。

――お前にひとつ、定めを見せよう、大魔法使い。お前はお前が思うより早く、我が友を――お前の番を失うだろう。

「これが呪いか？　幻など見せてどうするつもりだ。たとえこれが呪いだとしても本当にはさせない。運命は曲げられることを、私はもう知っている」

鉄の山のように聳《そび》える定めも、人は動かすことができる。そのためにスヴェントヴィトを手に入れた。イスハンの身体の中から呪いも随分と減った。イスハンの命には決して誰も、手を触れさせない。たとえ相手が神だとしてもだ。

――いいや、呪いと言うならお前にこの運命を告げることだ。余は運命を左右しない。

「私の命に代えてもイスハンは護る」

ロシェレディアが宣言すると、スヴェントヴィトが笑う気配がした。

――末永く足掻《あが》くことだ。我が麗しき、憎らしき魂《ラウフ》の子よ。あの英雄《ミハイル》の子よ。……余も所有《あ》者《じ》は、お前たちがいい。

そう言い残してスヴェントヴィトは、今度こそ静黙する鋼の塊となった。

風のない、静かな日だ。雪は音を吸うが、城内の音すら吸われてしまったようで、扉が閉まるぱたんという音だけが、妙にはっきりイスハンの執務室に響いた。

ロシェレディアは窓のほうを見た。手すりに積もった雪が黄金色に輝いている。

こんな時間からゲルダが暖炉の前に寝そべっているということは、もう山を越えて来ようとする人間がまったく見当たらなくなったということだ。

これでようやくアイデースに本当の冬が来る。

静かで豊かな冬になりそうだという話だ。夏に魚が大量で、よく干したものを炙ったり、一度雪に埋めたものを、スープに入れたりする。肉も豊富で、いい塩漬けや干物ができたらしい。

ロシェレディアは、ゲルダの後ろを歩き、イスハンが休んでいる長椅子に腰を下ろした。

片手を座面につき、身体を寄せるようにして身を乗り出す。

「イスハン。頼みがある」

「何だ」

ほとんど倣い癖のように髪を撫でてくれるイスハンの目を見つめた。

「この間のことを、手紙に書いてくれないか？」

「この間とは？」

「神の心臓を取りに行ったときのこと」

「それなら文官に書かせておる。『当代の歌の神《ブラギ》』と名高い、文才に溢《あふ》れた男だ。冬の間には書き上がるはずだ。叙事詩に添える公式文書と、我が国の記録。壮大なものとなるだろう。使用する革も選定させておる。刺繍《ししゅう》でも箔でもふんだんにいたせと申しつけてある。何しろ余の大活躍だ。惜しみなく良いものを選べと」

アイデースの歴史に残ることだ。この先、皇室の宝物として受け継がれてゆくものを得たのだから、その待遇も当たり前だ。

「文官はまた、あの書庫をひっくり返さねばならぬ。気の毒にな」

笑うイスハンは楽しそうだ。ロシェレディアは小さく首を振って訴えた。

「そうではない。イスハンの手紙がいい」

「我が国の文官が気に入らぬか？　確かにエウェストルムからの書簡はどれも情趣に溢れて美しかった。だが物語と公式文書は違う」

「いいや。そうじゃない。私のために、イスハンに書いてほしいのだ。内容はだいたい知っているから短くてもいい」

「知っているもなにも、この美しい瞳が仔細悉《しっ》に映したはずだ」

イスハンが両頰を包み、口づけをする。目を伏せて、イスハンの体温をひとしきり堪能してから、言葉を重ねた。

「イスハンが見たことがいいんだ」

「余が書くのか」

「字が汚いのは我慢する」

「あれは旅先だったからだ。机があれば、まあまあな跡《て》は記すぞ？」

「あれはあれでよかった」

擦ったようなインクの汚れがあったり、折り目に砂が入っていたり、水で紙が波打っていたり、泥で端が汚れていたり。それも旅の情景だ。

イスハンは嫌がらず、楽しそうに笑った。

「どういうことにしようか？　そなたの活躍がいいか。余の雄姿がいいか」

詳しい理由を訊《き》かず、甘やかしてくれるところがいい。そして少々自信過剰なところも好ましい。

ロシェレディアは銀髪の耳の辺りを、彼の肩に寄せた。

「イスハンが感じたことがいい。イスハンが覚えていること」

「余がかっこよかったこと？」

「短ければ書いてもいい」

「そなたが余に惚《ほ》れ直したこと」

「まあ……イスハンがそう思うならそれでも」

「そなたを護ろうと必死で頑張ったこと」

「うん」

かっこよかったし、惚れ直す前からずっと好きだが、そのあたりはイスハンに任せよう。

「神の洞窟が案外美しかったこと」

「そういうことだ」

イスハンに書いてほしいのは、文官が書かない二人の時間だ。記録ではない、イスハンの瞳に映った——今は自分が側にいる——景色だった。

イスハンは、ロシェレディアの襟元のボタンを外した。

「そなたならそう言うと思った。そのうち星の間に、あそこに似せたタイルを貼らせよう。職人に、あの息をするようにさざめく青さをよくよく語って聞かせねばならない。スヴェントヴィトもきっと喜ぶ」

「そうだ。他には？」

「洞窟から帰って抱きしめた、そなたの身体が温かいこと」

「身体だけ？」

「確かめよう。……唇も、目蓋も」

囁く場所に唇を押し当てながら、イスハンの手が帯を解き、衣装の裾をめくり上げる。内腿《うちもも》を撫で、その奥に手を差し込んだ。やわらかい場所を指が辿り、その奥の実をやさしく掴む。

「ここは熱いな。どこに隠しておったのだ」

「あのときは、冷えた」

硬い芯を持ちはじめた中心を、イスハンの手のひらが包む。親指が早速先端の雫を探り当て、ぬるぬると撫でるのに、ロシェレディアは身体をびくつかせ、うっとりと目を閉じてイスハンの肩にこめかみを凭《もた》せかけた。

「……今、熱くなった」


イスハンの前戯は長い。

他の男がどうかは知らないし、マルゴーに尋ねると「おざなりで怪我をなさるよりいいと思います」と答えるが、どれほどもういいと言っても、早くしようと誘いかけても、ロシェレディアの身体中を撫で、唇を這わせて香油まみれにする。

「あ……。う――……」

褥の上で、ぼんやりとロシェレディアは天蓋を見た。美しい幾何学模様が刺繍されているはずだが、目が潤んで波打つ赤い海にしか見えない。

唯一目に入るのは、イスハンの肌に刻まれた呪いの紋様だ。肩を越えて胸にかかるようにある茨の痣だった。そして今は見えないが、腰にスヴェントヴィトの呪いを表す、目の紋様の黒い痣が浮かんでいた。

「ん……。や――……あ。あ」

身体中、イスハンに触れられなかった場所があるだろうか。指先から臍《へそ》の中、性器や膝の裏、くるぶしも、嫌というほど彼の口づけを受け、舌先で唇で愛されたのだけれど。

「ロシェレディア……」

片脚を持ち上げられ、そこにイスハンの腰が割り入ってくる。さんざんに油で撫でられ、震えが来るまで指で撫で広げられた小さな穴に、イスハンの猛《たけ》りきった銛《もり》の先端が押し当てられた。

「ああ、……っう。あ……ん……ッ……、ひ――ぁ！」

太く、そして気が遠くなるほど長いイスハンの怒張を一息に奥に埋められるが、ロシェレディアを苦しめるのは苦痛ではなく、快楽だ。

「ん……っ、く、う……ア！」

ふっくらと蕩《とろ》けた穴を存分に広げられ、擦られた瞬間、ロシェレディアは押し出されるように蜜を吐いた。

「……ん……。う……」

ビクビクと震えながら、ほとんど呆然と、波のような絶頂に押し流されそうになるが、イスハンがそれを許さない。

「大丈夫か？　ロシェ」

「大丈……夫、な。ものか……！　無駄に育つのも……いい加減にしろ」

彼の太さ、腹の底を抉《えぐ》るような長さ。何より先端の鈷の形が嫌になるほど張り出していて、ロシェレディアの粘膜を張り裂けそうに押し開いては、掻き出そうとするのだ。スヴェントヴィトの呪いはイスハンの性器にまで達していて、木の根のような凶悪なこぶが巻いている。スヴェントヴィトに話ができるうちに文句を言っておけばよかった。これのせいで、ただでさえ一方的に快楽を与えられる褥が、さらにロシェレディアばかりが悦《よ》がらされて、泣かされている。

ロシェレディアの嬲《なぶ》られすぎた性器は、度重なる絶頂で混乱しているし、身体のどこを触れても、びくびくしてしまうくらいに熱くなっている。足の甲が勝手に丸まり、指先が快楽で震える。

「余を呑み込むところは、甘えて絡みついてくるが？」

「んん……っ、あ！」

充血した粘膜を掻き分けながら、イスハンが長い肉でごりごりと下腹を行き来する。

「い。あ——！」

突かれるたび、下腹に重い衝撃が響く。奥深くに埋められた肉が内臓を捏《こ》ね上げるたびに、とっくに空になった性器の付け根に、蜜がじゅわりと滲み出て熱くなる。

神経が焼け切れそうだ。乳首も性器も唇も、身体中、色づく場所がずきずきと脈打って快楽を訴える。

「気持ちがいいか。我が妃《きさき》よ」

心地いいかどうかと問うているなら、そんな時間はとっくに去った。追い詰められ、熱く苦しいばかりなのに、夜が去り、イスハンが身体の中から抜かれてしまえば、寂しくてたまらなくなる。初夜のときからだ。貪られているようなのに、裂けそうなほど与えられていて、狂おしいほどイスハンとの情交はやみつきになっている。

「ん。ひ、……ぃあ。あ……！　あ、ん」

イスハンの太い腿を挟んだ姿勢で繋がると、左右に転がされながら一番深い場所を探される。

「や……だ、そこ……！」

身体の浅い場所に、擦られると快楽が壊れたようになる場所がある。そこを小刻みに捏ねながらイスハンはロシェレディアの乳首に指を伸ばした。摘まれるだけで、ずくんと疼《うず》く。コリコリと揉《も》み続け、突起を噛み、痛いほどに吸い、飽き足らぬとばかりに爪で扱《しご》き、かわいそうにと舌で舐められた乳首にはもう、些細《ささい》な愛撫《あいぶ》も針のようだ。

「ひぅ。ああ……！」

イスハンは繋がる場所を捏ねながら、充血しきった乳首を絞るような動きで強く揉みしだいた。

「乳は出ない……！」

「本当に出ぬか？　今にも赤く弾けそうなのに」

きつく摘まんでいた指を離されると、色づき全体がじん、と痺れて腰が砕ける。イスハンは、確かめるように吸われて赤くなった乳首を注視しながらまた、やわらかく揉みしだいた。

「や……あ！」

「もしも乳が出たら、その一滴を宮殿と引き換えにしてでも買いとろう」

真面目な声でそう言って、イスハンはロシェレディアの腰を抱いた。胸が反らされ、イスハンに乳首を差し出す形となる。イスハンは満足そうに、離されてもつきつきと疼き続ける乳首に歯を立てた。天鵞絨《ビロード》のような舌に、尖《とが》りきった乳首が舐《な》め上げられる。唇の粘膜に吸われ、硬い歯に挟まれる。

嬌声《きょうせい》をあげ、重いイスハンの律動を受け止める。

「ロシェレディア」

凶暴な呼吸の間から、切なく名を呼ばれると、ぞく、と魂ごと震える。昔、名を教えたときは、こんなに魔力のように響いただろうか。否、教えた名を繰り返したイスハンの声を、こんなにはっきり覚えているということは、昔からこうだったのか。

「ん……っ、ひぁ。……うう。……あ、ん……ッ！」

締めつけると、内壁を擦るイスハンの形が鮮明に体内に描かれた。ほとんど食われるように深く交わると、下腹から血か快楽かわからない熱があふれ出して、溺れそうになる。

ビリビリとした快楽につま先まで満たされる頃、イスハンはようやくロシェレディアの身体の一番奥に、多量の彼の熱情を吐き出した。

すすり泣きながら、それでも彼との誓いが背中の魔法円に流れ、火を注いだように熱くなるのに勝る快楽がないのを知っているから、我ながら性懲りも無いとロシェレディアは思っている。


真夜中にふと目が開いた。

部屋の中は藍色だ。風もなく、夜鳥も啼《な》かない。

海の底のような、厚い氷の下のような、静かな闇に、音もなく銀色の月光が差す。

ロシェレディアは、そっと素肌の手を上げ、指先から雪を落としてみた。雪は月光に照らされ、キラキラ光って褥に散ってゆく。

昔、イスハンが「アイデースの冬はいい」と言ったが、最近はそれが理解できる。

寒くなった室内。世界中の物音が雪に吸い取られ、イスハンの寝息だけが聞こえている。

褥の中で素肌を重ね、イスハンと体温を分け合いながら眠ると、今までのどのときより深く、安らかに眠れる。眠れない夜もイスハンの呼吸を数えていたらあっという間だ。至上の眠りは、魂の流れに溶け込むことだと言われているが、イスハンの肌の香りと体温に包まれて眠るのは、それにも勝るとロシェレディアは思っている。

上げた手が静かに握り止められた。

イスハンのあたたかい、大きな手だ。

手を預け、月の光を浴びながらまどろんでいると、ロシェレディアの素肌の肩を撫でながら「手紙のことだが」と、イスハンが言った。

イスハンが軽くのしかかってくる。秘めやかな布の音がした。彼の肌の香りとぬくもりがロシェレディアを改めて包む。その重みを心地よく感じながらゆるく彼の背中を抱き返した。

「今宵のことまで記していいか？」

「……それは褥だけの秘密がいい」

戯れに唇を触れさせながら、ロシェレディアは応えた。イスハンの感想を聞きたい気もするが、ロシェレディアが望んでいるものと違うものになるだろう。

どうせイスハンの筆では、自分がどれだけイスハンを好きか、書き尽くせないのだから。

†　†　†

イスハンは、期待を裏切らない男だ。

ロシェレディアは、暖炉で温められた居間の、ソファに寝っ転がっていた。床に履物を落として、巻物を長く垂らし、両腕を伸ばしてその中程を読んでいる。

その手紙のできに狂おしいほど満足していた。

手紙は気取った前置きから始まっていた。アイデースの歴史に絡め、初代皇帝ミハイルの偉大さ、国を興す決心と困難と、神の特別な加護がなぜアイデースを選んだか。『神の心臓』がどれほど貴重で尊いものか、その凍土がいかにして長年そこに横たわっていたか、それがいかなる困難を我が国にもたらしたか、民や王たちが身を砕いて工夫し、その寒さを乗り越えてきたか。皇帝らしく、厳めしく長たらしい、含蓄に満ちた荘厳な描写で書き付けられている。

こういうのは文官に任せればいいのに、と思いながら長々と読み進めていると、場面は移り、洞窟に突入してから、いよいよ追い詰められたイスハンの気持ちが書いてあった。

——ここに我が国で一番強い酒をぶち込んだら、どれほど冷えて旨《うま》いだろう。つまみは干して炙った白魚か、秋で肥えたイスイスの燻製《くんせい》がいい。

手紙を握りしめて、いつまでも一人で笑っていた。皇帝ともあろう者が、命の危機が迫ろうという時になって、やけっぱちに酒のことを考えているだなどと。

もうすでに十回は読んだその手紙を眺めながら、ロシェレディアは決めたことがある。

ことに寄せて、イスハンに手紙を書かせよう。

今から心がければ、何年も、何十年も経って、イスハンが年老いていなくなるまでに手紙はだいぶん溜まるはずだ。

「……ふ」

宙に笑い声を漏らして、ロシェレディアは、まだインクの香りがする長い手紙の端を胸に抱きしめた。

そうすれば、イスハンを追う短い間、これがあれば耐えられる。

†　†　†

『神の心臓』の在《あ》り処《か》は、大陸の書に公式に記録されなければならない。

大陸の中央にある国の大聖堂に赴き、大陸の書にスヴェントヴィトの名と由来を記し、所有者であるイスハンの名を記す。

ロシェレディアはそれに大魔法使いとして立ち会った。ロシェレディアの名も、大聖堂の司教たちと共に大陸の書に記入された。

王妃暗殺を企てたジョレスは、特別の温情によって、国外追放か、鞭叩《むちたた》きの上二年の労働を選ばせたが、イスハンの側に戻りたいのだと言って鞭叩きと労働を選んだ。己の愚かさを悔い、一生罪人として生きてゆくと誓ったそうだ。屈強な極悪人も逃げ出し、ときには死人が出るほどの厳しい罰と労働だが、ジョレスは帰ってくるだろうと、イスハンは言っていた。マルゴーが見たこともないくらい怒っていた。自分がいないところで泣いていたと思う。自分に刃を向けられたこともあるが、この国で初めての友人だと思った彼の裏切りが打撃だったようだ。

春の、アイデースの城下町でイスハンは大歓声で迎えられた。長い長い祝賀の隊列が国境から城下へ向けて歩く。

青空に旗が張り巡らされ、人々は沿道に出て紙吹雪を撒く。女子どもは熱心に花を振った。

前方に皇帝の馬はあった。王冠を戴き、ローブを纏って、白い房で飾られた馬に乗っている。

皇帝の凱旋《がいせん》だ。腰には『神の心臓』で打たれた武器を佩《は》き、大魔法使いを妃に連れている。

これで世界中に、イスハンが『神の心臓』を手にしたことが知れ渡った。これによってアイデースの国の格式がひとつ上がるそうだ。大陸を統べる数カ国の内、圧倒的な発言権を持つ超大国の座を射止めた。大魔法使いを擁し、皇帝は『神の心臓』の武器を手にしている。押すに押されぬ大帝国だ。

歴史上これほど武力を持った国は数えるほどしかないということになるだろう。これでは大国ガルイエトとて、以前の様に軽率に戦を仕掛けては来なくなる。

そしてもう一つ、素晴らしいことがあった。アイデースに超寒波が来なくなったことだ。もちろん冬になれば雪は積もり、湖は底まで厚く凍りつく。山は雪に閉ざされ、山を越えて国を出ることはままならない。

だが井戸の水さえ凍りつき、家から出られないほどの冷気が緩んだ。村の道ばたで人が凍死し、待たせた馬が凍って倒れることがなくなった。あの洞窟から『神の心臓』を取りだしたせいだ。あそこから噴き出していた冷気の影響がなくなって、アイデースの冬が本来の、厳しい北国のそれとなった。人々は厚着をし、隣の家に行けるようになった。薪《たきぎ》が切れたからと言って明け方に死ぬことはなく、朝を待てるくらいになった。そして余談だが、『炎帝』と呼ばれていたイスハンに、『爆裂王イスハン』という二つ名がついた。イスハンの炎が炎帝どころでは収まらぬという由縁だが、イスハン自身はその二つ名は気に入っていないようだ。

うららかな春の日だ。雲ひとつない青空は高く、ときどき小鳥が絡まりながら横切ってゆく。人々の歓声は陽気で、小ぶりな花が瑞々《みずみず》しく路傍に咲いている。

皇妃の衣装で馬に乗るロシェレディアは、深いベールの奥から不満を呟いた。

「茶番だ。戴冠式ならいざ知らず、民にはお前が大陸で特別権力を持ったことなど今更関係がない。しかもこの大仰な行列を見よ。これがなかったら馬は昼寝をしていただろう。私だって、窓辺で本を読んでいたはずだし、アデリナの編み物は完成していたはずだ」

議会の書を確認し、ついでに署名をして戻るだけの行列だ。襲われる見込みもないのに、一軍隊ほどの着飾った隊列で名を書きに行くなど無駄の極みだった。騎馬の上に翻る旗は見渡すほど続き、人の居ないところでも喇叭《らっぱ》と太鼓が鳴り続ける。喜んだのはオリガくらいだ。街中に屋台が立って、今日明日中にどのくらい食べられるかを心配していた。

「民に見せることが肝要だ。お前たちの国は尊重されている。お前たちの国は安定している。王が強く、威厳があり、妃が美しい」

「面倒だな」

イスハンは子どものときのようにややシニカルに笑い、整った横顔を見せながら、穏やかに前を見た。

「この程度で国が荒れずに済むなら、何往復でもいたそう」

それが冗談ではないのがわかって、ロシェレディアは少し昔のことを思い出した。イスハンが玉座を得てから大きく国が荒れていないこと、人を焼く煙が立ち上らなくなったこと。『神の心臓』が鎮まったといっても北国だ。厳しくはあっても人々が飢えていないこと、この上長く戦が避けられるとなれば、イスハンが言うとおり、確かにこの馬鹿馬鹿しい行列にも意味があるような気がしてくる。

ロシェレディアはベールの中で軽く空を仰いだ。

「わかった。私も付き合おう。イスハン――わが唯一の王よ」

幼い頃。エウェストルムの、宴の夜。

幽閉の塔のバルコニーで、イスハンと目が合った瞬間から、こうなる未来を予感していたかもしれない。

彼と生きる未来を、決してほどかない。

これからも、ずっと先も――。

イスハンの腰に光るスヴェントヴィトに軽く目を伏せ、ロシェレディアは手綱を握る。

人の知らない未来もずっと。

共に生きてゆくだろうと、ほとんど魂の奥に刻まれた約束を読むようにして、ロシェレディアは静かに目を閉じた。

胸には、イスハンがくれた青い宝石が光っている。

この本を読んでのご意見、ご感想を編集部までお寄せください。

《あて先》〒141-8202 東京都品川区上大崎3-1-1 徳間書店 キャラ編集部気付
「氷雪の王子と神の心臓」係

【読者アンケートフォーム】
QRコードより作品の感想・アンケートをお送り頂けます。
Chara公式サイト http://www.chara-info.net/

■初出一覧
氷雪の王子と神の心臓……書き下ろし

氷雪の王子と神の心臓

……【キャラ文庫】

2022年6月30日　初刷

著者　尾上与一
発行者　松下俊也
発行所　株式会社徳間書店
〒141-8202　東京都品川区上大崎3-1-1
電話　049-293-5521（販売部）
　　　03-5403-4348（編集部）
振替　00140-0-44392

印刷・製本
カバー・口絵　株式会社広済堂ネクスト
デザイン　おおの蛍（ムシカゴグラフィクス）

ISBN978-4-19-901070-5

尾上与一の本

好評発売中

「花降る王子の婚礼」

イラスト✦yoco

武力を持たない代わりに、強大な魔力で大国と渡り合う魔法国――。身体の弱い姉王女の代わりに、隣国のグシオン王に嫁ぐことになった王子リディル。男だとバレて、しかも強い魔力も持たないと知られたらきっと殺される――!! 悲愴な覚悟で婚礼の夜を迎えるけれど、王はリディルが男と知ってもなぜか驚かず…!? 忌まわしい呪いを受けた王と癒しの魔力を持つ王子の、花咲く異世界婚姻譚!!

尾上与一の本

好評発売中

[雪降る王妃と春のめざめ]

花降る王子の婚礼2

イラスト✦yoco

帝国皇帝となるグシオンを助けるため、大魔法使いになりたい――。それなのに魔力が不安定で悩んでいたリディル。そんな折、帝国ガルイエトが大軍勢で攻め込んできた!!　戦場のグシオンは瀕死の重傷、リディルも落馬して記憶喪失になってしまう。不安定だった魔力も、ほとんど失ってしまった…。リディルはグシオンを助けたい一心で、大魔法使いと名高い姉皇妃のいる雪国アイデースを目指し!?

キャラ文庫最新刊

氷雪の王子と神の心臓

尾上与一
イラスト✦yoco

隣国への輿入れが決まっていた王子ロシェレディア。ところが急遽、帝国の新皇帝イスハンの元に、無理やり嫁がされることになり!?

はぐれ銀狼と修道士

栗城 偲
イラスト✦夏河シオリ

山に棲む「狼男」の退治を命じられた、修道士のシリル。単身入った山で出会ったのは、銀色のオオカミへと変身する、美しい青年で!?

行き倒れの黒狼拾いました

小中大豆
イラスト✦麻々原絵里依

無銭飲食で捕えられた黒狼の獣人を、好奇心で助けた老舗大店の若旦那・夢路《ゆめじ》。そのまま放っておけず、店の手伝いとして連れ帰り!?

曙光 悪食3

宮緒 葵
イラスト✦みずかねりょう

「偽の妖精画家」事件以来、画家になると決意した水琴《みこと》。けれど絵だけに専念しろ、と過保護を募らせる泉里《せんり》に、不安が拭いきれず!?

7月新刊のお知らせ

秀 香穂里　イラスト✦八千代ハル　[スーツの中は密やか(仮)]
高遠琉加　イラスト✦サマミヤアカザ　[刑事と灰色の鴉2(仮)]
水無月さらら　イラスト✦北沢きょう　[人体錬成のエッセンス(仮)]

7/27
(水)
発売
予定